KB237239

이 쌀을 뽑으면
결혼하겠다고
결혼 말하세요

임수현은 1976년 경남 하동에서 태어났다. 경상대학교 국어국문학과를 졸업하고, 2008년 『문학수첩』 신인문학상에 「앤의 미래」가 당선되어 등단했다.

임수현 소설집
이빨을 뽑으면 결혼하겠다고 말하세요

펴낸날 2011년 11월 11일

지은이 임수현
펴낸이 홍정선
펴낸곳 ㈜문학과지성사
등록번호 제10-918호(1993. 12. 16)
주소 121-840 서울 마포구 서교동 395-2
전화 02) 338-7224
팩스 02) 323-4180(편집) 02) 338-7221(영업)
전자우편 moonji@moonji.com
홈페이지 www.moonji.com

ⓒ 임수현, 2011. Printed in Seoul, Korea
ISBN 978-89-320-2245-1

* 지은이는 서울문화재단 2010문학창작활성화 지원금을 수혜했습니다.

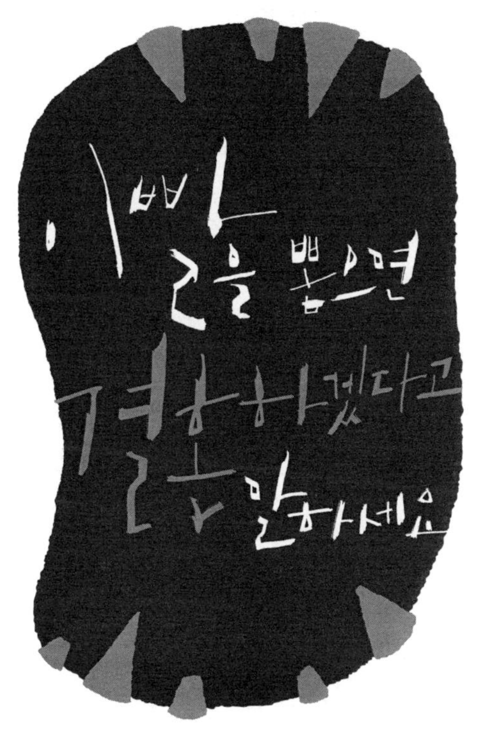

임 수 현 소 설 집

문학과지성사
2011

차례

앤의 미래

*

　봄이 되자 겨우내 입었던 코르덴 바지의 궁둥이가 반드르르해졌다. 고모는 내 궁둥이를 볼 때마다, 너는 궁둥이로 코를 푸니, 비아냥거렸다. 아닌 게 아니라 나무껍질처럼 골이 진 갈색 옷감은 궁둥이 쪽만 빛을 쬔 것처럼 반짝인다. 조만간 숭숭 구멍이 날 것 같다. 갈색 코르덴 바지는 볼품도 없다. 바짓단을 한 뼘은 접어야 하는데다, 주먹 하나는 좋이 들어갈 허리를 혁대로 질끈 묶으면 포대 자루를 잡맨 것처럼 보인다. 나는 겨우내 이 헐거운 바지만 입었다. 내가 코르덴 바지를 보고 부루퉁해질 때마다 고모는 나를 쳐다보지도 않고 말했다. "다음 겨울이면 바지가 몸에 딱 맞을 거야. 그때까지 입으려면 자주 빨래하는 것도 못써. 옷감이 금세 해진단 말이야." 하지만 봄이 왔다. 더는 아침마다 수채 물이 흐르는 개골창에 몸을 담그듯 께름칙한 기분으로 코르덴 바지를 꿰입지 않아도 된다. 나는 다락문을 배죽 열고 코르덴 바지와 소매가 나달나달해진 내복, 털 점퍼, 목도리, 벙어리 장갑을 내놓았다.

나는 팬티 바람으로 다락 들창을 열었다. 훅 들이친 찬바람이 가시고 모찌처럼 쫀득쫀득한 햇살이 쏟아진다. 나는 바닥에 떨어진 밀가루를 훔치듯 마름모꼴로 쏟아진 햇살을 손바닥으로 쓸어본다. 까슬까슬하고 따뜻하다. 정말 봄이 온 것 같다. **아빠, 봄이 왔어.** 나는 당장 아빠에게 달려가 제비처럼 봄소식을 전하고 싶어 안날이 났다. 나는 마음이 급해져 다시 계단을 내려가 다락문을 열었다. 어느새 겨울 옷가지는 사라지고 없다.

나는 다락 한쪽에 놓인 라면 상자를 뒤적였다. 개키지 않고 아무렇게나 쑤셔 넣은 옷에선 비릿한 냄새가 난다. 그것은 궁둥이가 해진 코르덴 바지, 소매가 닳은 내복에서 나는 냄새와 비슷하다. 아빠의 흰 가르마나 군용 점퍼에서도 그 냄새가 났다. 나는 옷을 한 아름 들고 얼굴을 파묻는다. 더운 콧김에 뒤섞인 비릿한 냄새가 더욱 짙어진다. 그래, 이 냄새는 아빠를 닮았으니까…… 그래, **매슈 냄새**라고 부르자. 그 문장이 떠오르자 나는 너무 설레 옷가지를 내팽개치고 **피라미드** 속으로 기어들었다. 무릎으로 걸어서인지 종지뼈가 조금 쓰라리다. 나는 손가락에 침을 발라 무릎을 문지르며 베개 밑에 깔린 공책을 끄집어냈다. 그리고 아빠 손등처럼 트고 갈라진 종이 위에 힘을 주어 '아빠 옷에서는 매슈 아저씨 냄새가 난다'라고 적었다. 아무리 공들여도 비뚤배뚤 구겨진 종이 결을 따라 글씨도 비뚤배뚤해지고 만다. 나는 깨끗한 공책에 반듯한 글씨로 쓴 일기를 아빠에게 보여주고 싶었다. 하지만…… 아빠가 누런 이를 드러내고 헤벌쭉 웃을 때 이마와 볼에 잡히는 주름도 비뚤배뚤하니까. 그렇게 생각하자 정말 아빠가 보고 싶었다.

*

동산에 오르면 아빠가 일하는 아파트가 보인다. 6층까지 올라간 아파트는 지금 같아서는 **케이크 상자**처럼 매끈한 모습이 그려지지 않는다. 회색 벽에 매달린 합판과 계단을 보면 악당과 싸우다 크게 다친 **자이언트 로봇**을 치료하는 공장이 떠오른다. 나는 엄지와 검지를 벌려 아파트를 집는다. 나는 성냥갑보다 작은 아파트를 산등성이로 옮겼다가, 들판 사이로 흐르는 개천에 걸쳐놓았다가 다시 제자리로 갖다 놓는다. 아파트가 다 지어지면 뼘을 더 벌려 엄지와 약손가락으로 집어야 할 것이다.

아빠는 지금 몇 층에 있을까. 나는 아파트 담벼락을 차례차례 오르내리는 작은 점들 중에서 아빠를 골라내려 한다. 하지만 점, 점, 점은 **일개미**처럼 태연히 내 손가락 새로 고물거리며 빠져나간다. 안간힘을 써도 손에 잡히지 않는 점들이 얄밉고 속상하다. 정말 **일개미**라면 소나무 둥치를 타고서라도 기어올라 손톱으로 꾹 눌러버리고 말 텐데. 그러자 정말 소나무에서 미끄러져 나무

껍질에 맨발바닥이 쓸린 것처럼 부르르 긴지러가 서신나. 바람이다. 나는 가만히 눈을 감는다. 그리고 "바람"이라고 읊조린다. "바람은…… 바람은……" 하지만 비릿한 냄새가 밴 옷가지나 눈이 부신 햇빛과 달리, 먼지의 매캐한 흙내나 묻혀 오고, 솔숲에 웅성거리기만 하는 바람은, 모습이 없는 바람은, 아무것도 떠오르지 않는다. 나는 한숨을 쉬고 마른 잔디를 한 움큼 쥐어후, 바람에 날려 보낸다.

바람이…… **심심하다.** 바람이 조금 잠잠해진다. 나는 잔디밭에 벌렁 드러누워 팔베개를 하고 하늘을 올려다본다. 푸른 하늘에 눈이 시리다. 나는 눈을 감는다. 그래, 앤도 들판에 누워 공상에 잠기길 좋아하지. 그러고는 집으로 돌아가 매슈 아저씨와 마릴라 아줌마에게 종달새처럼 지저귀지. '도깨비 숲에 바람이…… 바람이 **심심하게** 불고 있어요.' 앤이라면 바람을 **심심하다** 따위로 정말 심심하게 표현하지는 않을 텐데. '그래도 바람이, 바람이 아닌 게 어디야.' 고모는 '무슨 귀신 씻나락 까먹는 얘기를 하고 자빠졌니' 핀잔을 줄 테지만, 매슈 아저씨는 그저 흐뭇한 미소만 지으며 느릿느릿 파이프 담배를 피울 것이다.

바람은 머릿속에서 근사한 말로 머물지 않고 자꾸 솔숲 저쪽으로 빠져나간다. 공책이 없어서 그런 걸까. 나는 **깃발**처럼 펄럭이는 나뭇가지를 우두커니 쳐다보기만 한다. 풍선을 불듯 바람을 멋진 글 속에 가두지 못하는 내 자신이 멍텅구리 같다. 예전같으면 **바람이 심심하다,** 라는 표현만 해도 아빠가 입을 헤벌리고 감동했을 텐데. 하지만 요즘 같으면 이 정도 글로는 턱도 없다.

아파트가 점점 자라면서 아빠 얼굴을 보기가 힘들어졌다. 아빠는 아주 이른 새벽에 나가 아주 늦은 밤에 돌아온다. 예전처럼 목말을 태워주지도 않고, 내가 온종일 쓴 일기를 다 읽기도 전에 갸릉갸릉 코를 곤다. 원래 잠이 많은 아빠지만, 아파트에서 합판이나 벽돌을 나르기 시작한 뒤로는 내가 어깨를 흔들어도 게슴츠레 실눈을 떠 웃어주기는커녕 몹시 귀찮다는 듯 등을 돌린다. 그러고는 잠의 가장 밑바닥까지 걸어갔다 돌아오는 길이 너무 멀고 고된지 끙끙 앓는 소리를 낸다.

사실 내가 아빠를 기다리지 못할 때가 더 많기는 하다. 아빠보다 졸음이 먼저 온다. 학교에 나가지 않으면서 내가 가장 많이 한 일은…… 잠이다. 잠은 아빠와 나에게 밴 비릿한 냄새처럼 늘 우리를 휘감아 돌았다. 아빠와 나는 아침밥을 먹고 우두커니 마루에 앉아 있다가 조각 잠을 잤고, 들과 산을 쏘다니다가 돌아와 라면을 끓여 먹고 잠을 잤고, 저녁 무렵 재밌는 만화 영화가 끝나면 불을 끄고 푸르스름한 텔레비전 화면 앞에 이불을 걸치고 있다가 스르르 잠이 들었다. 우리는 마치 내기를 하듯이 잠을 잤다. 우리는 잠조차 찰떡궁합이었다.

그랬는데, 고모가 돌아오고 아빠가 아파트로 나가면서 **숟가락 젓가락**처럼 나란했던 우리는 점점 멀뚱해져버렸다. 나는 가끔 새벽에 잠이 깨, 우물 바닥에 빠진 것처럼 허우적거리는 아빠를 구출해내기 위해 아빠의 등허리를 끌어안고 큼큼 냄새를 맡았다.

그러면 아빠는 금방 내 기척을 알고 깨 어더더더, 어더더, 어더더더더…… 돌아누워 나를 꼭 끌어안는…… 게 아니라, 동구 밖까지 쫓아오는 강아지를 떨쳐내듯 나를 밀쳐냈다. 나는 아빠의 턱밑에 머리를 부비며 아빠의 얼굴을 쓸었다. 내가 매달릴수록 아빠는 몸을 바르작대다 아예 데굴데굴 굴러 저만치 벽에 달팽이처럼 달라붙었다. 아빠는 딴사람이 되어버린 것 같다. 아빠는 정말 그곳이 교회라고 생각하는 걸까. 나는 고모에게 "왜 아빠를 자꾸 아파트로 보내는 거야" 따져 묻고 싶지만, 어쩐지 고모 앞에만 서면 아빠처럼 꿀 먹은 벙어리가 되어버린다.

고모는 아파트가 2층이 되었을 때 돌아왔다. 고모가 돌아오고 나서야 우리는 벌판에 세워지고 있는 게 아파트라는 사실을 알았다. 겨우내 벌판을 돌아다니면서 아빠와 나는 그것이 교회라고 믿었다. 우리가 이때까지 보았던 가장 높은 건물이 교회였기 때문이다. 논두렁 중간 중간마다 붉고 하얀 빗줄의 작대기가 꽂혔을 때, 나는 "아빠 저게 뭐야"라고 물었다. 물론 아빠가 어떤 대꾸를 해줄 거라 기대한 건 아니다. 나는 그저 허허실실 웃기만 하는 아빠 어깨 너머를 쳐다보며 새로운 허수아비이겠거니 흘리고 말았다. 며칠 지나지 않아 포클레인이 작대기를 따라 땅을 파헤치기 시작했다. 논밭에 **수술 자국**처럼 남은 그루터기를 따라 걷다 보면 겨울 가뭄에 바짝 물이 말라버린 저수지처럼 커다란 구덩이가 입을 벌리고 있거나, 떼도 안 입힌 흙무덤이 봉긋 솟아 있기도 했다. 우리는 구릉과 마른 호수를 지나는 **낙타**처럼 느릿

느릿 벌판을 돌아다녔다. 벌판 저쪽에 선 작대기의 붉은 깃발이 가까이 오라, 손짓하는 것처럼 펄럭거렸다. 하지만 그것은 우리를 반기는 깃발이 아니었다. 노란 안전모를 쓰고 양말을 대님처럼 바짓가랑이 위로 올리고 워커를 신은 아저씨들이 웅기중기 모여 담배를 피우다 가까이 오는 우리를 보고는 펄럭이는 깃발처럼 손사래를 쳤다. 얼핏 아는 얼굴을 본 것도 같았다.

우리가 마음 놓고 돌아다닐 수 있는 벌판은 야금야금 줄어들었다. 예전에는 벌판 가운데 흐르는 개골창까지 걸으면 장딴지가 당겼는데, 며칠 새 내가 무럭무럭 자란 것처럼 거기까지 걷는 걸음은 금세 줄어들었다. 대신 우리는 벌판을 조금씩 더 벗어났다. 한 번도 가보지 않은 벌판 끝의 마을과 담벼락과 동산과 느티나무와 억새밭을 보았다. 구름 하나 없는 하늘을 맴도는 까만 새 떼를 보았다. 철골만 남은 비닐하우스 자리에 채 뽑지 않은 배추를 보았다. 아빠는 서리가 앉은 배추의 언 겉잎을 벗겨내며 허허실실 웃기만 했다. 나는 줄가리만 남은 고춧대를 툭툭 꺾으며 운동화 코로 딱딱한 흙바닥을 해작였다. 냄비만 하던 배추는 밥그릇만 한 노란 고갱이만 남아 벌판을 떠도는 내내 아빠의 손에 **공**처럼 들려 있었다. 나는 아빠에게 배춧국을 끓이는 방법을 아냐고 묻고 싶었지만, 어쩐지 조금 화가 나 혀에서 버둥거리는 말을 꿀떡 삼켰다. 처음 가보는 동네 골목에서 낯익은 아주머니를 봤기 때문이다. 나는 반가운 마음에 담배 점방 할아버지에게 책을 나눠주는 아주머니를 향해 꾸벅 고개를 숙였다. 하지만 한 달에 한 번씩 우리 집에 들러 빨래도 해주고 김치도 담가주던 아주머니는 쌍둥이 언니나 동생이었는지 나와 아빠를 알아보지 못하고 괜스레 딴청을 부렸다. 벌판에 교회가 다 지어지면 아빠랑 함께 나갈게요, 하려던 말은 끝내 전할 수 없었다. 돌아갈 때면 꼭 뒤통수를 쓰다듬어주며 엄마를 위해서라도 기도를 열심히 해야 한다,는 말을 잊지 않던 아주머니였다. 그때 진작 아주머니가 벌판에 들어서고 있는 게 아파트라고 이야기해주었다면, 내 일기는 훨씬 길고 풍요로워졌을 것이다.

나는 한숨을 쉬고 몸을 일으켜 앉는다. 2층이 지어질 때까지 엉뚱한 이야기로 채워진 공책이 자꾸 거슬린다. 무엇보다 지금 공책은 초록 지붕에 사는 앤에게는 어울리지 않게 낡고 더럽다. 누가 몰래 훔쳐보기 전에 새 공책에 새로운 이야기를 담아 바꿔치기해야 할 텐데. 물론 **피라미드** 속 베개 밑에 둬서 아무도 훔쳐가지는 않을 것이다. 고모도 지린내가 진동한다며 다락에는 얼씬거리지도 않는다. 그러면 나만 아는 비밀이 하나 생기는 거다. 물론 아빠한테는 새로운 이야기를 모두 들려줄 생각이다. 나는 두 손바닥을 벌려 아파트를 가리고 들과 벌판의 봄과 겨울, 여름과 가을을 떠올린다. 파릇파릇 웃자란 보리밭, 울긋불긋 핀 자운영, 첫눈이 내린 벌판의 발자국, 손짓 같은 깃발, 차곡차곡 쟁 합판 새로 난 미로 같은 길…… 새 공책 표지에는 고모가 가져온 팸플릿 그림을 붙이면 딱 어울릴 것 같다.

고모가 가져온 짐 중에서 내가 가질 수 있는 건 '미래를 설계

하세요!'라는 글씨 아래 조감도가 그려진 팸플릿뿐이었다. 처음엔 **케이크 상자**처럼 예쁜 집이 고모가 살다 온 곳이라고 생각했다. 나는 고모가 부러웠지만, 선뜻 고모에게 거기가 어딘지 물어볼 수 없었다. 고모는 정말 앤을 처음 만났을 때의 마릴라 아줌마처럼 나를 힐끗 쳐다보고는 못마땅한 표정으로 담배를 꼬나 물고 드문드문 혼잣말로 묻고 대답하기만 했다. "참, 읍사무소에서 한 달에 얼마나 들어와?" "쌀은 안 떨어졌어?" "보자……영세민이니까, 한 40만 원하고 아빠 장애인 수당 6만 원, 한 50만 원 들어오겠네." "통장은 어따 뒀어?" "왜? 너 같은 어린애를 뭘 믿고 맡겨." "너 통장 어디 숨겨놓은 줄 알지?" "설마 너네 미친 엄마가 들고 나간 건 아니지?" "너네 엄만 얼마 만에 나갔다 들어오니?" 나는 **담뱃진**처럼 진득진득하게 달라붙는 고모의 말을 떨어내며 마루에 널브러진 짐을 기웃거리다 팸플릿을 등 뒤에 감추고 다락으로 올라갔다. 고모는 옛날에 같이 살 때처럼 여전히 딴사람 같았다. 고모가 고모라니까 고모인 거지, 밥상 이쪽저쪽에 앉아 냄비에 숟가락을 같이 넣고 떠먹는 모습 같은 건 하나도 떠오르지 않았다. 그저 녹슨 못을 삼킨 듯 새된 목소리만 어렴풋이 기억날 뿐이었다.

자꾸 볼수록 팸플릿에 그려진 아파트 뒷동산은 어딘지 익숙한 모습이었다. 나는 다락 들창을 열고 저만치 엎드린 동산을 바라봤다. 그곳이 우리 동네라는 생각은 안 들었지만, 초록 지붕 집 2층 창가에 앉아 팔을 괴고 숲을 쳐다보는 앤을 볼 때처럼, 우리 집 산 어귀에도 **케이크 상자**처럼 예쁜 아파트가 들어서면 좋겠다는 바람이 들었다. 나는 **피라미드** 속에 누워 발을 간댕거리며 팸플릿에 우리 동네를 옮겨놓았다. **낙타**처럼 느릿느릿 걸었던 들판에 배추 몇 포기를 심었다. 아파트에서 멀찍이 떨어진 산 어귀에 초록 지붕 집 한 채를 그렸다. 동산으로 올라가는 오솔길을 그렸다. 이제 아무도 먹지 않는 우물물과 두꺼비 바위…… 갑자기 그날 쓸 일기거리가 떠올랐다.

나는 초록 지붕 집에 삽니다. 사람들도 우리 집을 초록 지붕 집이라고 부르는지는 잘 모르겠지만, 동산에 오르면 푸른 지붕이 내려다보입니다. 여름이 깊으면 나무가 우거져 정말 초록 지붕 집으로 보입니다. 우리 집을 찾아오는 사람은 다들 친절합니다. 아주머니는 맛있는 김치를 담가주시고, 깨끗한 빨래를 해줍니다. 이제 아주머니는 오지 않아도 됩니다. 마릴라 아줌마처럼 무뚝뚝하지만 진짜 고모가 돌아왔기 때문이죠. 이제 마을 어귀에서 누군가 우리 집을 찾아오려고 길을 묻는다면 사람들은 아마 이렇게 대답할 겁니다. 아, 말썽꾸러기 앤을 닮은 아이가 사는 집 말이죠. 저기 보이잖아요. 푸른 나무가 우거진 초록 지붕 집. 고모와 아빠, 아이 셋이서 사는 집 말이죠.

하지만 나는 일기를 더는 쓸 수 없었다. 들창 아래에서 꽹과리 치는 소리가 들렸기 때문이다. 들창을 내다보니 고모가 대야를 발로 걷어차며 호스로 마당 여기저기에 물을 뿌리고 있었다. 수돗가 옆 장독대에는 발가벗은 아빠가 큰독 뒤에 서서 어찌할 바를 모르고 있었다. 고모는 너도 부끄러운 게 뭔지 아나 보네, 야릇한 미소를 지으며 아빠를 향해 호스를 뿌렸다.

'그래, 고모는 마릴라 고모가 아니니까.' 그래도, 고모 생각만 하면 한숨이 나온다. 그리고 이제는 솔직히…… 아빠 생각을 해도 조금 한숨이 나온다. 갑자기 솔숲이 파도가 몰아치는 것처럼 휘청거린다. 나는 또 한 번 진저리를 치며 아파트를 내려다본다. 담벼락을 오르내리는 **개미 떼**의 걸음이 아까보다 훨씬 굼뜨다. 내가 아빠랑 논두렁 사이를 산책하는 속도와 비슷하다. 갑자기 **개미 떼**가 천적 사마귀를 만난 것처럼 옴짝달싹하지 않는다. 얼마나 지났을까. **개미 떼**는 하나둘 회색 벽 속으로 숨어버린다. 하지만 아파트 공사장 빈터를 굴러다니는 다른 점들의 발걸음은 그래, **바람**처럼 빠르다. 점들의 수가 점점 늘어나면서 마치 **공놀이**를 하는 것 같다. 바람은 어느새 솔숲을 빠져나가 아파트 근처에서 까불고 있다. 그래, 바람도 나랑 노는 게 심심했을 거야. 우리 동네에 머무는 게 지겨웠을 거야. 물론 우리 동네도 에인버리 마을처럼 봄이면 벚꽃이 **솜사탕**처럼 부풀고, 가을이면 여름내 붉게 그을린 나뭇잎이 **장갑**처럼 떨어지지만…… 개울 지나 숲 건너 다이애나 같은 친구는 살지 않는다. '그래, 바람아, 너도 나처럼 심심했던 거구나. 친구가 없어. 하나밖에 없는 친구를 저 아랫동네 아파트가 데려가버렸어.' 회색 벽에 매달린 합판과 계단을 **실로폰처럼 흔들어대는 바람의 외로움**을 쳐다보고 있자니 정말 눈물이 쏙 빠질 것 같다. **나는 고아가 아니었을까.** 문득 그런 생각이 든다. 아빠와 고모…… 그리고 엄마도 사실은 모두 가짜였을지 모른다. 그러자 몹시 무서우면서도 어쩐지 야릇한 기쁨이 한꺼번에 솟구쳤다. '그래, 아빠한테 드디어 할 말이 생겼어. 이 말이라면 아빠가 다시 내 이야기에 귀를 기울일 거야.' 아빠는 다이애나 따위와는 비교할 수 없는 나의 진정한 친구니까. 아빠는 펑펑 울면서 내 등을 하염없이 쓰다듬기만 하겠지. '미안해, 미안해'란 말을 입 밖으로 낼 수 없으니까. 그러면 나도 아빠를 끌어안으며, 모른 체 아빠 입술에 **뽀뽀**를 해야지.

*

처음 아빠가 아파트에 나간다고 했을 때는, 팸플릿에 그려진 높다란 아파트를 **개미처럼** 몸집이 작은 아빠가 하나하나 쌓아 올린다는 게 그저 신기하기만 했다. 고모가 돌아오고 채 일주일도 지나지 않은 날이다. 고모는 그날 밤 술에 잔뜩 취해 벌판에서 보았던 차림의 사내와 **깍짓손**처럼 얽혀 돌아왔다. 사내는 노란 안전모를 벗어 손에 들고 있었는데도, 오랫동안 모자를 쓴 탓인지 여전히 노랑머리였다. 마루에 널브러져 푸푸, 된 숨을 몰아쉬던 고모는 사내가 들고 온 노란 안전모를 아빠에게 집어 던지며 잠꼬대처럼 말했다. "너도 가장이야. 알겠어? 너도 어떻게든 밥벌이를 해야 할 것 아냐." 아빠와 나는 다락 **피라미드**에 누워 밤새도록 **방울뱀**처럼 앓는 소리를 내는 고모 때문에 겁먹은 **낙타**처럼 자다 깨기를 반복했다.

아빠는 이튿날 새벽 사내를 따라 아파트 공사장으로 나갔다. 나는 그 사람이 누구인지 알고 있었다. 벌판에 깃발이 꽂히기 전, 고모보다 먼저 돌아온 사람이었다. 나는 아빠가 걱정됐다. 나는 고모에게 아빠가 어딜 가는 거냐고 물었다. 고모는 스테인리스 대접에 담긴 물을 벌컥벌컥 들이켜다 나를 노려봤다. "돌콩만 한 새끼가 뭐가 그렇게 궁금해 꼬치꼬치 캐물어." 여전히 얼굴이 벌건 고모의 핏발 선 눈초리가 정말 **낙타를 삼킨 방울뱀**처럼 붉고 살벌했다.

저녁 어스름이 돼서야 고모처럼 비틀거리며 돌아오는 아빠를 보고, 나는 온종일 아빠가 어디로 간 것인지 알 수 있었다. 아빠는 지난겨울과 어젯밤에 보았던 사내처럼 '노란 안전모를 쓰고 양말을 대님처럼 바짓가랑이 위로 올리고 워커를 신고' 있었다. 나는 고모처럼 푸푸 된 숨을 몰아쉬며 잠든 아빠의 양말을 벗기며 물었다. "정말 거기 아파트가 들어서는 게 맞아?" **푸푸.** "교회가 아니었어?" **푸푸.** 나는 아빠의 군용 점퍼를 벗겼다. **푸푸.** 윗도리를 끄집어 올렸다. **푸푸.** 혁대를 풀고 바지를 벗겼다. **푸푸.** 아빠의 배에 볼을 가만히 갖다 댔다. **푸푸.** 입과 코에서 뿜어져 나오는 숨소리는 거칠었지만 깡마른 아빠의 뱃가죽은 제대로 부풀지 않았다. **푸푸.** "진작 알았으면 좋았을 텐데." **푸푸.** 온종일 아빠를 못 본 게 속상하긴 했지만, 그래도 따뜻한 아빠 살에 볼을 대고 있자니 괜스레 기분이 누그러지면서 아빠가 자랑스러웠다. **푸푸.** 몇 달만 참으면 **케이크 상자**처럼 매끈한 아파트를 보면서 아이들에게 뽐낼 수 있을 거야. **푸푸.** 아빠의 숨소리가 내 머릿속에 앤보다 훨씬 뛰어난 상상을 불어넣은 것처럼 아름다운 장면들이 쉼 없이 떠올랐다. **푸푸.** 마치 누가 귓불을 핥는 것처럼 알 수 없는 간지러움에 진저리가 쳐지고 비실비실 웃음이 났다. 아파트가 서면, 아파트가 서면…… 나는 아빠랑 손을 잡고 벌판을 향해 성큼성큼 걸어간다. 아이들은 부럽고 쑥스러운지 고개를 푹 수그리고 쭈뼛쭈뼛 악수를 건넨다. 아이들 뒤에 서 있던 선생님도 어느새 내게 다가와 뒤통수를 쓰다듬으며 네 마음을 몰라 미안해, 사과한다. ……나는 어떻게 해야 하나. '그래 우리 아빠가 지은 거야. 축하해줘서 고마워' 수줍어해야 하나, 못 들은 척 으스대며 아빠와 벌판 끝까지 걸어가야 하나. 나는 잠든 아빠의 귓불을 간질이며 아빠가 내 부푼 마음을 알아주길 바랐다. 하지만 아빠는 여전히 주전자처럼 푸푸, 거리기만 했다. 그날 밤 꿈속에서 아파트는 잭의 콩 나무처럼 무럭무럭 키가 자랐다. 동네 사람들은 아빠와 나를 둘러싸고 우렁찬 박수를 보냈다. 나는 아빠의 팔에 매달려 사람들을 향해 손가락으로 브이 자를 만들어 보였다.

막상 아빠가 없는 시간은 생각보다 훨씬 심심했다. 고모는 날마다 집을 비웠고, 어쩌다 집에 머무는 날에도 나를 거들떠보지 않았다. 나도 모르게 학교에 돌아가고 싶다는 생각이 들기도 했다. 그럴 때면 얼결에 아빠의 잠지를 만졌을 때처럼 깜짝 놀라 오른손으로 오른뺨을 호되게 후려쳤다. 아빠 생각만 하면서 보내기에는 하루가 너무 길었다. 나는 앤처럼 무럭무럭 상상을 펼치지 못하는 내가 못마땅했다. 앤은 한 번도 가보지 않은 바닷가도 그림처럼 떠올린다. 숲 속 요정의 머리카락이 주홍빛인지, 하늘빛인지도 안다. 하지만 나는 반쯤 주저앉은 우리 집 담벼락이 보기 싫으면, 같은 반 부반장이 살던 양옥집 담벼락의 덩굴장미를 떠올려야 했고, 아빠의 후줄근한 점퍼가 미우면, 교장 선생님의 까만 양복을 벗겨 와야만 했다. 나는 내가 기억하는 것만 짬뽕해서 상상할 수 있었다. 내가 기억할 수 있는 그림은, 공책으로 따지면 반은 아빠랑 함께 보낸 시간이고, 반은 학교에서 보낸 시간들이었다. 나는 이미 공책의 반을 눈 감고도 욀 정도였고, 단물이 다 빠져버린 **껌** 같은 시간들은 계속 씹을수록 턱만 아프고 처음의 달콤한 맛마저 까먹어버릴 지경이었다.

앵두나무 가지에 걸터앉아 있을 때 반짝 좋은 생각이 떠올랐다. 아파트가 다 지어지면 어차피 학교로 돌아갈 테고, 그러면 아이들이 아파트를 지은 아빠가 어떤 사람인지, 고모가 어떤 사람인지, 내가 그동안 어떻게 지냈는지 궁금해할 것 같았다. 나는 다락에 올라가 공책과 연필을 꺼내 오래전 날짜부터 일기를 쓰기 시작했다. 보름 정도의 일기가 채워지자 나는 일기를 뽐내고 싶어 안달이 났다. 나는 늦은 밤 나란히 누운 아빠 귀에 모래를 흘려 넣듯 일기를 읽었다. 아빠는 열심히 듣는 시늉을 했지만, 물음표도 느낌표도 말해줄 수 없었다. 하긴, 이 일기는 아빠가 아니라 아이들에게 들려줄 이야기니까. 그래도 나는 누군가 내 일기에 눈물을 흘리거나, 박수를 치거나, 하다못해 뒤통수를 쓰다듬어주었으면 좋겠다는 생각이 들었다. 그러면 내 일기는 비료를 먹은 벼처럼 쑥쑥 더 자라날 텐데.

마침 그날은 고모가 한낮이 되도록 바깥으로 나가지 않았다. 고모는 벌겋게 단 숯을 삼킨 사람처럼 홧홧한 얼굴로 연신 물을 들이켜고, 방바닥에 드러누웠다 벌떡 일어나 뒤껼 변소를 들락거렸다. 하룻밤 새 핼쑥해진 고모는 나를 봐도 여느 날처럼 욕하지 않고 가느다란 한숨만 내쉬었다. 나는 문득 아무리 무뚝뚝한 고모라도 아름다운 이야기로 가득한 일기를 본다면 마음을 풀고 내 뒤통수를 부드럽게 어루만져줄 거라는 믿음이 생겼다. 나는 고모의 눈치를 살피며 공책을 가슴에 안고 집 주위를 어슬렁거렸다. 한참 마루 끝에 나앉아 있던 고모가 장독을 열어보고 김치를 찾다가 짜증을 내며 담배를 꼬나물면, 나는 장독대 옆 수돗가에 쪼그려 앉아 물을 마시는 척했다. 고모가 마루에 누워 천장을 바라고 다리를 간댕거리고 있을 때는, 안방 문턱을 딛고 서서 멀리뛰기 하는 시늉을 했다. 고모가 평상에 앉아 모자란 햇볕을 쬐고 있을 때는, 앵두나무 가지에 매달려 오랑우탄 행세를 했다.

하지만 고모는 흘낏 내 기척을 알아채면서도 일부러 딴 데로 눈길을 돌렸다. 여느 날처럼 귀찮다고 욕을 하거나 종주먹을 들이대지는 않았다. 고모는 다시 안방으로 들어가 개구리처럼 바닥에 납작 엎드렸다. 나는 조바심이 났다. 아무리 근처를 어슬렁거려도 나를 투명인간 취급하는 고모가 얄미웠다. 내가 자꾸 쭈뼛거려서 고모도 일부러 모른 체하는 걸까. 나는 설핏 잠든 고모 옆에 엎드려 공책을 펴고 아직 생각나지 않은 오늘 일기를 썼다. 선생님 말로는 어른들은 아이들이 뭔가를 끼적거리거나 읽는 모습을 보고는 절대 나무라지 않는다고 했다. 나는 글자를 모르는 아빠에게 하듯이 고모의 귀에 대고 일기를 읽어줘야 하나 고민을 하면서 엉덩이를 궁싯거렸다. 내가 자꾸 들썩거리자 고모는 그제야 내 엉덩이를 철썩 때리며 "넌 공책이 하늘에서 떨어지는 줄 아니" 하면서 흘겨보았다. 맞은 건 억울했지만 어떻게든 고모가 내 쪽을 쳐다보게 돼, 나는 그 기회를 놓칠세라 펼친 공책을 은근슬쩍 고모 쪽으로 밀었다. 핀잔을 주면서도 공책을 물끄러미 들여다보는 고모의 눈길이 느껴졌다. 나는 공책을 감추는 척 수줍어하면서 일부러 공책을 놓친 것처럼 다음 장을 넘겼다. 마음속으로 열을 세고 또 다음 장을 넘기려는데 갑자기 뒤통수가 화끈거렸다. "뭐야, 나는 토목 반장 딸내미가 새빨간 거짓말만 늘어놓은 줄 알았더니……" 그 소리에 나는 너무 실망해 공책을 챙겨 일어섰다. 하지만 고모는 공책을 휙 낚아채고는 내 팔목을 비틀었다. "벌레만도 못한 새끼. 그 맹랑한 딸내미가 제 아빠한테 너 같은 미친 놈하고 식구가 되는 거냐고, 그러면 부엌칼로 손목을 그어 죽어버린다고 했다기에 뭔 말인가 싶었더니…… 내가 애먼 계집애만 잡았어." 나는 아름다운 일기를 한 줄도 이해하지 못하는 고모가 공책을 만지고 있는 것만도 소름이 끼쳐 고모의 손에 악착같이 매달렸다. 하지만 고모도 공책을 놓치지 않으려고 안간힘을 썼다. 나는 고모의 손등을 물어뜯었다. 고모는 내 따귀를 갈기며 고함을 질렀다. "뭐, 이런 순 개자식이 다 있어. 미친 네 엄마랑 완전 판박이야. 그래, 어디 네 친구들한테 한 것처럼 나한테도 그래 보려무나. 학교에서 쫓겨난 것도 당연해. 설마설마했더니. 한번 찾아가서 네 선생님한테 싹싹 빌어보려고 했던 내가 미쳤지. 소문보다 더 악질이었어. 너 같은 새끼가 언감생심 학교라고." 고모는 공책을 반으로 찢으려다 힘에 부치자 앞니로 공책 낱장을 뜯어내며 방바닥에 흩뿌렸다. 나도 모르게 눈물이 주룩주룩 흘러내렸다. 나는 고모의 가슴팍에 머리를 들이박고 공책을 빼앗아 집을 뛰쳐나왔다.

 억울했다. 나는 고모에게 고래고래 소리치고 싶었다. 내가 학교에서 쫓겨난 건 길버트, 길버트 때문이라고. 앤이 다시는 학교에 가지 않겠다고 다짐한 것도 길버트가 홍당무라고 놀렸기 때문이라고. 길버트가 그렇게 놀리지만 않았으면 앤도 석판으로 그 아이 머릴 내리칠 이유가 하나도 없었다고. 나는 문득 그때 다이애나가 앤에게 어떻게 위로했는지 궁금했다. 아마 다이애나는 앤을 찾아와 다시 학교로 돌아가자고 함께 눈물을 흘렸겠지.

하지만 내 친구 다이애나는 길버트와 한편이 돼 나를 배반하고 말았다. 오히려 나를 다시 만나게 된다면 손목을 긋겠다고 협박까지 했다. 고모가 돌아오자마자 앤의 진짜 슬픔을 고백하지 않은 게 정말 후회가 됐다.

*

다이애나를 처음 만난 것은 내가 아직 학교를 다닐 때였다. 아파트가 지어지면서 고모만 돌아온 것은 아니다. 고모가 돌아오기 훨씬 전에 문을 닫았던 중국집 노랑머리 아저씨도 돌아왔다. 그 아저씨의 계집애도 돌아왔다. 한쪽 발을 절름거렸던 아줌마는 돌아오지 않았다. 둘은 다시 오랫동안 비었던 중국집에서 살았다. 나는 다시 붉은 깃발이 내걸리고 고소한 기름내가 풍기길 기다리며 중국집 안을 힐끗거렸다. 중국집은 빈 솥처럼 조용하기만 했다. 노랑머리 아저씨랑 계집애가 다시 도시로 떠난 게 아닐까, 생각될 정도였다. 그러자 계집애에게 인사 한 번 제대로 못한 게 미안했다. 조금만 참았으면 나랑 계집애는 앤과 다이애나처럼 친해질 수 있었을 텐데. 나는 중국집 앞을 지날 때마다 잘 생각나지 않는 계집애의 얼굴을 떠올리며 미처 전하지 못한 인사를 건네고 오늘 배운 노랫말을 들려주었다. "안녕, 난 초록 지붕 집에 살아. 넌 어디서 왔니? 우리 집 뒷동산엔 샘물이 있어."

그날도 썰렁한 중국집 안을 힐끗거리는데 드르륵 문이 열렸다. 계집애는 돌아간 게 아니었다. 얼굴만 배죽 드러낸 계집애가 이리로 오라는 손짓을 했다. 내가 몹시 반가워하면서도 어쩔 줄 몰라 우두커니 서 있자, 중국집 문이 한 뼘쯤 더 열리면서 우리 반 맨 뒷자리에 앉는 덩치들의 얼굴이 보였다. 길버트처럼 짓궂은 아이들이었다. 그래, 앤과 다이애나도 가끔은 다른 아이들과 숲이나 교회 뒤뜰에서 어울리기도 하니까. 중국집 안에는 깊은 그림자가 커튼처럼 드리워 있고, 의자를 올려놓은 탁자 밑으로 빈 라면 봉지와 소주병이 뒹굴고 있었다. 아이들은 저희끼리 한참 낄낄거리다 문득 재밌는 내기를 하자고 했다. 그러자 먼지가 앉은 식탁에 걸터앉은 계집애가 살긋거리면서 치마를 허벅지까지 걷어 올렸다. 길버트가 내 목덜미를 죄고 다이애나의 가랑이 사이에 들이밀었다. "핥아." 다이애나는 간지럼을 탄 것처럼 깔깔거렸다. 나는 목에 빳빳이 힘을 주었다. 다이애나는 가랑이를 더 크게 벌렸다. "어쭈, 이런 보지 같은 새끼가 반항하네. 너하고 똑같은 것 달렸잖아. 왜, 처음 보냐? 이 갈보 같은 새끼야." 다이애나는 종아리를 내 어깨에 걸쳐놓았다. 길버트는 내머리를 점점 다이애나의 치맛자락 속으로 집어넣었다. 나는 눈을 질끈 감고, 입속의 침을 모아 껌껌한 가랑이를 향해 퉤, 뱉었다. 찰나 눈앞이 별밤처럼 휘청거렸다.

이튿날부터 아이들은 나를 슬금슬금 피했다. 화장실 담벼락에는 계집애의 가랑이 속에 개처럼 무릎을 꿇은 아이의 그림이 그려져 있었다. 내 고개는 점점 **물음표**처럼 숙여졌다. 다이애나는 아무렇지도 않게 고개를 빳빳이 들고 다녔지만, 그럴수록 내 마음은 **공벌레**처럼 몸을 도사렸다. 어떻게 해야 할까. 나는 아빠에게 묻고 싶었지만, 아빠는 우두커니 텔레비전만 쳐다봤다. 나는 무릎을 감싸 안고 텔레비전을 멀거니 쳐다보다 갑자기 화가 나 텔레비전을 드르륵드르륵 딴 데로 돌렸다. 그러다 나는 내 또래의 말 없는 아이들을 알게 되었다. 그 아이들은 아빠처럼 한 마디도 하지 않았다. 엄마가 안아주려고 하면 몸을 바르작대며 장롱 안에 들어가 문을 닫아버렸고, 혼자서 두 팔을 십자가로 만들어 운동장 담벼락을 걸어 다녔다. 나는 며칠 동안 그 아이만 생각했다. 그러자 내가 공책을 펼치면 앤이 되는 것처럼, 교문만 보면 그 아이가 내 속에 웅크리고 있는 것만 같았다. 머릿속이 가벼워지고 룰루랄라 콧노래가 나왔다. 나는 셋째 수업시간이 끝나기도 전에 피곤하다며 바닥에 드러누웠다. 선생님이 옆구리를 걸어찼지만 나는 일어나지 않고 코를 고는 시늉을 했다. 다음날 옆 반에서 풍금 소리가 들렸다. 나는 일어나서 풍금 소리를 따라 노래를 불렀다. 온종일 한 마디도 하지 않지만, 굉장히 머리가 좋아 수학 문제를 잘 푸는 그 아이가 그러면 선생님이나 엄마는 아이를 꼭 끌어안고 다독여주었다. 나도 그럴 자격이 있었다. 하지만 아이들은 살금살금 나를 피했다. 동네 아주머니들은 나를 보면 돌을 던졌고, 제 엄마처럼 미쳤다고 수군거렸다. 아빠와 함께 벌판을 나서면 사람들은 나 말고 아빠를 향해 침을 뱉었다. 우리는 다시 산책을 할 수 없었다. 벌판에 조만간 세워질 교회에 나가 기노를 하고 싶기도 했지만 그럴 수도 없었다. 아빠와 나는 온종일 잠만 잤다. 어쩌다 동네를 둘러 벌판을 걸어 보고 싶을 때면, 우리는 동산 마루에 올라 벌판을 내려다보기만 했다. 저 멀리 학교가 보이면, 나는 앤처럼 다시는 학교에 돌아 가지 않으리라 다짐했다. 나쁜 길버트 같은 아이들하고는 절대 상종하지 않을 거라고. 다이애나에게마저 배반당한 앤은 이제 죽어버린 거나 마찬가지라고, 내겐 친구 따윈 없다고.

*

"아빠, 나 혹시 고아 아니었어? 맞지? 솔직히 말해도 괜찮아. 아빠한텐 늘 땡큐땡큐야. 오히려 기뻐. 난 정말 앤과 닮았구나." 나는 아빠에게 얘기해줄 오늘의 일기를 되뇌며 대문으로 들어섰 다. 집은 텅 비어 있다. 나는 부푼 마음을 안고 다락으로 돌진했 다. 어쩐 일인지 늘 닫혀 있던 다락문이 배죽 열려 있다. 탐정소 설 끝에 등장하는 책꽂이 뒤나 마룻바닥에 숨은 문틈처럼 왠지 모를 비밀의 열쇠를 품고 있는 것처럼 보인다. 마음이 너무 앞섰 는지 나는 그만 계단에서 발을 헛짚고 말았다. 내가 넘어지는 소 리에 놀랐는지 다락에서 뭔가 푸드득거리는 소리가 들린다. 아 까 아빠에게 봄소식을 전하러 급하게 뛰어 나갈 때 들창을 열어 놓고 닫지 않았다는 생각이 떠올랐다. 어쩌면 성질 급한 제비가 날아든 것인지도 모른다. 나는 새알을 훔치러 풀숲의 둥지를 찾아가듯 살금살금 까치발을 디뎠다. 따뜻한 새알을 쥔 것처럼 손바닥에 땀이 밴다. 하나 둘 셋. 혹시 아빠가 돌아온 걸까. 내 바람을 꿰뚫었는지 정말 누군가 **피라미드** 속에 등을 보이고 돌아앉아 있다.

……엄마. 엄마는 **피라미드**에 앉아 옷을 큼큼거리고 있다. 내가 벗어놓았던 코르덴 바지는 갈기갈기 찢어지고 팬티와 벙어리 장갑은 엄마 손에 끼어져 있다. 엄마가 돌아왔구나. 나는 금세 시들먹해졌다. 옷 더미에 파묻힌 엄마는 목도리 끝자락을 빨고 있다. 입가에 침이 흥건하다. 배가 고픈 게 분명하다. 늘 집에 돌아오면 엄마는 닥치는 대로 뭔가를 입에 집어넣었다. 한번은 죽은 쥐를 먹으려고 하는 걸 억지로 빼앗아 든 적도 있다. 그렇게 뭔가를 입속에 채워 넣고 나면 엄마는 얼음 속에 갇혔다 나온 **냉동 인간**처럼 온몸을 으슬으슬 떨었다. 무거운 겨울 이불을 둘러쓰고 며칠 동안 땀을 뻘뻘 흘리다 햇볕이 화창한 날 또 어딘가로 떠났다. 나는 엄마가 죽은 쥐를 먹기 전에 얼른 밥을 차리려고 계단을 내려갔다. 제비나 쥐처럼 재빨랐던 걸음이 금세 돌을 단 것처럼 무거워진다. 나는 물속에 잠기듯 까무러지는 머릿속을 세차게 도리질하고, 일기에 쓸 이야기를 까먹지 않으려고 혼잣말로 물었다. "엄마도 알고 있지? 그래, 누군가 초록 지붕 집 앞에 아기가 담긴 바구니를 내려다 놓고 간 게 분명해." 하지만 엄마도 아무 대답을 하지 않을 거라는 건 내가 더 잘 알고 있었다.

내가 밥상을 들고 막 마루로 올라서려고 할 때 마당에서 갑자기 고함 소리가 들린다. 그것은 아주 오래전 아빠와 나, 엄마와 고모가 함께 살 때 날마다 듣던 고함 소리였다. 나는 엄마가 다락을 내려왔다고 짐작했다. 엄마는 어느새 다락 앞에 쭈그리고 앉아 다락문을 긁어대고 있다. 엄마는 쥐처럼 조용하다. 고함 소리가 들리는 마당 쪽을 돌아보니 또 낮술을 마셨는지 얼굴이 벌겋고 눈물 콧물 범벅인 고모가 엄마를 향해 마루로 내달려 오는 모습이 보인다. 나는 밥상을 들고 어떻게 해야 할지 잠시 망설였다. 밥상을 내동댕이치고 달려드는 고모를 막아서야 하나, 슬쩍 비켜서야 하나. 결국 내가 달려오는 고모를 슬쩍 피해주려고 할 때, 고모는 엄마가 아니라 내 허리춤을 끌어당긴다. 아랫도리가 서늘해지면서 이내 바람이 들이치는 상쾌한 기분이 들었다. 마당 한가운데 넓은 치마가 바람에 나뒹군다. 바람에 부푼 치마는 곧 하늘 끝까지 날아오를 것처럼 산뜻하다. 그 모습을 보자 마치 온종일 치마가 내 머릿속을 덮고 있었던 것처럼 얄밉고 속상한 마음도 씻겨 나가는 것 같다. 드디어 동산 솔숲에 갇혀 갑갑하게 불던 바람을 멋지게 붙잡을 수 있을 것 같았다. 그래 바람은…… 바람은…… **치마**처럼 불고 있었던 거야. 고모도 땡큐땡큐, 고모 덕분에 바람이 **심심하지** 않아 얼마나 다행인지 몰라. 오늘 일기는 정말 근사할 거야.

내가 고모를 쳐다보며 고마움에 살긋 미소를 짓자, 고모는 잠시 멀뚱한 얼굴로 내 아랫도리와 치마를 번갈아 쳐다본다. 마당 저만치 사람들이 웅기중기 모여 수군거리는 소리가 들린다. 고모도 기척을 느꼈는지 사람들을 돌아보고는 갑자기 두 손에 얼굴을 파묻고 새된 고함을 질렀다. "세상에, 너 그 꼴을 하고 어딜 돌아다닌 거야. 너도 네 엄마처럼 머리가 어떻게 된 게 분명해." 고모의 들썩이는 어깨 너머로 초록 지붕 집을 찾아온 사람들의 얼굴이 하나하나 또렷이 보인다. 한 번쯤은 일기에 등장한 사람들이다. 사람들은 초록 지붕 집에 처음 들른 탓인지 얼굴이 뻣뻣하게 굳어 있다. 나는 주뼛거리는 사람들에게 어떤 인사를 건네야 하는지 또렷이 알고 있다. 나는 바람에 나뒹구는 치마처럼 금세 머릿속을 빠져나갈지 모르는 '오늘의 일기'를 붙잡기 위해 다락을 향해 뛰어갔다. 밥그릇 몇 개가 강아지처럼 치마를 쫓아 데굴데굴 굴렀다.

급한 마음과는 달리 비뚤배뚤 구겨진 일기장은 내 급한 글씨를 제대로 받아주지 않았다. 못생긴 공책이 괘씸해서인지 나도 모르게 눈물이 주룩주룩 흐른다. 그래도 어렵게 한 줄 한 줄 오늘의 일기가 채워지자 학교 가는 길이 조금씩 설레기 시작한다. 오늘 처음 초록 지붕 집에 들른 사람들에게 이 일기를 읽어주면 며칠 새 입 싼 아이들 사이에 소문이 돌 것이다. 아파트가 들어선 벌판 끝까지 나풀나풀 바람을 안고 걸어가는 나와 아빠의 모습이 떠오른다. 나는 공책을 가슴에 껴안고 사람들이 어떤 표정으로 기다리는지 들창 너머를 내려다본다. 사람들은 내 일기를 애타게 기다리는지 마당에 천막을 세우고 돗자리를 펼치고 있다. 내가 꼭 연극의 주인공이 된 것 같다. 엄마와 고모도 어느새 눈처럼 히얀 옷으로 갈아입었다. 고모는 하얀 머릿수건까지 하고 있다. 오랜만에 돌아온 엄마는 내가 자랑스러운지 사람들 사이를 헤집고 다니며 춤을 추고 있다. 나는 누구보다 멋지게 일기를 낭독할 수 있을 것 같다. 이제 우리 집은 정말 초록 지붕 집으로 불릴지 모른다. 그런데, 아빠, 아빠는, 아빠는 어디 있는 거지? 참, 아직 집으로 돌아오는 중이겠지. 동산에 있었다면 저만치 개미만 한 점에서 점, 점, 점 **자이언트 로봇**처럼 커지는 아빠 모습을 볼 수 있었을 텐데. 그럼 아빠를 향해 **깃발**처럼 손을 흔들어줄 수도 있을 텐데. 나는 가슴에 품은 일기를 꺼내 처음부터 천천히 읽기 시작한다.

나는 앤입니다. 나는 초록 지붕 집에 삽니다. 우리 집에는 매슈 아저씨처럼 말이 없고 착한 아빠와 얼마 전 돌아온 고모…… 그리고 유령이 삽니다. 아무도 이야기하지 않지만 사실 나는 내가 고아라는 비밀을 압니다. 하지만 비밀은 그것뿐만이 아닙니다. 아빠는 대단한 기술자입니다. 일개미처럼 조그만 아빠는 지금 벽돌을 하나하나 쌓아 우리 동네에서 가장 높은 건물을 짓고 있습니다. 사람들은 하룻밤만 지나면 성큼성큼 자라는 아파트가 신기하겠지만, 나는 알고 있습니다. 내가 잠든 사이 피라미드에 숨은 자이언트 로봇이 자정을 틈타 벌판까지 걸어 나간다는 사실을. 나는 점, 점, 점 개미처럼 작아졌다, 점, 점, 점, 제 모습을 찾아 돌아오는 자이언트 로봇을 몰래 훔쳐봅니다. 나는 벽에 달팽이처럼 달라붙어 잠든 척하고 있다, 이내 지쳐 곯아떨어진 로봇에게 수고했다며 뽀뽀를 해줍니다. 우리 동네에서 가장 높은 건물이 세워지는 날, 우리는 그 지붕에서 저만치 보이는 십자가를 내려다볼 겁니다. 깔깔깔, 웃음이 날지, 눈물이 핑 돌지 그건 모르겠습니다. 내 상상력도 결코 앤에게 뒤지지 않지만, 어쩐지 그것만은 제대로 상상할 수 없습니다.

……

나는 앤입니다. 나에게도 오늘 새 옷이 생겼습니다. 그것은 바람처럼 부푸는 치마입니다. 아니 어쩌면 겨우내 입었던 코르덴바지를 대신해 바람이 내 다리에 머무는 것인지도 모릅니다. 바람이 치마처럼 펄럭입니다. 치마에서 비릿한 냄새가 납니다. 나는 이 옷에 이름을 붙여주고 싶습니다. 바람을 가득 담아 부풀어 오를 수 있으니, 그래, '날개'가 어떨까요. 이 치마는 정말 날개처럼 나를 아빠가 있는 높은 곳까지 데려다줄 수 있을 것 같습니다. 바다처럼 푸른 하늘을 헤엄치는 날개, 날개를 단 물고기…… 하지만 내가 어떤 상상을 하든 나는 앤입니다.

나를 이제 앤이라고 불러주세요……

지상 최후의 로봇

*

　야호는 바깥에서 돌아오면 벽장으로 갔다. 아니, 벽장이 딸린 영감 방으로 들어가기 전에 손을 씻었다. 누가 쫓아올세라 가방을 멘 채 노깡 우물에서 두레박을 길어 어푸어푸 소리만 요란하게 적시거나, 정주간 마루청에 걸터앉아 사카린을 쳐서 삶은 달금한 감자를 우걱우걱 삼키고는 끈끈한 손을 동이에 담갔다. 그렇게 서둘러놓고는 막상 영감 방 미닫이를 밀면 잠자코 늑장이 났다. 야호는 바지 주머니에서 손수건을 꺼내 손샅을 닦거나, 음식 찌끼가 괸 윗잇몸을 혓바닥으로 둥글게 훑으면서 벽장을 바라봤다. 벽장은 북쪽을 바란 벽 전부를 차지했다. 천장과 바닥 아래위를 뼘만큼 남기고 양쪽 모서리까지 바투 문틀을 댄, 문홈까지 알뜰하게 반지를 바른 세 짝의 미세기 문을 볼 때마다 야호는 엉덩이가 가려웠다. 야호는 짝다리를 짚고 벽에 엹통수를 기대 똥구멍을 긁거나, 딴청을 피우며 벽장문을 똑똑 노크했다. 빈 벽에 울리는 메아리는 벽 안으로 스미지 않고 구부러진 집게 손가락 마디에서 짧게 떨었다. 야호는 검은자위처럼 얇고 동심원인 소리가 시시했다.

야호는 둥글고 깊은 구멍을 좋아했다. 엄마 집의 우물과 땅 밑에 숨은 광이 그랬다. 거기에 심길 모종처럼 아가리를 들여다보고 있으면, 영혼이 흘린 두레박줄처럼 깊이깊이 낙하하고 몸은 제자리에 남아 시간과 시간의 틈이 벌어졌다. 깜깜하게 엎지른 시간에서 하염없이 처져, 가마니처럼 가만히 버려진 기분이, 야호는 좋았다. 시간의 무덤을 혼자 보고 쓱쓱 지워버린 기분이랄까, 야호는 빛을 등지고 우묵하게 드러난 어둠의 더께에 그만 눈이 먼 듯 멍청한 눈을 하고 마당을 가로질렀다. 고개가 우물 깊이로 자꾸 숙여졌다. 야호는 구부정하고 과묵한 노인이 된 기분이었다.

야호는 영감 집에 와서도 어깨를 구부리고 우물과 광을 기웃거렸다. 영감 집과 엄마 집은 말과 조랑말처럼 크기가 다를 뿐 판박이였다. 한길에서 훌쩍 높은 담벼락, 담 모퉁이에서 골목으로 꺾어들어 막바지 계단을 올라야 마주치는 일각문, 개 코처럼 감고 도도록한 이끼가 덮인 경곗돌 너머 햇볕을 낫으로 베 쬐인 것처럼 반듯반듯한 교목과 관목, 일년초와 여러해살이풀의 정원, 그리고 대개 식모와 야호 단둘이라는 사실까지.

*

　야호는 검붉게 이운 잎이 떨어지는 오후에 영감 집에 도착했다. 영감은 없었고, 오사카 할머니가 일각문 쇠장대를 벗겨 세모 틈새로 손을 들였다. 그이는 야호를 **구멍**으로 안내하려는 것처럼, 두 발 앞에서 허리를 구부려 그림자를 안고, 전면이 해를 받아 빤들빤들한 유리문을 밀고, 골마루보다 좁다란 마루를 지나, 새하얀 와시를 바른 미닫이문을 드르르 갈라 한쪽으로 비켜섰다. 야호는 오사카 할머니가 독 뚜껑을 들추듯 엿보이는 틈새를 할기면서도, 물매가 가파른 함석지붕 처마, 잎을 떤 배롱나무 가지, 턱을 쳐든 마루문 칸살 아래 도사린 마룻구멍…… 자꾸 더 깊고 우묵한 그늘을 기웃거렸다. 어쩐지 그 어디에 제가 흘리고 온 시간이 이삿짐처럼 놓여 있어, 하룻밤만 자고 나면 재투성이처럼 낯선 곳의 고난이 익숙해지기를 바라듯 사뭇 절박한 눈짓이었다.

　뭐가 서러워 저럴까, 뭐가 무서워 저럴까. 식모는 뒤꼍으로, 지하실로 구멍을 찾아 헤매는 야호를 보면서 혀를 끌끌거렸다. 숨의 밑바닥까지 들이쉰 담배 연기에 폐가 갈라지듯 짝짝, 손톱 깎는 소리가 따가웠다. 손잡이에 자개를 덧댄 손톱깎이는 엄마 거였고, 늘 엄마의 화투 상대를 해주던 식모는 골초인 엄마한테 담배를 배웠다. 식모는 엄마한테 거의 모든 걸 물려받았다. 적적한 시간을 태우는 방법뿐만 아니라 유행이 지난 화장품, 굽이

닳은 구두, 단수가 뜯긴 원피스와 영감에 관한 기억까지. 식모는 엄마가 야호를 영감 집에 데려다 놓고 태권도를 가르치는 사내와 비행기를 탄다는 소식을 안 뒤로 날마다 영감에 관한 뒷소리를 뇌까렸다. 영감은 전쟁이 일어날 때마다 섬나라와 반도를 공처럼 튕겨 다녔고, 젊은 시절 버릇을 버리지 못하고 피란을 연습하듯, 절기에 따라 해방 때 헐값에 불하받은 집들을 순례했다. 식모가 빨래처럼 쑤석이는 소문을 따라가다 보면, 고갯마루에도, 성곽 아래도, 부둣가에도 화단과 광, 우물을 거느린 적산 가옥에 단출한 식구가 비눗방울처럼 슬어 있었다. 야호는 이사 날이 다가올수록, 죽은 좆을 세우려고 안달하듯 영감만 외는 식모가 따라붙을세라 그늘로, 구멍으로 숨어들었다.

야호는 우물이 싫증 나면 광으로 내려가 빈 가마니에 들어갔다. 늘 울을 다물릴 수 없을 만큼 구근을 채워, 거죽이 성벽처럼 울룩불룩했던 섬들은 대개 입술처럼 허룩해졌다. 그것들이 땅속 식물 대신 더 깊은 어둠을 집어삼켜서인지, 훌쩍 넓어진 광의 어둠은 조각보처럼 얇고 아쉬웠다. 야호는 더 깊고 둥근 틈새가 필요했다. 야호는 아예 두더지가 되어, 흙내가 매캐하고 흙알갱이가 까끌까끌한 가마니의 바닥을 짚었다. 가마니에, 가만히 있으면 쓸쓸했다. 시간과 시간의 틈이 벌어지고 꽃이 부풀듯 훌쩍 자라 거인의 시간을 밟는 기분이기는커녕, 설치류처럼 조바심이 났다. 들숨과 날숨의 간격도 훨씬 짧아졌다. **숨을 딱 100번만 헤아리자.** 고물 장수가 고물을 사러 올 것이다. **아니, 50만 세자.**

새끼와 짚이 어긋나는 까끄라기에 맨살이 닿자 오소소, 소름이 곤두섰다. 고통의 길이가 잔뿌리보다 짧다고 해도, 그게 웃음이나 가려움 같은 딴 감정이 되는 건 아니었다. 감자가 아무리 작아도 콩이라 불리지 않듯이.

야호는 날과 씨의 질서를 더듬으면서 잠이 들고 싶었지만, 볼똑 화가 나 가마니에서 일어났다. 허룩한 가마니가 흘러내리면서, 야호는 발목을 무는 울에 걸려 그만 흙바닥에 손바닥을 찧었다. 야호는 금세 감자 싹처럼 돋은 피멍을 핥으면서 아현동에, 적선동에, 목포에 물집처럼 돋은 시앗과 이복 아이들의 집을 밟아 터뜨리고, 저 혼자 영감 집에 골인하는 장면을 상상했다. 그렇게 수평선에 걸린 해처럼 남은 영감 집을 들여다보자…… 내나 거기는 엄마 집과 똑같아, 야호는 어리둥절한 눈으로 뒤를 돌아봤다. 제가 지나온 자리마다 징검다리처럼 다문다문 선 아이들이 죄 폐허가 된 구멍을 향해 다이빙의 제스처를 하고 있었다. 야호는 그제야 시간에 흘려진 멍청한 눈을 되찾았고, 저 혼자라면, 이곳과 빼닮은 집이라면 아무 상관없다고, 영감 집으로 떠날 날을 상처가 덧나길 기다리듯 별렀다.

쇼넨, 유우쇼쿠 먹을 시간이에요. 오사카 할머니는 야호더러 저녁을 먹기 전에 손을 씻으라고 했다. 미닫이문 살의 숫자를 스무 번 넘게 헤아린 뒤에야 들어보는 기척에, 야호는 뼈가 다 굳어버린 기분이었다. 식모의 혀에서 영감 집은 거품처럼 들썩였는데, 누구 하나 입을 다물어버리자 집은 없는 거나 마찬가지였다. 야호는 종이처럼 썰렁한 방을 이 노인처럼 너닌 걸음으로 마루를 지났다. 길잡이 없이 처음 걸어봤던 길을 한 번 더 되짚자, 땅따먹기 게임을 하듯 영감 집의 영토가 사부자기 넓어졌다. 야호는 오사카 할머니의 설명을 듣지 않아도 우물의 위치를 금세 찾아낼 수 있었다. 어떤 네발짐승을 그리라고 할 때 꼬리와 다리, 머리의 위치를 틀리지 않듯, 야호는 영감 집의 그늘을 기웃거릴 때 이미 우물 자리를 눈썰미로 파악했다. 하지만 엄마 집과 영감 집은 손바닥과 발바닥을 맞댄 것처럼 조금씩 어긋났다.

엄마 집 우물은 허리 높이에 넓고 둥글어 햇살의 얼룩까지 들여다볼 수 있었다. 가지런한 이처럼 차곡차곡 쌓인 석벽에는 시퍼런 물이끼가 껴 우물물은 풀죽처럼 끈끈할 것 같은데도, 막상 두레박을 올려보면 종이처럼 깔끔했다. 우물 곁에만 가도 손발을 씻고, 입을 축이고 싶어지는 물맛이었다. 야호는 입이 궁금하면 찬물을 삼키고, 물의 가시를 골라내듯 입속에서 그 감각을 오랫동안 궁굴렸다. 하지만 영감 집 우물은 좁고 길쯤한 가슴 높이의 노깡이 뻘쭘하게 서 있고, 나무 뚜껑까지 닫아놔 그 속을 도무지 짐작할 수 없었다. 원래 우물 근처에만 가도 발등이 척척해지는 것 같았는데, 야호는 우물가에서 갓 물에서 벗어난 잉어처럼 갈증이 뻗쳤다. 목이 마르니까 갑자기 허기졌고, 노깡 우물이 사막보다 막막했다. 야호는 심호흡을 하고 우물 덮개에 뒤집어놓은 두레박을 내려 까치발을 들었다. 월식처럼 반으로 접힌 구멍에 줄을 늘어뜨리는 찰나, 뜬 발꿈치를 지상이 떠밀기라도 한 것처럼 머릿속이 기우듬해졌다. 두레박이 수면에 닿기까지 시간은 하염없이 벌어지는 게 아니라, 시간의 무덤에 포개지길 거부하듯 제자리에 멈춰버린 것 같았다. 야호는 눈앞에 벽처럼 버틴 시간이 제 몸에 똬리를 틀어 내동댕이칠 것만 같아 두 눈을 질끈 감았다. 야호는 몇 번이나 허탕을 쳤다. 두레박은 뒤집어지기 일쑤였고, 야호는 두레박을 던질 때마다 줄이 끊어질까 봐, 나무 박이 짜개질까 봐 줄을 틀어쥔 손바닥이 다 쓰라렸다. 우물물을 엎지른 것처럼 사위가 어둑어둑해졌고, 오사카 할머니는 야호를 구멍에 빠뜨리려고 계략을 꾸미기라도 한 것처럼 숨소리조차 들리지 않았다. 야호는 깜깜한 시간의 바닥을 짚은 것처럼 막막해 영감 집을 히뜩 돌아봤다. 전깃불이 우묵하게 켜진 마루문을 시든 오동잎이 손바닥처럼 틀어막고 있었다. 저를 떠민 시간의 저쪽은 그렇게 아무 말이 없었고.

*

　야호는 오늘따라 유난히 손이 더러웠다. 야호는 평소와 달리 곧장 벽장으로 가고 싶었지만, 손톱에는 그을음이 잔뜩 꼈고, 거울을 안 봐도 콧잔등과 볼에는 검댕이 묻었을 게 뻔했다. 야호는 오늘도 유동나무 무덤에서 허탕을 쳤다. 무덤은 진작에 파헤쳐졌고, 야호가 건진 건 손바닥만 한 종잇조각 하나였다. 그것은 흑백의 밤하늘쯤으로 짐작됐는데, 그을린 귀퉁이를 만지면

재가 버슬버슬 만져지는 그게 한번 땅을 박차면 20미터나 뛰어오르는 유성인 가우스가 뛰어든 전쟁터인지, 라이파이가 김 탐정과 집사, 제비 양과 회의를 나누는 태백산 요새의 창밖인지, 아니면 순전히 불쏘시개로 쓴 신문지인지 분간할 수 없었다. 야호는 매가리가 풀렸지만, 낙오한 소년병이 계집애의 귓바퀴 하나를 전리품으로 수집하듯, 아쉬우나마나 먹지 하나를 모험의 증거로 챙겼다.

야호가 변소에서 처음 본 종이도 그랬다. 야호는 수업이 끝나고 아이들이 사라지고 나면 학교 뒷마당에 있는 변소로 갔다. 책가방을 멘 채 손가락 두 마디만 한 부출에 양발을 얹고 등허리에 힘을 주자 몸이 앞뒤로 들썩였다. 야호는 부출 밖으로 가랑이를 벌렸다. 맞물린 장딴지와 허벅지가 주사를 맞으려고 노랑 고무줄을 찼을 때처럼 저릿하면서 그만 궁둥이가 깜깜한 구멍 속으로 주저앉을 것 같았다. 야호보다 자그만 아이들은 변소 지붕에 떨어진 열매가 덱데굴 구르는 소리에 놀라 한 발이 빠지고는 했다. 아이들은 똥장군이라고 놀림받았고, 변소가 무서워 수업 시간에 모과처럼 노란 얼굴로 똥오줌을 지리고는 했다. 하지만 야호는 어둑어둑한 변소에 쭈그리고 앉아 서늘한 엉덩이를 간닥거리는 아슬아슬한 순간이 두렵지 않았다. 영감 집 변소보다 훨씬 더러웠지만, 방귀를 뀌고 똥이 빠지는 소리를 들킬까 봐 전전긍긍하지 않아도 돼 아랫배에 맘껏 힘을 줄 수 있었다.

야호는 보리쌀, 버섯, 계란프라이, 가장귀진 나뭇가지 모양의 낙서들을 보면서 전족처럼 작은 발을 가진 오사카 할머니라면 뒷간에 빠져 **타스케테 쿠다사이**, 비명을 질러도 아무도 알아먹지 못할 거라고, 낄낄거리다 문틈에 낀 종이 하나를 발견했다. 처음엔 뒤를 훔치려고 여퉈놓은 휴지라고 대수롭지 않게 여겼는데, 문틈을 그은 햇살을 집게손가락 길이의 경첩처럼 가로막은 그것은, 야호의 인중에서 입술까지 비밀을 잠그라는 손짓처럼 자꾸 거슬렸다. 야호는 칼날보다 얇게 접은 종이를 펼쳐봤다. 그을리고 갈라진 종이에는 하얀 동굴을 헤엄치는 두 개의 (당연히 새까만) 그림자와 **야 이상스럽게 생긴 곳으로 나왔군. 여기가 어디일까 참 신비스러운 곳인걸**…… 강낭콩처럼 앙증맞은 글씨를 삼킨 말풍선이 그려져 있었다. 그건 만화가 산호의 글씨였다. 야호는 단박 유동나무 무덤이 파헤쳐졌다는 사실을 직감했다. 떼도 안 입힌 무덤의 분토를 맨 먼저 긁어낸 아이라면, 분명히 교과서 숫자보다 많이 만화책을 챙겼을 거였다. 책가방에, 허리띠 배꼽에, 외투의 위팔과 아래팔에 만화책을 방탄조끼처럼 채우고 피너3세처럼 사라지는 악당소년을 떠올리자, 야호는 겁먹고 늑장을 부린 게 억울해 하마터면 구멍을 향해 두 다리를 모을 뻔했다.

야호는 늘 소문에서 늦됐다. 개학을 나흘 앞둔 비상소집 날도 그랬다. 야호는 오사카 할머니가 골목을 비질하러 나갔다가 등교하는 아이들을 발견하곤 의아하게 묻는 소리를 듣고서야 부랴부랴 책가방을 챙겼다. 아이들 말로는 방학이 아직 나흘 더 남은 건 맞는데, 어제저녁부터 내일 학교에 모여야 한다는 소문이 돌았다고 했다. 누구는 공산당이 쳐들어왔기 때문이라고 했고, 누구는 상급생 하나가 만화책을 보고 **빨간 물**이 들어 대들보에 목을 맸기 때문이라고 했다. 그건 만화보다 더 황당무계한 이야기였다. 아이들은 교실로 들어가지 않고 곧장 운동장에 열을 지어 섰다. 반장, 부반장, 약국 딸내미, 치과의사 늦둥이의 손에는 방학 숙제인지 죄다 책 꾸러미가 들려 있었다. 야호는 『겨울방학 학습』을 하나도 풀지 않았고, 일기 한 줄 쓰지 않았다는 생각에 덜컥 겁이 났다. 야호가 아이들의 손에 들린 책의 정체를 채 파악하기도 전에, 배구 선수였다는 남자 교사가 시든 넝쿨처럼 흐트러진 열을 죽척으로 각 잡았고, 전교회장이 여자 교사가 받쳐주는 종이를 보고 오른손을 들어 선언문을 낭독했다. **선서. 하나. 우리 학교 어린이는 절대 만화 대본소에 가지 않는다.** 아이들은 배구의 서슬에 한쪽 손을 들고 똑같은 목소리로 우렁차게 다짐했다. **절대 만화 대본소에 가지 않는다.** 야호도 얼떨결에 오른손을 들고 작은 목소리로 얼버무리며 뒤를 힐끗거렸다. **둘**…… 아이들의 모습은 **인간에게 위해를 가해선 안 된다**는 법칙을 외는 로봇들처럼 일사불란했다. 짤따란 선서 뒤에 약국과 치과 들이 꾸러미를 들고 교단으로 나갔다. 포클레인처럼 팔이 길어진 아이들 앞으로 계절을 잊은 제비처럼 양복쟁이 사내들이 카메라 플래시를 터뜨렸다. 야호처럼 소문에서 뒤처졌기 때문인지, 아니면 원래 만화 따위는 거들떠도 안 보는 착한 어린이들인지, 교단 앞 운동장에 쌓인 책은 채 50권도 안 돼 보였다. 야호는 짝꿍 집인 만화 대본소에 영감 집 벽돌담만큼 무덕무덕 쌓인 만화책들을 떠올리면서, 저건 간첩이 뿌린 **빨간 만화**가 틀림없다고 가슴을 쓸어내렸다. 화형식은 싱겁게 끝나버렸다. 땅딸보인 소사가 책 더미에 석유를 뿌리고 성냥불을 댕겼지만, 빨간 만화는 공산당처럼 시뻘건 혀를 빼물지도 않았고, 도깨비 눈을 희번덕이지도 않았다. 아이들의 얼굴이 발그레해지거나, 숯내에 눈물이 글썽이지도 않았다. 소사는 할가운 리어카를 끌고 뒤꼍으로 사라졌다. 잔설이 얼녹은 모랫바닥에 기계충처럼 팬 바큇자국을 따라 재티가 부슬부슬 흩날렸다. 아이들은 만화책 무덤이 유동나무 아래일 거라고 수군거렸다.

아이들의 말마따나 유동나무 아래는 무덤의 장소로는 안성맞춤이었다. 아이들은 지난가을 이후로 유동나무 근처에는 얼씬거리지 않았다. 아이들은 가을이 지나서야 그 나무 이름이 유동이라는 걸 알았다. 그 전에는 누구는 오동나무라 했고, 누구는 목련이라고 했다. 뺨보다 넓은 이파리 새로 풋감만 한 열매가 열렸다. 하얀 다섯 꽃잎은 지천인 무궁화보다 작고 단정했다. 진드기가 엉기지도 않았다. 아이들은 그 나무를 사랑했다. 가을에 석류처럼 불그스름해진 열매가 바라지면서 씨앗을 툭툭 떨어뜨렸다. 호두처럼 짜글짜글한 겉껍질을 까면 말린 감처럼 살굿빛 열매가 나왔다. 누구는 그것을 호두라고 했고, 누구는 그것을 땡감이라고 했다. 누구는 경찰서 철조망으로 나풀나풀 날아가는 홀씨를 보면서, 전쟁이 터지면 경찰서 지하실에 숨어 있는 헬리콥터 연료로 쓰려고 학교와 경찰서 담벼락 사이에 기름나무를 심은 거라고 우겼다. 열매는 비밀과 소문의 여러 얼굴처럼 미묘한 맛이었다. 아이들은 그것을 오독오독 깨 먹었다. 유동나무 그늘에서 놀던 열다섯 아이가 식중독에 걸렸다. 아이들은 변소에, 수돗가에, 코끼리 동상에 살굿빛 살점들을 토해냈다. 온종일 이어지는 구역질 소리에 야호의 귓바퀴도 모자라 담벼락까지 금이 갈 것 같았다.

야호는 변소의 맨 오른쪽 칸으로 옮겨가 뒤꼍으로 난 통기창으로 유동나무를 쳐다봤다. 경찰서 담벼락을 훌쩍 넘겨 망루처럼 떳떳하게 서 있는 유동나무 가지에 내과피를 떨고 말라붙은 새까만 열매껍질이 망원경 같아, 야호는 어깨가 움찔했다. 야호는 여전히 유동나무 무덤에 파묻힌 빨간 만화의 주인공이 라이파이나 가우스라는 사실을 믿을 수 없었다. 라이파이가, 가우스가 공산당이라는 건 너무 우스꽝스러웠다. 아마 늦둥이가 늦잠을 자는 바람에, 얼결에 아끼는 만화책이랑 빨간 만화를 뒤섞었을 게 분명했다. 눈치 빠른 아이들은 반장이 필통 아래 칸에 꼭꼭 숨겨놓은 샤프펜슬과 지폐를 알아보듯, 빨간 만화의 장례식에서도 **불사조**처럼 살아남은 **정의의 사자**들을 단박에 알아챘을 거였다. 그렇다면 소문에서 한참 뒤처진 야호가 기껏 무덤을 파헤친다고 해도, 건질 수 있는 건 공산당의 붉은 살점뿐일지 몰랐다. 하지만 눈이 뒤덮인 유동나무 둘레는 와시를 바른 벽장처럼 잠잠하기만 했다. 코흘리개들이 선점했다면 그렇게 고요할 수 없었다.

야호는 며칠 동안 변소에 남아 유동나무 무덤을 쳐다봤다. 땅 위 뿌리가 억울하게 매장당한 라이파이의 에스오에스 수신호처럼 울뚝불뚝하게 솟아 있었다. 그들은 지하에서도 적과의 싸움을 게을리 하지 않았다. 네모난 구멍을 빼곡하게 채운 유동나무 무덤은, 네모 칸 속에 그려진 만화의 풍경처럼, 침묵 속에서도 손에 땀을 쥐게 하는 흥미진진한 이야기를 보여줬다. 야호는 당장이라도 그 속으로 뛰어들고 싶었다. 하지만 경찰서 담벼락에 뾰족뾰족하게 솟은 철조망과 나뭇가지에 매달린 망원경은 삼팔선보다 철두철미하게 무덤을 수비하고 있었다. 그것은 소문대로 경찰서 대장실과 대통령 궁전까지 실 전화기처럼 이어져 있는지도 몰랐다. 만약 그들한테 잡혀가면 사돈에 팔촌까지 굴비두름처럼 엮여 갈 텐데, 오사카 할머니는 손톱만 한 무궁화 이파리만 봐도, 풀쐐기를 본 것처럼 질겁해 뒷걸음치다 우물이나 뒷간에 퐁당 빠져버릴지 몰랐다.

야호는 아무도 피를 흘리지 않고, 혼자 적진의 무덤으로 뛰어들 핑계를 유서를 쓰듯 이리저리 궁리했다. 불이 난 줄 알았다고 할까. **빨간 만화가 불씨처럼 보였어요, 검은 재가 날리는 걸 분명히 봤어요. 공산당의 숨통이 아직까지 붙어 있었어요. 그걸 발견하면 반드시 신고하라고 배웠어요.** 그렇게 발뺌한다면, 경찰은 되레 야호에게 화단에 선 동상 소년보다 용감한 어린이라고 머리를 쓰다듬어줄지 몰랐다. 야호는 라이파이의 동굴이 무서워 변소에 숨겨놓는 꼬맹이가 아니었다. 야호는 사실 빨간 만화 따위 두렵지 않았다. 삐라를 몇 번 주운 적 있는데, 그건 영감 벽장에 숨은 그림보다 하나도 위험하지 않았다. 야호는 그딴 것 때문에 목을 맬 만큼 겁쟁이가 아니었다. 야호는 늘 자를 대고 글씨를 쓰는 짝꿍처럼 허공의 네모 칸에 그림을 그렸다. 그곳을 알짱거렸던 꼬마 도둑들은 잿빛 담벼락과 까만 나뭇가지 형틀에 갇힌 공산당이 되었고, 야호는 뼛속까지 빨간 아이들을 신고한 정의의 용사였다.

야호는 더는 견딜 수가 없었다. 고작 만화 같은 풍경을 두려워하는 건, 운명을 거스르는 비겁한 행동이었다. 야호는 동상 소년의 외침을 입속에 머금고, 유동나무 무덤을 향해 씩씩하게 걸어갔다. ……하지만 멀리서 봤을 때 문종이처럼 깨끗했던 무덤 위에는 뒤를 훔친 휴지처럼 더러운 발자국이 어지러이 흩어져 있었다. 야호는 덫에 걸린 것 같은 낭패감에 왈칵 눈물이 쏟아질 것 같았다. 하지만 거기서 포기할 수는 없었다. 무덤 속에 숨은 진실이 무엇인지, 그것은 파헤쳐봐야 알 수 있었다. 야호는 한겨울에 딸기를 뒤지듯, 나무뿌리에 쭈그리고 앉아 다라운 눈을 파헤쳤다. 손가락이 아렸다. 눈은 점점 더러워졌고, 야호는 함정에 빠진 게 아닐까, 의심스러워 잔설이 남은 유동나무 저쪽을 연신 힐끗거렸다. 야호는 마지막 남은 도화지를 실패하고 만 얼치기 만화가가 된 기분이었다. 손은 체온과 얼룩은 눈과 검댕,

흙이 뒤얽혀 점점 더러워졌다. 야호는 손이 노인처럼 검어져서
야 겨우 손바닥만 한 종잇조각 하나를 건질 수 있었다. 야호는
늘 그렇게 지각생이었다.

*

야호는 엄지손톱으로 나머지 네 손톱의 때를 벗겨냈다. 손가
락이 녹슨 철사로 반지를 만들어 낀 것처럼 제대로 구부러지지
않았다. 야호는 검붉게 곱은 손에 입김을 덮었다. 어림도 없는
온기였다. 손에서 싸하고 비릿한 녹내가 났다. 양손이 쇠보다
무거웠다. 사실 재만큼 하찮은 무게일 테지만, 얇은 이똥으로
입이 갑갑할 때처럼, 다래끼로 눈앞이 침침할 때처럼, 손의 더
께가 온몸에 얹은 것보다 둔중하게 느껴졌다. 어쩌면 죄의 무게
가 보태진 것일지도 몰랐다. **눈치 없고 게을러 실패한 손, 멍청하
고 부끄러운 손.** 야호는 주먹에서 엄지를 검지와 가운뎃손가락에
집어넣고 (제 얼굴을 향해) **좆이나 먹어라**, 단죄했다. 그래놓곤
덤터기를 쓴 것처럼 억울한 표정을 지었다. 야호는 죄에 실패한
손이 부끄러웠다. 죄의 흔적은 더러웠고, 영감 집은 더러움을
용납하지 않았다. 깨끗한 미닫이문에 찍힌 까만 손도장이 떠오
르자, 야호는 비로소 우물물이든 동이물이든 세숫물에 갈급했
다. 죄를 씻는 방법은 간단했다. 얼룩지고, 씻고, 깨끗해지고.
더러워지고, 씻고, 새것이 되고. 그런 과정을 새삼 번거로워하

는 건 아무리 씻어도 살갗이 흉측한 노인이나 할 엄살이었다.

"가만가만히 못 걷겠느냐?"

야호가 부엌 옆구리를 돌아 우물로 뛰어가는데, 일각문 층계참에서 영감 목소리가 덜미를 잡았다. 야호는 화들짝해 제자리에 멈추곤, 냉큼 돌아서 공손하게 인사를 올렸다. 로봇처럼 정확한 동작이었다. 영감은 어험, 헛기침을 하고는 정원을 둘러봤다. **그새 보름이 지났나.** 영감은 달이 차고 기울듯 소리 소문 없이 바깥을 다녀왔다. 영감은 오른팔을 뻗어 주목의 시든 몇 잎을 뜯어냈다. 섬세하지만 가차 없는 손길이었다. 야호는 허리를 구부린 채 눈을 지릅떠 영감의 손을 쳐다봤다. 영감의 손도 검붉었다. 그건 아무리 씻어도 깨끗해질 수 없는, 간장독 바닥에 말라붙은 소금처럼 인색한 빛깔이었다. 고개를 숙여 좁아진 목구멍에 마른침이 고였다. 야호의 얼굴빛이 소금버캐처럼 거무죽죽해졌고, 뼈와 살이 절인 식물처럼 흐물흐물해졌다. 영감은 야호한테 걸어와 숙인 목덜미를 맵게 꼬집었다. 멀리서 보면 품이 낙낙한 마고자를 입은 근친의 품에 안겨 어리광하는 꼴이었다. 둥글고 알따란 뭔가가 야호의 어깻죽지를 찔렀다. 영감은 왼팔 옆구리에 두루마기를 끼고 있었다. 조금 우그러진 두루마기의 깜깜한 구멍과 눈이 마주치는 순간, 야호는 영감이 남쪽 바닷가에서도 제 일거수일투족을 꿰뚫어봤을 것만 같아 괜스레 심장이 쪼그라들었다. 그런데도, 입술처럼 우글쭈글한 구멍을 들여다보고 싶은 호기심에 뭔가에 홀린 눈빛을 군침처럼 흘렸다. 한순간 영감이 지나왔던 길이 동굴처럼 펼쳐지면서 그 끝에 식모 혼자 손톱을 깎고 있고, 저와 똑 닮은 아이 하나가 앞니가 빈 입처럼 멍청한 눈으로 우물을 들여다보고 있었다. 야호는 아이와 똑같은 눈빛으로 우물 바닥에 서서 입구를 올려다보고 있었다.

　야호는 영감이 중산모를 벗는 것을 보고는 방 한가운데 무릎을 꿇었다. 영감은 야호를 화로인 양 거들떠보지도 않고 회색 두루마기와 남색 마고자, 황금색 배자, 옥색 저고리를 차례차례 벗었다. 영감은 벗어야 할 게 많았다. 야호는 그렇게 하나하나 벗겨내다 보면 종국에는 한 오리 머리칼만 뱀 허물처럼 남을 것 같아 입술을 축였다. 오사카 할머니는 영감이 건네는 옷가지를 간짓대에 반듯하게 걸어 벽장에 달아맸다. 영감이 하얀 속적삼 바람으로 보료에 앉자, 오사카 할머니는 서안 위에 화지와 필통, 먹통을 다문다문 내려놓았다. 서랍 없이 천판만 얹은 오동나무 서안은 밀랍처럼 반지르르 윤이 났고, 두 다리의 풍혈은 구름무늬였다. 영감이 푸른색 융을 서안 위에 펼치고 문진을 장기짝처럼 들었다 놓자, 오사카 할머니는 뒷걸음으로 방을 나갔다.

　야호는 영감이 화가라고 생각했다. 야호가 아는 화가는 도화지와 물감을 살 돈이 없어 담뱃갑이나 은박지에 낙서하는 가난뱅이거나, 제 귀를 면도날로 잘라내버리는 미치광이였다. 하지만 영감은 물감과 붓을 갖고 놀 때 배부른 사람처럼 가장 즐거워 보였다. 야호는 나이를 먹어서도 그럴 수 있는 건 잔소리할 마누라가 없기 때문에 가능한 일로 여겨졌다. 야호는 이래저래 화가

가 근사해 보이지는 않았지만, 딱 하나 영감이 책과 화구, 그림을 보관하는 벽장만큼은 몹시 부러웠다. 야호는 영감이 그믐처럼 집을 비우는 걸 알아채곤 몰래 그 방에 들어가봤다. 처음에는 문턱까지였고, 다음에는 방 한가운데, 그다음은 서안까지, 그러다 야호는 벽 하나를 전부 차지한 벽장문 앞에 오도카니 서 있었다. 야호는 문홈에 네 손가락을 끼운 채 구구단을 외고, 나라의 수도를 맞추고, 제가 아는 지명으로 끝말잇기를 하면서 최대한 늑장을 부렸다. 그러다 불쑥, 우물에 다이빙하는 각오로 벽장문을 가슴넓이로 벌렸다. 웬걸, 벽장문은 옴짝달싹하지 않았다. 야호는 불길한 예감에 벽장문을 똑똑 노크했다. 겁을 집어먹은 야호를 비웃듯 짧고 얇은 메아리가 울렸다. 야호는 묵묵부답인 벽장문과 한참 실랑이를 벌이다 손잡이를 앞으로 끌어당겼다. 찰나, 야호는 오사카 할머니가 벽장 안에 웅크리고 있다 문을 떠민 것 같은 완력에 기겁해 엉덩방아를 찧고 말았다. 벽장은 열거나 미는 문이 아니라 책처럼 차곡차곡 접어지는 미세기문이었다. 그렇게 책갈피처럼 펼쳐진 세상에는 검은 구멍과 하얀 종이가 시간의 켜처럼 얌전하게 쌓여 있었다. 야호는 구멍에 웅크리고 앉아 물감처럼 쌉싸래한 어둠의 냄새를 깊이 들이마셨다. 벽장은 오사카 할머니보다 말수가 없었다. 야호는 심심해서 몸이 다 가려웠다. 입과 똥구멍과 콧구멍과 귓구멍에 벌레가 기어 다니는 것 같았다. 야호는 그만 생니라도 뽑아버리고 싶었다. 야호는 벽장의 바닥을 짚은 하얀 종이 묶음의 귀퉁이를 만지작거렸다. 만화 대본소 사내도 그런 종이 묶음을 갖고 있었다. 그는 사과 궤짝에 신문지를 깔고 도화지를 펼쳐놓고는 했는데, 뭔가를 그리는 시간보다 혀끝으로 펜촉을 적시고 있는 시간이 훨씬 길었다. 영감의 그림을 열어보면, 흑백의 벽장 가득 말풍선이 둥둥 떠다닐 것 같았다. 하지만 영감 얼굴을 떠올리면 손목을 잘린 것처럼 진저리가 났다.

  야호는 영감 방으로 들어갈 때마다 손을 씻었다. 그리고 지문이 묻을세라 조심스레 영감의 그림을 뒤졌다. 영감의 종이들은 장갑을 끼고 그린 것처럼 깨끗했다. 영감의 그림을 한 장 한 장 넘겨 보자, 여자 목욕탕처럼 헐벗은 여자들이 숨을 죽이고 있었다. 그건 야호의 목간통에 맨몸으로 훌쩍 뛰어들던 식모처럼 위험하고 아름다웠다. 가만히 그 얼굴을 들여다보고 있으면 정말 오줌을 누던 식모의 후련한 얼굴을 닮은 것도 같고, 오쟁이 진 엄마의 울상 진 얼굴을 닮은 것도 같고, 오사카 할머니의 몸에서 주름만 없앤 것 같기도 했다. 뚱뚱한 여자, 깡마른 여자, 복숭앗빛 살갗을 가진 여자, 말처럼 억센 여자…… 들을 지나자 아직 물감을 색칠하지 않은 화지에 거웃이 돋지 않고, 소년인지 소녀인지 구분할 수 없는 아이들의 몸이 나뭇가지처럼 스케치만 되어 있었다. 그 그림들은 말풍선이 달려 있지 않아 어떤 말을 하는지 알 수 없었다. 어쩌면 짐승이나 가구처럼 애초에 인간의 말을 할 수 없는지도 몰랐다. 하지만 가랑이가 문어 빨판에 달라붙은 것 같은 표정은 발음되지 않더라도, 어떤 표현을 참고 있는 것처럼 아슬아슬해 보였다. 야호는 종이의 여백에 말풍선을 그리고 강낭콩처럼 예쁜 글씨로 어떤 말들을 채우고 싶은 충동을 가까스로 눌렀다. 야호는 다만 여자들의 젖가슴과 거웃을 손가락으로 쓰다듬었다. 그것들에게서 물감의 요철이 털처럼 고스란히 느껴졌다.

"허리끈을 끌러보거라."

야호가 태아처럼 그림 속의 여자들 생각에 웅크리고 있을 때, 영감의 목소리가 들렸다. 한결 부드러워진 목소리였다.

"바지를 벗어보거라."

"허리를 숙여보거라."

"다리를 벌려보거라."

야호는 로봇처럼 영감의 명령에 복종했다. 야호는 만화책에서 읽은 로봇의 세 가지 법칙을 외고 있었다. **제2법칙. 로봇은 인간의 명령에 따르지 않으면 안 된다.** 야호는 허리끈을 풀고 다리를 벌리고 허리를 숙인 채 두 손을 앞으로 잦혀 배꼽에 맞잡았다. 누군가의 명령을 따르는 건 안전하고 편안했다. 야호는 로봇처럼 정해진 삶을 사는 것도 나쁘지 않을 것 같았다. 밤이 찾아와 건전지를 빼고 깜깜해지면, 낯선 꿈을 무서워하지 않을 수 있을 것 같았다.

"다시 일어서보거라."

사각사각, 손톱으로 맨살을 긁는 것 같은 스케치 소리. 잎담배 타들어가는 소리. 책상을 떵떵 울리는 소리. 붓이 종이를 핥는 소리. 물감을 개는 소리.

"고개를 젖혀보거라."

야호의 이마에 벽을 가로지르는 대들보가 걸려 있었다. 야호는 어쩐지 빨간 물이 들어 대들보에 대롱대롱 매달려 축 늘어진 몸뚱어리가 떠올랐다. 혀를 빼물고 바닥에 늘어진 사타구니에는 똥과 정액이 묻어 있었다. 영감이 3색의 얼룩을 보았다면 질겁할 거라는 생각에 야호는 진저리를 쳤다.

"그게 뭐냐."

야호는 여전히 고개를 잦힌 채 시린 눈을 끔뻑거렸다. 영감의 목소리가 윙윙거렸다.

"가까이 와보거라."

야호는 뒷걸음을 걸었다. 야호가 움직인 걸음마다 연한 흙알갱이와 재가 떨어져 있었다.

"손을 내밀어보거라."

야호는 명령을 잘못 인식한 로봇처럼 손을 움켜쥐었다. 영감이 야호의 팔목을 쥐고, 아람을 벌리듯 주먹을 폈다. **아파.** 영감의 낯빛이 야호에게 옮은 것처럼 시뻘게졌다. 영감이 야호의 허벅지에 붓을 내동댕이쳤다. 야호의 하얀 맨살에 먹물이 흩어졌다. **차가워.** 야호는 똥을 쌀 것 같았다. 미닫이문의 문살에 그림자가 얼비치더니 문틈이 항문보다 얇게 열렸다.

"쇼넨, 도모다치가 찾아왔어요."

오사카 할머니는 차마 영감의 방 안을 쳐다보지 못하고 마루에 무릎을 꿇고 있었다. 영감은 그이의 기척에, 서안에 펼쳐진 벌거벗은 소년을 구겨 야호를 향해 집어던졌다. 공은 미닫이문에 부딪혀 야호의 발가락에 덱데굴 굴러왔다. 영감이 헛기침을 하며 보료에 모로 누웠다. 야호는 깊게 인사를 하곤 발치에 나뒹구는 파지를 주워 주머니에 넣었다. 오사카 할머니는 엉뚱한 구멍으로 안내한 게 미안했던 것처럼, 제 몸을 구부려 야호에게 좁은 그림자를 드리웠다.

*

"아버지가 만화책 찾아오래."

섬오는 여전히 눈을 맞추지 않았다. 산과 바다를 축소해놓은 정원을 흘깃거리는 섬오의 몸은 잔뜩 주눅 들어 있었다. **나도 저랬을까.** 야호는 섬오의 눈길을 좇아 꼬닥꼬닥 마른 왜철쭉과 아래가지가 누렇게 시든 반송, 이파리가 검푸른 주목을 쳐다봤다. 야호도 여전히 왕릉처럼 그 안에 발을 들여놓는 게 주저됐다. 야호는 경곗돌에 떨어진 갈색 솔잎을 주워 섬오의 손등을 간질이고 싶었다. 야호가 몇 걸음 다가가자 섬오가 고개를 돌리고는 눈을 설핏 떴다. 야호가 마지막으로 마주쳤을 때와 똑같은 눈빛이었다.

전교 회장이 **둘, 만화 보는 돈으로 어린이 적금을 넣는다,** 하고 선서를 했을 때, 야호는 섬오를 찾아 뒤를 힐끗거렸다. 섬오도 야호를 찾고 있었는지 둘은 금세 서로의 눈을 찾아냈다. 까만 머리 사이에 서로의 얼굴은 공산당처럼 도드라졌다. **적금을 넣는다.** 섬오는 어린이 회장의 선서 끝말을 얼버무리며 눈길을 떨어뜨렸다. 섬오의 얼굴은 삐라처럼 울긋불긋했고, 금세 울음을 터뜨릴 것 같았다. 그건 아이들이 엄마가 없어 까마귀처럼 더러운 섬오를 놀렸을 때와 똑같은 얼굴이었다. 그건 불량품의 얼굴이었다.

야호는 학교에서 섬오의 얼굴을 단박 알아보았다. 영감이 돌아와야 전학 온 학교로 나갈 수 있어, 야호는 오사카 할머니가 쥐어준 돈으로 살금살금 바깥을 돌아다녔다. 야호는 호빵을 사 먹고 돈이 남아 시장 어귀에 있는 만화 대본소로 들어갔다. 야호는 연둣빛 내피 바람의 말라깽이 남자와 장의자에 나란히 앉아 해가 기우는 줄도 몰랐다. 만화 대본소 사내는 말라깽이에겐 웃돈을 받지 않고 집에 가서 보게끔 만화책을 빌려주고는 했다. 그러다 말라깽이 남자가 빌려간 만화를 찾는 손님이 있으면, 책가방을 메고 주렴을 여는 아이를 불러 저 뒷골목 문간방에 가서 만화책을 찾아오라고 시켰다. 야호는 하루빨리 그곳의 단골이 돼 우물처럼 깊은 구멍에 웅크리고 앉아 만화책을 보는 게 소원이었다. 야호는 만화 대본소의 아들인 섬오가 짝꿍이라는 게 마음에 들었다. 아이들은 섬오에게 엄마가 없는 게 팔이 하나 없는 강아지처럼 이상한 모양이었지만, 야호는 가족이란 조립하기 까다로운 장난감 같은 것이어서, 상황에 따라 뗐다 붙였다 할 수 있다는 사실을 알고 있었다. 야호는 섬오에게 다정한 인사를 건 넸다. 하지만 섬오는 의심이 가득한 눈으로 책상에 금을 긋고는, 공책 한가득 자를 대고 글씨를 썼다.

야호는 오사카 할머니가 주는 용돈도 모자라, 시렁에서 돈을 훔쳐 만화 대본소를 자주 드나들었다. 어느 날 만화 대본소에 가 보니, 섬오가 제 아버지가 펜촉을 빨며 앉아 있던 사과 궤짝을 차지하고 있었다. 섬오는 야호를 보자마자 두 팔로 책상을 가렸 다. 야호가 섬오에게 주전부리를 건네자 섬오는 주린 개처럼 배 시시 마음을 열었다. 야호는 섬오가 제 아버지보다 그림 실력이 훨씬 낫다는 걸 간파했다. 야호와 섬오는 철인28호와 아톰 중 누가 힘이 센지를 겨누면서 금세 짝짜꿍이 됐다. 섬호와 야호는 만화 대본소 사내의 앙상한 이야기에 살을 보태며 키들거렸다. **"로봇은 꼭 팬티와 장화는 챙겨 입더라." "털과 무좀이 부끄러워서 그런 거야."** 야호는 섬오에게 눈처럼 하얀 화지를 갖다 주고 함 께 진짜 만화를 그려보자고 구슬렸다. 섬오는 자를 대고 금세 반 듯반듯한 칸을 나누었다. 야호는 섬오가 나눈 칸에 말풍선을 그 렸다. 섬오는 야호가 불러주는 말을 자를 대고 반듯반듯하게 채 워 넣었다. 섬오는 아쉽게도 얼굴만 잘 그렸다. 앞모습은 균형 이 조금 맞지 않았지만, 그래도 옆모습만큼은 근사했다. 야호는 텁수룩한 앞머리처럼 어딘가 한군데 비밀처럼 가려진 게 좋기는 했지만, 그래도 섬오가 그린 얼굴에 몸까지 합체된다면 완벽할 것 같아, 늘 조금씩 아쉬웠더랬다.

학교로 가는 길은 두 갈래였지만, 야호는 교문이 저만치 보이는 한길 대신 만화 대본소가 가까운 시장 골목으로 둘러갔다. 야호는 하염없이 늑장을 부리고 싶었다. 오늘만큼은 오래오래 지각생이고 싶었다. 섬오는 야호가 호빵이라도 사줄 거라고 기대했는지, 연신 뜨거운 걸 삼켰을 때처럼 잔기침을 했다. 시장도 기침을 참는 것처럼 은근히 들썩이고 있었다. 설날이 나흘 앞이었다. 하지만 야호는 벌써 한 달도 전에 떡국을 먹었다. 오사카 할머니는 오세치가 됐다면서 야호에게 새 옷을 선물했다.

엄마 집에서는 몰래 음력설을 쇘다. 식모는 대통령도 양력설을 쇤다며 마뜩찮아 했지만, 엄마가 설탕과 옷을 선물로 주자 입을 다물고 제법 근사한 상을 차렸다. 야호는 이른 떡국을 먹으면서, 영감이 왜 음력설에는 엄마를 찾아오지 않았는지, 엄마는 왜 굳이 음력설을 쇘는지 그 까닭을 아슴아슴하게 알 것 같아 숟가락을 놓쳤다. 야호는 결국 영감은 여자와 아이 들의 대통령이니까, 양력설을 쇠는 것이 당연하다고 믿어버렸다.

야호는 시장이 깊어질수록 숨은 그림처럼 설의 기운을 눈치챌 수 있었다. 몇몇 사람은 섬오처럼 무거운 짐을 지고 어딘가로 걷고 있었고, 훈기와 단내가 코를 간질였다. 야호는 아무것도 먹지 않았다는 사실과 거짓말의 무게에 짓눌려 걸음이 점점 무거워졌다. **만화책은 학교에 있어. 원래 등잔 밑이 어두운 법이잖아.**

야호는 그제야 섬오에게 왜 불쑥 그렇게 거짓말을 말했는지 후
회가 밀려왔다. 그게 섬오와 헤어지기 싫은 건지, 곯려주고 싶
은 심술인지 분간이 안 됐다. 사실 영감이 없었다고 해도, 섬오
를 마당에 세워놓고 만화책을 끄집어내올 수는 없었다. 잘못하
다간 늦둥이처럼 화지와 영감의 그림을 뒤섞는 실수를 저질렀을
지도 모른다. 야호는 연신 적선을 바라듯 기침을 하는 섬오의 기
척에, 밥을 굶는 건 자신에겐 거짓말의 대가이며, 섬오에겐 겁
쟁이의 벌이라고 스스로를 다독였다.

　야호는 섬오를 학교 뒷마당에 세워놓고는 갑자기 뒤가 마려운
시늉을 했다. 섬오는 자꾸 늑장을 부리는 야호를 보면서 눈살을
찌푸렸다. 야호는 변소로 들어가 버릇처럼 쭈그리고 앉았다. 칼
날처럼 얇은 종잇조각들이 문틈의 햇살을 틀어막아 눈앞이 깜깜
했다. 야호는 엉덩이를 까 내리고 종잇조각을 하나하나 꺼내 펼
쳤다. 어둠이 찢기고 햇살이 하얀 피를 흘렸다. 야호는 종잇조
각을 바닥에 차곡차곡 쌓았다. 종이 묶음은 생각보다 두툼했다.
영감은 퍽 성실한 화가였다. 오사카 할머니는 아궁이의 불쏘시
개로 쓸 요량이었는지, 영감이 실패한 그림들을 정주간 마룻구
멍에 모아놓았다. 야호는 그 그림들을 하나둘씩 챙겨 변소의 틈
새에 끼워 넣었다. 날마다 가느다란 햇살이 짧아지고, 변소는
어둑어둑해졌다. 통기창으로 흘러든 짧은 겨울 해가 서쪽으로
비끼면, 야호는 완전한 어둠 속에 웅크리고 있을 수 있었다. 변
소는 입은 있고, 항문은 없는, 구멍과 바닥으로 이뤄진 우물이

나 마찬가지였다. 야호는 문득 얼굴밖에 그리지 못하는 섬오에게 만화책 대신 영감의 그림을 돌려주며, 몸 아래를 그리는 방법을 가르쳐주고 싶었다. 그건 만화책 한 권보다 훨씬 값비싼 대가였다. 야호는 그깟 만화책 한 권에 리어카처럼 졸졸 따라붙는 섬오가 괘씸해졌다. 야호는 종이 묶음을 둥글게 말아 통기창에 꽂고 변소를 빠져나갔다.

"누군가 훔쳐 갔나 봐. 어쩌면 유동나무 무덤에 파묻었을 수도 있어."

야호의 거짓말에 섬오의 볼이 씰룩씰룩해졌다.

"넌 내가 등신으로 보이지."

섬오는 그렇게 뇌까리곤 팩 토라져 돌아섰다. 낙타처럼 무거운 책가방을 맨 섬오의 등을 보는 순간, 야호는 섬오의 팔꿈치를 거머쥐고 진실을 고백하고 싶었다. 그리고 따뜻한 화해를 나눈 뒤에, 영감이 그린 몸뚱어리에 섬오가 그린 근사한 얼굴을 조립하고 싶었다. 그렇게 둘이서 완전한 인간을 완성하면, 파지에 오려 붙인 말풍선보다 얼마든지 멋들어진 말들을 채울 수 있을 것 같았다. 야호는 섬오를 놓칠까 봐 두려웠다.

"정말이야. 내가 무덤을 파볼게."

야호는 유동나무 무덤으로 걸어갔다. 유동나무 무덤에는 야호의 발자국과 손자국이 고스란히 남아 있었다. 야호는 죄를 엎지른 것처럼 제자리에 딱딱하게 멈춰 섰다. 어쩐지 봄이 와도 유동나무 무덤에서는 붉고 검은 잎이 돋아날 것만 같았다. 야호는 괜스레 유동나무 둘레를 어슬렁거리며 비밀 지도를 꿰듯 심각한 표정을 지었다. 야호는 무덤에서 조금 떨어진 경찰서 담벼락 아래, 유일하게 잔설이 깨끗하게 남은 곳으로 가 쭈그리고 앉았다. 야호는 깨끗한 눈을 뭉쳐 손톱의 때를 씻어냈다. 어쩐지 이때까지 어떤 우물물에 손을 담갔을 때보다, 깨끗한 손을 가져본 적이 없다는 생각이 들었다. 야호는 뒤를 힐끗 보았다. 섬오는 돌아가지 않고, 경찰서 너머를 힐끗거리며 불안에 떠는 눈을 하고 있었다.

야호는 조바심이 났다. 야호는 섬오가 보지 못하도록 몸을 틀어 주머니에서 영감의 그림을 꺼내 가만히 펼쳤다. 그것은 통기창에 숨겨놓은, 만화책의 말풍선을 오려 풀로 붙인 그림과 달리 어떤 말을 하는지 도무지 짐작할 수 없었다. 야호가 소년이 삼키고 있는 말에 귀를 기울일세라 고개를 숙이는 순간, 소년의 하얀 엉덩이로 까맣게 삭은 눈알이 툭 떨어졌다. 유동나무에 매달린 열매껍질이었다. 야호는 그게 섬오가 던진 돌멩이기라도 하듯 뒤를 돌아봤다. 섬오가 뭔가 다급한 손짓을 했다. **나는 겁쟁이가 아냐.** 야호는 제 똥구멍까지 꿰뚫어볼 것 같은 망원경의 눈알을 뽑아버릴 기세로 유동나무 망루를 올려다봤다. 문득 섬오와 함께 나누었던 이야기들이 떠올랐다. **아프리카 어떤 나라에는 빙하보다 하얀 피부를 갖고 태어나는 아이들이 있대. 주술사들은 아이들이 병을 낫게 해준다고 생각해 잡아서 솥에 넣고 삶는대. 내가 만약 그곳에서 태어났다면, 나는 정의의 기사가 되어서 그 주술사**

들을 다 응징할 거야. 야호가 메아리를 울리면 섬오는 가마니처럼 야호의 이야기를 받았다. 야호는 섬오에게 자신은 겁쟁이가 아니라는 걸 보여주고 싶었다.

야호는 유동나무로 걸어가 둥치에 한쪽 발을 올렸다. 야호는 문득 로봇의 세번째 법칙이 무엇이었는지 궁금해졌다. 자기 자신인지, 약한 노인인지, 아무튼 누군가를 지키지 않으면 안 된다는 명령이었던 것 같은데, 그건 말풍선이 없는 그림처럼 또렷이 떠오르지 않았다. 야호는 유동나무 줄기에 훌떡 올라섰다. 야호는 금세 망원경이 떨어졌던 가지까지 올라갔다. 저만치 만화의 네모 칸 같은 학교의 창과 문 앞에 서 있는 섬오가 더 큰 손짓을 해 보였다. 그 동작은 마치 세상에서 가장 큰 만화를 그리고 있는 것만 같았다. 야호는 섬오의 그림 속으로 들어갈세라 나뭇가지를 쥔 손을 앞으로 뻗었다. 하지만 만화의 세상은 너무 좁고 멀었다. 야호는 눈을 더 멀리 던져 섬오를 앞질러갔다. 저만치 소년의 동상이 보였다. 소년도 아무 외침을 하지 않았고, 입이 찢어지지도 않았다. 부모를 잃어 슬퍼보이지도 않았다. 소년은 그저 건전지가 다 된 로봇처럼 고요했다. 야호는 소년이 부러웠다. 야호는 그제야 구멍은 벽처럼 고체일지 모른다는 생각이 들었다.

별안간 코가 간질간질하면서 재채기가 났다. 까만 깃털이 경찰서 담벼락 너머에서 나풀나풀 날아올라 유동나무 무덤을 휩싸고 있었다. 누가 영감의 그림을 불사른 걸까. 야호는 갑자기 흐릿해진 주위를 둘러봤다. 저만치 카메라 플래시처럼 불꽃이 반짝였다. 철조망 너머, 경찰서 마당 한가운데 쑥색 기동복과 남색 경찰복을 입은 사람들 사이에, 말라깽이와 만화 대본소 사내를 닮은 어른들이 피켓을 들고, 활활 타오르는 불길을 향해 책들을 집어던지고 있었다. 서둘러 달맞이를 하며 쥐불놀이라도 하는 걸까. 하지만 불길이 얼비친 얼굴은 소금에 절여진 것처럼 파리해 하나도 즐거워 보이지 않았다. 어쩐지 그 풍경은 지난 시간의 무덤처럼, 겨울방학의 똑같은 하루를 반복하고 있는 것만 같았다. 무덤은 점점 어둑어둑해지고, 어른들의 그림자가 손바닥처럼 감싼 불꽃만이 우묵하게 도드라졌다. 야호는 문득 정주간 마루청에 걸터앉아 발을 간댕거리며 오사카 할머니에게 만화책을 읽어주던 기억이 떠올랐다. **난 만화의 세상이 구멍처럼 흑백으로만 이뤄져 있어서 정말 좋아.** 야호는 점점 사위어가는 불꽃을 보면서 오늘 밤에 이불에 지도를 그리지 않으려면 잠들지 않아야 한다고 다짐했다. 누군가는 그렇게 어둠을 지키고 있어야 했다. 홀씨처럼 가벼운 재티 하나가 야호의 눈썹에 내려앉았다. 그 깃털 하나가 시간을 떠받치는 기둥을 무너뜨리기라도 한 것처럼, 허공이 야호의 발꿈치를 지상을 향해 떠밀었다. 야호는 재로 만든 새들이 날아오는 방향을 따라 로봇처럼 솟아올랐다. 로봇은 고장 나고 망가져도 죽지 않는다. 구겨진 그림 속의 소년은, 부끄러울 게 하나도 없어 팬티와 장화도 챙겨 입지 않은 맨몸의 소년은 여전히 지상의 무덤을 지키고 있었다, 불사조처럼.

세상은 한순간 입을 다물고, 숨처럼 짧은 순간이 영원처럼 깊이
깊이 이어졌다. 야호는 영감보다 오랫동안 살 것이다, 영원히
죽지 않고 살아남을 것이다.

꼬 리 총

1

아들이 늦는다. 아버지는 아들을 기다리고 있다. 아버지는 덧문을 열고 유리창에 이마를 댔다. 콧등이 먼저 유리에 닿아 흠, 콧숨이 서렸다. 아버지는 코가 크다. 돈키호테라는 별명이 있었다. 아버지는 시린 코를 떼, 흐릿한 창에 입김을 불고 주먹으로 훔쳤다. 사과처럼 둥글고 반드러워진 유리에 빗발이 뚝뚝 그어졌다. 비는, 삶은 고사리처럼, 가늘고 회갈색이다. **우산을 챙겼나.** 아버지는 아침 날씨가 가물가물했다. 비에 낙담한 아들이 책가방을 정수리에 얹고 걸어오는 모습이 떠올랐다. 아들은 중학생이 됐는데도 책가방이 등허리까지 내려왔다. 아들은 붉은 손으로 개울가의 너테와 나뭇가지에 달린 고드름을 뚝뚝 따 먹었다. 살얼음 긴 진창이 웨이퍼 과자처럼 주저앉는 바람에 신코가 젖은 노란 운동화가 깨금발을 뛰었다. 아들은 한겨울에도 찬물을 밝혔다. 하지만 이 비라면 안 먹겠다. 아버지는 싱긋거리며 조리대로 걸어갔다. 큰솥에서 물이 설설 끓었다. 솥뚜껑을 열자 젖고, 따뜻한 김이 얼굴을 껍질처럼 쓸었다. 아버지는 소쿠리에 담아놓은 고사리를 붓고 굵은소금을 엄지와 검지, 가운뎃손가락으로 쥐어 솔솔 뿌렸다. **얼마나 삶아야 하지?** 아버지는 화장실 쪽을 힐끗 돌아보며 고개를 갸웃했다. 나무 문 너머에서 가느다란 소리가 새어 나왔다. 아버지의 아내인, 어머니는 변비다. 겨울이면 더해, 사나흘에 한 번 겨우 이빨처럼 딱딱한 똥을 뚝뚝 끊어 눴다. 어머니는 두덩이 꿰매진, 선인장처럼 살갗이 가칠하고 몸이 굼떠졌다. 화장실을 오가는 발바닥이 마룻널에 쓸렸다. 고사리는 변비에 좋다. 한 자락 뜯어내 창에 걸어놓으면 일 년 두고두고 흐뭇할 봄볕에 고사리를 뜯었다. 뒤껼 비탈에 잇댄 광에는 숲에서 뜯어 삶고 말린 고사리와 쑥, 취와 약초가 한가득했다. 광은 오래된 햇빛처럼 갈근갈근한 먼지와 꾸덕꾸덕하게 마른 그늘의 냄새가 깊다. 봄부터 겨울까지 밥상에는 잎과 줄기, 뿌리와 열매가 숲처럼 사라지지 않았다. 오늘은 말린 고사리와 토란대, 무청, 버섯을 들기름으로 볶고, 들깨 가루를 풀어 나물 찜을 끓인다. 사근사근한 식감이 돌게 온상에서 키운 근대와 아욱도 듬성하게 썰어 넣고, 한 시간 남짓 불린 멥쌀을 곱게 갈아 훌훌 풀어 걸쭉하게 끓여낼 참이다. **조선간장 어디다 뒀지?** 변기 물 내리는 소리가 멎고, 두루마리 휴지를 사르르 감는 소리가 들렸다. 아버지는 어머니에게 말을 건 게 미안해졌다. 큰솥 옆

멸치와 다시마로 맛국물을 우리는 유리 냄비가 달그락거렸다. 다시마가 머리카락처럼 부풀면서 달궈진 삼발이에 거품을 떨어뜨려 푸시시, 담금질 소리가 났다. **멸치 다시 끓는데.** 아버지는 여전히 눈치가 보여 행주를 훔치듯 넌지시 말을 붙여봤다. 그러고는 가스레인지 불을 가장 낮게 줄이고, 고사리를 건져 체에 담고는 수도꼭지를 틀었다. 솨솨, 아버지는 따가운 물소리에 문득 빗줄기의 굵기가 궁금했다. 창으로 두어 걸음 내디뎠는데 엄지발이 따끔했다. 말린 고사리를 다듬을 때 흩쳤는지 솔가리와 고사리순이 글씨처럼 떨어져 있었다. 아버지는 마룻바닥에 쭈그리고 앉아 바늘처럼 마른 잎가지와 벌레처럼 구불구불한 잎줄기를 주워 식탁 위에 펼쳐진 신문지에 담았다. 아버지는 신문지 네 귀퉁이를 그네처럼 들고 발끝으로 미닫이문 문틀을 밀었다. 식물의 찌꺼들을 마당에 흩뿌리는데, 신문지 귀퉁이가 빗줄기에 후두두 젖었다. 콧숨과 입김이 연통처럼 고스란하게 차가운 허공을 갈랐다. 맵찬 공기의 칼날처럼, 마당 저쪽 아래채 댓돌 위에 노란 운동화가 나동그라져 있었다. 아버지는 노란 두 개의 발이 화들짝 반가웠다. 아버지는 당장 아래채로 달려가 무심한 아들을 혼내주고 싶었다. 아래채는 발이 벗어난 신목처럼 깜깜했다. 아들의 젖은 발가락과 발꿈치가 노랑처럼 시렸지만, 점심께 아궁이를 남겨놓은 아래채에 개밥을 삶느라 군불을 지폈던 게 떠올랐다. **또 책을 읽다 잠들어버린 걸까.** 비를 맞아 따뜻한 아랫목에 파묻혀 읽는 글씨가 속눈썹처럼 간지러웠을 것이다. 통나무로 새집을 짓고 살림을 죄 안채로 옮겼는데도 아들은 툭하면 아래채에 틀어박혔다. 천장까지 쌓인 책 때문이었다. 아들은 책을 포식하는 탓인지 점점 입이 짧아졌다. 아들이 유달리 꺼리거나 깨작거리는 음식을 보면 지금 읽고 있는 책의 내용을 짐작할 수 있을 정도였다. 아버지는 젖은 신문지처럼 흐무러진 식물의 줄기를 앞에 두고 게으르게 젓가락질을 하는 아들과 실랑이를 벌일 식탁이 지레 흐뭇했다. 돼지비계나 멸치는 몰라도 나물은 전혀 남기지 않던 아들이 어느 저녁부터 들깨 가루를 풀고 새알심을 넣은 고사릿국에서 고사리만 대접에 남겼다. "왜?" 딸이 먼저 아들에게 핀잔을 주었다. "꼬리 같아." 아들은 고사리에 묻은 들깨 가루를 빨아 삼킨 뒤 반지르르 윤이 나는 고사리 줄기를 젓가락으로 심드렁하게 갈랐다. "꼬리?" "응. 쥐꼬리." "너 쥐 보는 거 좋아하잖아." "꼬리라니까. ……그냥 다 꼬리 같아. 내 얼굴도. 손가락도. 창도. 문도. 길도. 나무도. 다. 눈꼬리. 입꼬리. 코꼬리. 귀꼬리. 목꼬리. 등꼬리. 손꼬리. 발꼬리. 배꼬리. 문꼬리. 돌꼬리. 잎꼬리. 혀꼬리." "네가 콩꼬리만 하니까 그러는 거지." 딸은 혀를 날름거리고는 고사리 줄기를 호르르 삼켰다. 아들은 얼굴이 시뻘게져 식식거렸다. "넌…… 넌…… **곰꼬리처럼 뚱뚱해.**" 딸은 숟가락을 거머쥐고 아들의 이마를 쥐어박는 시늉을 했다. 어머니가 깍짓손에 턱을 괴고 물었다. "**질겨? 풋내가 싫어?**" 어머니의 입맛일지 몰랐다. 어머니는 나물을 삶고 말리는 비릿한 냄새가 싫었다. 아버지는 봄이 되면 맏물인 잎과 줄기를 씹어야 그제야 피가 다시 도는 기분이라고 했지만, 어머니는 천엽이나 간이 더 당겼다. 어머니는 고사리로 흙 같은 죽이 아니라 기름진 선짓국이나 육개장을 한 솥 끓이고 싶었다, 꼬리를 고듯. **"고사리를 많이 먹으면…… 아이를 못 가진대."** 그 말에 어머니와 딸은 머리를 숟가락처럼 구부리고 아들의 눈을 깊숙이 쳐다봤다. **"책에서…… 그랬어."** 아들은 어금니로 말을 하나하나 끊어 내뱉듯 입을 앙다물었다. 아들은 정말 책에 쓴 글씨를 하나하나 씹어 삼켰는지도 몰랐다. 아들은 책을 식탁의 양초처럼 직각으로 세워 놓았다. 책장에 꽂힌 책들은 거꾸로 꽂힌 책과 책등이 보이는 책이 반반이었다. 아버지는 거꾸로 꽂힌 책 중 가장 두꺼운 책을 꺼내본 적이 있었다. 이미 쓰인 문장을 너무 질투해서 할퀴었거나, 정말 감복한 나머지 씹어 삼키고 싶어 젓가락으로 바닥까지 긁어내기라도 한 것처럼, 표지와 책갈피는 무수한 밑줄이 우툴두툴 그어져 있었다. **"뭘 읽었기에 그래?"** 딸은 눈치가 빨랐다. 아들은 쌀알을 세듯 주섬주섬 이야기를 늘어놓았다. **"마추픽추처럼 높다란 골짜기 마을이 있어."** **"멕시코 이야기야?"** 아들은 딸의 질문에 눈살을 찌푸렸다. **"바깥세상에서 살아갈 수 없는 곡절이 있어 들어온 사람들만 그곳에 살아. 나라에서 세금을 받으러 온 적도 없고, 인구를 조사해 간 일도 없어. 그곳 사람들은 세상을 완전히 등지고 살았어. 손바닥만큼씩 밭을 일구고, 산비탈과 골짜기를 뒤져 잡곡을 심는 것 외에 철따라 산나물을 뜯고 약초를 캤어."** **"절름발이 영감한테 들은 얘기 아냐?"** 딸의 의심에 아들은 쳇, 비웃고는 마저 말을 이어갔다. **"근데, 이 마을은 어쩐 일인지 두 대만 되면 절손이 된다고 해. 혹 그 이유가 고사리 때문이 아닐까도 생각했대……"**[1] 아버지는 자못 심각한 얼굴로 이야기를 주워섬기는 아들을 보면서, 아들이 수음을 시작한 눈치라고 생각했다. 그러고 보니 회갈색의 윤이 나는 고사리가 정말 꼬리처럼 보였다. 아버지는 시부저기 말과 말 사이에 흘리고 겹친 제 생각을 도리질하며, 책은 정말 솔깃할 게 못 된다고 웃음을 깨물었다. 그래도 달걀을 먹으면 멍청해지고, 수음을 시작하면 왼손을 잘라야 한다고 말하는 책을 읽은 것보다 고사리를 끊는 것이 아버지 입장에서는 훨씬 안도가 됐다. **"배고파."** 딸이 트레이닝복 등허리를 긁으며 부엌으로 들어왔다. 딸은 오후 세 시에 돌아왔다. 그때부터 줄곧 제 방에 틀어박혀 노트북으로 인터넷 쇼핑을 한 모양이었다. **"또 신발 샀니?"** 어머니가 발을 끌며 딸을 뒤따라오다 냉장고 옆에 놓인 독에서 물을 한 바가지 떠 꿀떡꿀떡 삼켰다. **"하루에 물을 2리터나 마시는데도 왜 이러나 몰라."** 어머니는 딸의 볼을 꼬집었다. **"아무래도 신용카드를 없애야겠다." "정말 싼 거란 말이야. 한 켤레 값에 두 켤레를 준다고 했단 말이야. 게다가 구입 평을 잘 쓰면 사은품으로 또 한 켤레 준단 말이야."** 딸은 유일하게 신발을 사치했다. 시장이 바다만큼 멀어 간단한 생필품까지 인터넷 쇼핑몰에서 주문해 마을에 나갈 때마다 찾아오는

---

1) 오영수, 「은냇골 이야기」, 『오영수 작품집』, 지만지, 2010.

데, 어머니는 노트북 옆에 신용카드를 두고 필요한 것을 딸에게 주문하게 했다. 아들의 노란 운동화도 딸이 고른 것이었다. "얘가 왜 이렇게 늦지?" 어머니와 딸은 동시에 창밖을 힐끗거렸다. "우산을 챙겼나." "아까아까 돌아와 또 책을 뚫고 있는 거 아냐." 딸은 아들에게 환했다. 삶은 고사리 같은 빗발을 뚫고 와 허겁지겁 책을 먹다 까무룩 잠이 든 아들은 배가 부를 것이다. 또 한 권을 다 삼켰나 봐. 아버지는 엄지로 덧창을 히치하이킹처럼 가리켰다. "아래채 한번 가볼까?" 딸은 그래놓고는 하품처럼 흘린 말이었는지 제자리 뛰기를 하며 배고프다고 호들갑을 떨었다. "뭐. 깨면 라면이라도 끓여주지 뭐. 우리끼리 먼저 시작하자." "아참." 냄비 뚜껑을 열어보고, 김치를 손가락으로 집어먹던 딸이 다시 포르르 방으로 들어가더니 나뭇가지 서너 개를 가슴에 품고 왔다. 딸은 냉장고를 열어 거의 바닥만 남은 콜라 페트병을 꺼내 꼴꼴 마셨다. 그러고는 병 속을 부신 뒤, 칼로 구멍을 내고 가위로 둥그렇게 잘라 물을 받아 나뭇가지를 담갔다. 나뭇가지에는 붉은 꽃눈이 뾰루지처럼 종알종알 매달려 있었다. "일주일 정도 담가놓으면 개나리와 매화를 볼 수 있을 거야." 아버지는 꽃눈들이 아들의 감긴 눈에 얹힌 가지런한 속눈썹처럼 보였다. 가족은 종교가 없지만 식탁 앞에 모이면 늘 간단한 기도를 올렸다. "동백은 폈던데." "벌써?" "요즘 꽃들이 다 그렇잖아. 들쑥날쑥." 숟가락과 젓가락처럼 가지런하게 반복되는 이야기 끝에 드르륵, 문이 열렸다. 갑작스러운 소리에 어머니는 깜짝 놀라 엉겁결에 숟가락을 놓치고 말았다. 숟가락이 떵, 소리를 내며 마룻바닥에 떨어졌다. 딸의 야윈 어깨도 한순간 곤두섰다 이내 누그러졌다. 아들이 성큼성큼 걸어와 식탁에 앉았다. **"또 고사리네."** **"라면 끓여줄까?"** **"괜찮아요."** 아버지는 거울처럼 가까워진 아들의 정수리를 쓰다듬으려고 하다가 사금파리에 찔린 것처럼 눈이 쪼뼛해졌다. 아들의 목덜미에 긴 생채기가 그어져 있었다. **"빗물에 미끄러졌어."** 아들은 마당을 건너오며 젖은 머리카락을 손바닥으로 문대고 허벅지에 쓱쓱 훔쳤다. 아버지는 어머니의 숟가락을 줍는 척 허리를 구부려 아들의 발을 쳐다봤다. 아들은 맨발이었고, 젖은 바짓가랑이에 흙과 검부러기, 도꼬마리가 몇 낱 붙어 있었다. 아버지는 신음을 삼키고, 우선 아들이 허기를 채우고 날 때까지 기다리기로 마음먹었다. 어머니는 아무 눈치도 못 챈 깜깜한 얼굴로 물만 들이켰다. 딸이 얄미운 표정으로 고사리 줄기 하나를 아들의 그릇에 얹었다. 아들은 양손에 젓가락을 창과 방패처럼 쥐고 고사리 줄기를 가느다랗게 갈라 담담하게 삼키고 오랫동안 씹었다. 딸은 맥이 빠졌는지 삐, 입바람을 불었다. 아버지가 준엄한 표정으로 꾸짖자 딸은 나만 왜, 하는 표정으로 고개를 숙였다. 국이 식어갈 무렵 마당에서 잘박거리는 소리가 들렸다. **빗줄기가 더 거세졌나.** 아버지는 창을 쳐다봤지만, 덧문을 닫아 바깥이 하양인지 검정인지 회갈색인지 전혀 가늠할 수 없었다. 또다시 문틀이 삐걱거리는 소리가 들렸을 때, 아버지는 아들이 문을 제대로 닫지 않았다고 생각했고, 딸은 장화를 2켤레

사야겠다고 다짐했다. 그들이 다시 인기척에 무심해지려는 찰나, 미닫이문이 책갈피를 넘기듯 넓어졌다. 검은 비옷을 정수리까지 눌러써 눈이 보이지 않는 사내가 빗물을 뚝뚝 흘리며 집 안으로 들어섰다. 삶은 나물처럼 무른 빗소리가 젓가락처럼 딱딱해졌다. 아버지와 어머니, 딸의 시선이 비옷을 향하는 순간, 미닫이문을 등지고 앉았던 아들도 뒤를 돌아보는 바람에 의자가 삐거덕거렸다. 그 소리에 놀랐는지 비옷은 식탁을 향해 사냥총을 겨눴다. 총신이 긴 사냥총이었다. 아버지는 비옷이 총을 들기 전까지 그의 오른손에 들려 바닥에 끌린 것이 장우산이라고만 생각했다. 아버지는 비옷이 곧장 레버를 당기거나 총열을 아래로 꺾지 않는 것을 보고, 그가 사냥총의 주인이 아니거나 다섯 개의 탄창에 총알이 하나도 들어 있지 않다는 것을 눈치챘다. 실제로 총자루를 쥔 손은 하염없이 떨리고 있었고, 오줌인지 빗물인지 모를 얼룩이 급하게 마룻바닥을 적셨다. 비옷은 어떤 협박도 하지 않았다. 그저 사냥총을 겨냥한 채 우두커니 서 있었다. 아들은 총을 한 자루 갖고 싶다고 말한 적이 있었다. 끝집으로 이사하는 고속도로에서였다. 아버지는 아들이 총을 탐하는 걸 보고, 아들이 곧 사내가 될 거라는 생각에 안도했다. 아들은 고속도로에 빽빽이 들어찬 자동차를 보면서, 총은 자동차처럼 제대로 사용하면 안전한 것이라고 말했다. 아버지도 아들 나이 때 총을 한 자루 갖고 싶었던 적이 있었다. 아버지는 슈퍼마켓에서 총을 살 수 있는 국가가 부러웠다. 하지만 아버지는 그 국가에 가는 것이 두려웠다. 영어 때문이었다. 아버지는 공부에 재능이 없었다. 철봉을 못 넘듯 볼을 다루지 못하듯, 아버지는 책을 넘겨도 글자를 읽어도 퍼뜩 이해하지 못했고, 교실을 벗어나면 책을 들춰본 적이 없었다(책은 책상에서 읽는 것인데, 아버지에게 책상이 있는 공간은 학교밖에 없었고, 그는 직장인처럼 학교를 벗어나면 학교를 전혀 그리워하지 않았다). 아버지는 평생 총을 만져본 적이 없었다. 아버지는 군대를 가지 않았다. 스무 살에 민방위에 편입돼 교육을 받으러 가면, 거들먹거리는 사내들 중에서 아버지는 가장 어렸다. 아버지는 아들에게 집게손가락으로 방아쇠를 당길 때의 느낌을 설명할 수 없는 게 아쉬웠다. 비스듬하게 돌아앉은 아들이 비옷의 팔과 나란한 사냥총처럼 조금씩 기울어지기 시작했다. 아들과 비옷 사이에 줄이 비끄러매져 있었던 것처럼, 아들의 등허리가 뒤로 기우듬해질수록 비옷의 몸도 점점 요동쳤다. 쾅. 아들이 바닥에 넘어지는 순간이 먼저였을까, 비옷이 사냥총의 반동을 이기지 못한 것처럼 뒤로 넘어진 것이 먼저였을까. 비옷이 사냥총을 떨어뜨리고 마룻바닥에 쓰러졌을 때, 아버지는 식탁 모서리를 뒤엎을 듯 잡고 주위를 둘러보았다. 딸은 페트병을 잘랐던 가위를 거머쥐고 있었고, 아들은 바닥에 퍼더버린 자세로 왼손에만 젓가락 하나를 움켜쥐고 있었다. 아내는 그 자리에 가만히 앉아 입속에 머금은 물을 입가로 흘렸다. 모두 무사했다. 아버지는 비옷을 쳐다봤다. 비옷의 경동맥이 지나가는 목덜미에 젓가락 하나가 꽃가지처럼 꽂혀 있었다. 비옷은 여전히 콧잔등까지 모자가 덮여 있어, 그의 입술이 웃고 있는 것인지 울고 있는 것인지 분간할 수 없었다. 품이 넓은 비옷의 안감을 따라 삶은 고사리처럼 가느다란 피가 흘러내렸다. 그것은 사내가 베고 누운 꼬리였던 것처럼 발바닥을 향해 천천히 흘러내렸다. 비옷은 가족이 식사를 마치기도 전에 숨이 끊어졌다.

2

"꼬리를 밟은 것 같아." 기(奇)는 딸, 기린(奇鱗)의 목소리에 퍼뜩 정신을 차리고는 열 발가락을 오므렸다. 기린은 비옷의 등허리에 꼬리처럼 깔린 사냥총을 끄집어 당겼다. 비옷이 들썩이며 안감에 고인 피가 찰랑였다. 아들, 기노(奇櫓)는 비옷의 단추를 열어 넓게 펼치고는 그 주위로 신문지를 다문다문 깔았다. 기린과 기노는 마치 오랫동안 비옷을 카펫처럼 펼쳐놓고 생활했던 것처럼 의연하게 주검을 단속했다. 두 개의 등이 비옷을 가려 아이들은 별로 마룻바닥을 청소하고 있는 듯 무심해 보였다. 기는 어쩐지 둘을 합쳐야 제 그림자만 했던 아이들이 어느새 어른 하나는 충분히 가릴 만큼 자란 게 갸륵했다. 기는 호두처럼 딴딴한 기노와 기린의 발꿈치를 쓰다듬어주고 싶었지만, 아이들을 사소한 손짓으로라도 간섭하는 게 불청객처럼 쭈뼛거려졌다. 바다를 가로지르는 물고기〔鱗〕처럼, 바다를 저어가는 노(櫓)처럼 세상을 굳세게 헤쳐 나가길 바라며 두 이름을 지었을 때 아내, 곡(曲)은 기의 성(姓)을 처음으로 좋아했다. 곡은 두 갓난아이의 붉은 입에 새끼손가락을 하나씩 물리고 말을 가르쳤다. "**암마, 암마, 오로로 까꿍.**" 말은 기린이 기노보다 훨씬 올되었다. 기린은 기의 손가락을 쥐고 **암빠**라고 옹알거렸다. 끝집으로 이사 오기 전까지만 해도 기린은 갓난아이 때처럼 기를 **암빠**라고 버릇해 불렀다. 그사이 혀까지 훌쩍 자라버린 것일까, 기는 기린이 저를 보고 암빠, 하고 입술을 빠끔거려주기를 바랐지만, 딸아이는 입천장에 붙은 혀처럼 마룻바닥에 쭈그리고 앉아 옴짝달싹하지 않았다. 하기는 아이들은 과묵한 게 어른이라고 오해하는 법이고, 끝집은 아이들이 옥수숫대처럼 훌쩍 자랄 만큼 멀고 멀었다. 기린과 기노는 끝집으로 가는 동안 숨바꼭질이라도 벌이는 듯 설렜다. "**뱀이 있겠지.**" "**뱀이 무서워?**" "**아니.**" "**그래? 너 뱀 만질 수 있어?**" "**먼저 만지면.**" "**난 뱀을 핥을 수도 있어. 아니 깨물어버릴 수도 있어. 그것보다 더 끔찍한 것도 만졌는걸. 넌 늘 겁쟁이였어.**" 기린은 입을 벌리고 뱀의 머리를 잘근거리듯 아래윗니를 달각거렸다. 기노는 앙, 울음을 터뜨릴 것 같은 얼굴로 오른손을 들어 주먹을 쥐었다. "**난 이 손으로 뱀을 단번에 죽여 보일 수 있어.**" 길은 기린과 기노의 다짐처럼 어떤 핑계와도 같은 풍경을 뱀처럼 지루하게 끌고 있었다. 하염없이 오르막길이 가팔라지다 느닷없이 신작로가 사라지고, 좁다란 자드락길은 개울에 잠겼다 무덤을 따라 굽이굽이 돌았다. 그 모든 끝의 다짐들이 지겹고 미워지려는 막바지에 끝집이 있었다. 기도 **세금**과 **인구조사**에서 열외일 것 같은 끝집에 다다르는 동안 그만큼 늙어버린 기분이었다. 기는 길의 끝이 아니라 시간의 끝을 찾아 헤맨 것 같았다. 그 끝에는 어항처럼 맑은 가족이 아니라 덫을 밟아 왼쪽 발목이 잘린 포수가 살았고, 그도 지난겨울에 더 깊은 남쪽으로 사라져 벌통과 버섯밭만 남았고, 아니 무너진 곳집 말고는 백 년 동안 인기척이 없었다고도 했다. 그래도 소문과 소문을 징검다리처럼 잇고, 끝을 오해하지만 않으면, 끝집으로 이어지는 희미한 꼬리를 놓치지 않을 수 있었다. 기는 그렇게 끝집에 다다랐을 때 몹시 피로하고 맥이 풀려 손가락 하나 까딱거릴 수 없었다. 늙은 시간과 어린 시간, 앞서 가던 시간의 벽에 뒤미처 오던 시간이 총성처럼 부딪혀 멈춰버린 순간에 갇힌 것만 같았다. 기린과 기노도 끝집에 도착하자 노독에 시달린 듯 집에서만 놀았다. 끝집에서 조금만 벗어나면, 시골 아이로 편입될까 봐 두려운 듯 자연에 서툴게 굴었고, 자신들만 고독을 이해하고 있다는 얼굴로, 자란 키의 헐거운 틈을 메우듯 구멍에서 놀았다. 그 구멍에 드리운 그늘은 밝은 자연의 공기와 부딪혀 어떤 예각이 느껴졌다. 기는 버려진 공기를 눈치챌 때마다, 아이들이 자연을 액자를 벗어날 수 없는 풍경화처럼 갑갑해한다는 예감에 퍽 미안해졌다. 기가 암에 걸리지만 않았어도 그들이 쫓기듯 끝집으로 내려올 일은 없었다. 암은 기를 부끄럽게 만들었다. 사람들은 죽은 사람이 아니라 살아남은 사람을 찾아 장례식에 가듯 기가 아니라 기린과 기노, 곡에게 위로했다. 기의 부끄러움과 달리 사람들의 위로는 빚처럼 떳떳했다. 하나가 아프면 하나는 돈을 벌어야 한다. 둘이 아파도 하나는 돈을 벌어야 한다. 셋이 아파도 하나는 돈을 벌어야 한다. 넷이 아파도 누구 하나는 돈을 벌어야 한다. 그것은 전쟁이 끝나면, 청소를 해야 하는 것과 같다.[2] 오롯이 하나면 죽으면 그만이지만, 하나가 있고, 둘이 있고, 셋이 있고, 넷이 있는데 하나라도 돈을 벌지 않으면 범죄가 된다. 기는 사람들의 위로가 거듭될수록 기린과 기노, 곡이 범죄자가 된 것은 아닌지, 아니면 자신이 자살해야 하는 것은 아닌지 분간할 수 없었다. 기린만이 사람들의 위로를 유일하게 알아먹었다. 기린은 여전히 기를 **암빠**라고 부르는 코흘리개였지만, 전쟁이 끝난 폐허 같은 집을 돌보기 위해 친척들에게 돈을 구걸하러 다녔다. **"암빠라바라밤이 아파요. 돈이 된다면 숟가락이라도 팔아야 할 지경이라니까."** 기린은 자정이 넘어 차고 비릿한 그을음 냄새를 풍기며 돌아왔다. 기린은 책가방에 든 비닐봉지에서 포일 도시락을 꺼냈다. 짜부라진 뚜껑을 열자 끄트머리가 까맣게 타고 하얗게 굳은 기름에 엉긴 고깃점과 상추, 마늘쪽이 담겨 있었다. 기린은 상추에 차가운 고깃점을 싸서 기노에게 먹였다. 기린의 손은 어둠에 그을린 것처럼 검은 물집이 부풀어 있었다.

---

2) 비스와바 쉼보르스카, 「끝과 시작」, 『끝과 시작』, 최성은 옮김, 문학과지성사, 2007.

책가방에는 가끔 뚜껑이 따진 소주병이 여러 개 들어 있기도 했다. **"암빠리바게뜨가 고통에 몸부림치는 것보다는 술 먹고 까무러지는 게 훨씬 나아요."** 기린은 한 손에는 행주, 한 손에는 비닐봉지를 들고 식탁을 훔치면서 겨드랑이를 꼬집는 삼겹살집 주인에게 배시시 웃음을 흘렸다. 기린은 마늘처럼 뒷맛이 아린 농담을 발명할 줄 알게 되었다. 기는 하루하루 살빛이 창백해지는 걸 보며 기린마저 암에 걸리는 게 아닐까, 불안했다. 기는 자정에서 새벽, 새벽에서 아침으로 점점 늦어지는 기린이 너무 안쓰럽고 아파 제 뺨을 후려치듯 때렸다. 기린은 화덕에 이글거리는 불잉걸처럼 눈을 희번덕였다. 기린이 그렇게 건강하고, 화를 내는 모습은 처음이었다. **"그럼 죽기라도 기도하길 바랐어?"** 기는 소녀에게 피부를 자랑하기라도 한 것처럼 부끄러웠다. 기는 기린의 노란 멍과 숯에 데고 굳은살이 박인 검은 손을 차마 쳐다볼 수 없었다. 기린의 몸은 기린 혼자만의 몸이 아니었다. 기는 누가 이런 흔적을 남겼는지, 그 손을 찾아 잘라버리고 싶었다. 기는 인간을 부끄럽게 만들기 위해 병이 찾아온다고 확신하게 됐다. 비옷은 큰솥에 넣고 삶기라도 한 것처럼 피비린내가 진동했다. 공기를 벗기면, 붉은 인형을 진흙처럼 빚을 수 있을 정도로 냄새는 두꺼웠다. 죽음은 어디에서나 냄새를 풍겼다. 기는 그 냄새가 기린이 밤을 벗겨온 누릿한 냄새만큼이나 익숙했다. 병은 죽음으로 가는 지름길이었다. 암은 그 길 중에서 고속도로였다. 암의 냄새는 몹시 건강했다. 도시에서 끝집까지, 화석연료처럼 두꺼운 비린내가 기와 기린과 기노와…… 곡의 꽁무니를 끈질기게 따라왔다. 기는 기노가 학교에서 집을 주제로 그림을 그린다면 석탄처럼 까만 벽과 창문, 이불과 눈만 빨간 흑인 같은 네 사람을 그릴 것이라고 생각했다. 기노는 다리가 저린지 예수처럼 벌린 비옷의 오른 위팔에 엉덩이를 걸쳤다. 무게중심을 못 잡아 윗몸을 앞뒤로 흔들다 두 팔을 바닥에 짚고 잔기침을 했다. 비옷은 피를 뺀 고깃덩이처럼 차갑고 얌전했다. 표피가 벗겨지거나 멍이 들지도 않았고, 목덜미에 씨앗처럼 뚫린 조그만 자창만 아니라면, 아무리 눈썰미가 좋은 경찰이라도 검안만 하고 사망 원인을 자연사로 종결시킬 것 같았다. 기노는 비옷과 어깨동무를 한 것처럼 나란히 앉아 사내의 코와 입을 우두커니 내려다봤다. 기노는 뭔가 마뜩찮은 표정으로 고개를 갸웃하더니 비옷의 인중 가까이 입술을 맞출 것처럼 얼굴을 들이밀었다. 기노의 콧잔등에 비옷의 콧마루가 살짝 맞닿았다. **"코도 좆같네."** 기노는 진저리를 치며 손등으로 얼굴을 껍질처럼 벗겨냈다. 그러고는 몹시 화가 난 듯 비옷의 콧구멍에 젓가락을 찌르고, 입술을 벌려 다물린 아래윗니 사이에 젓가락을 지렛대처럼 쑤셔 넣었다. 기는 팥처럼 깜깜한 콧구멍과 보랏빛 입술을 보면서 왜 주검의 모든 구멍을 솜으로 틀어막고, 그예 베로 싸매는지 그 까닭을 알 것 같았다. 비옷은 어린아이들의 두 손에 피를 묻히게 하고 말았다는 자괴감에 휩싸인 것처럼 더욱 작아 보였다. **"고작 이거였어."** 기는 기노가 젓가락으로 벌린 깜깜한 입속의 구멍을

보는 순간 씹고 핥고 빨고 삼키며 가장 성실했던 입의 시간들이
아팠다. 그 입이 눈과 코와 머리와 다리를 통째로 삼켜버린 것처
럼 사위가 깜깜해졌다. 기린과 기노와 곡이 어둠 속에 웅크리고
앉아 밥을 먹고 있다. 끝집은 자주 정전이 돼, 셋은 익숙해진 나
머지 해거름에 서둘러 식탁에 앉았다. 기린은 산으로 마을 가는
기노를 불러 그 김에 버섯을 따오라고, 절름발이 포수가 고기를
준 게 있으니 저녁에 전골을 해 먹자고 말했다. 끝집에는 이사
오기 전부터 여럿이 둘러앉아 먹기 좋은 큰솥이 있었다. 기린은
뭉근한 밑불에 단 큰솥에서 설설 물이 끓자 고기와 식물의 줄기
를 넣었다. 어두운 큰솥에선 뿌리를 달이는 쌉싸래함, 연한 줄
기를 데치는 달착지근함도 아닌, 마치 그늘을 끓이는 냄새가 풍
겼다. 식물의 줄기가 익을수록 뻣뻣하던 얼굴이 조금씩 부드러
워졌다. 그들은 어둠 속에서 데친 고기와 식물의 줄기를 먹었다.
가난한 사람처럼 천천히. 옛날 사람들은 전구가 없어 어둠 속에
웅크려 무언가를 먹었기 때문에 가난했던 것일까, 가난했기 때
문에 어둠 속에 웅크려 무언가를 먹었던 것일까, 그런 생각들을
하면서. 기노는 잇새에 낀 식물의 줄기를 엄지와 집게손가락으
로 빼내 식탁 모서리에 문댔다. **"그 인간 꼬리처럼 질기고 가느다
래."** 기노는 뒤도 돌아보지 않고 미닫이문을 드르륵 열고 아래채
로 뛰어갔다. 기린은 기노의 침과 섞인 식물의 줄기를 공처럼 뭉
치며 제 방으로 들어가 기노에게 선물할 노란 운동화를 챙겼다.
기노는 쥐처럼 혼자 지내려고만 했다. 기노에게 말을 건네려면

미끼가 필요했다. 기노가 수음을 알기 전까지만 해도 기린과 기노는 종이와 글씨처럼 늘 붙어 있었다. 기린이 기노의 내용이고, 기노가 기린의 기호인 것처럼 둘을 떨어뜨리면, 말과 이야기는 구멍이 나 흘러내렸다. 둘은 그늘에서 버섯처럼 얌전하고 부드럽게 놀았다. 기린은 말이 늦된 기노 앞에 양반다리를 하고 앉아 제 입을 오려 붙일 것처럼 말을 가르쳤다. 그것은 **암마**와 **암빠** 때부터 오래된 교육이었다. 기린은 앵두처럼 작게 입을 벌렸다. 기노는 천천히 고개를 가로저었다. 기린의 윗입술이 조금 발려지며 앵두는 대추처럼 커졌다. 기노는 눈을 지릅뜨고 다시 고개를 저었다. 기린은 다시 입을 크게 벌렸다. 기린은 입가를 집게손가락으로 벌리고 붉은 혀로 허공을 핥았다. 혀는 무언가를 탐하듯 아래에서 위로 천천히 올랐다, 뱅그르르 돌았다. 허공에 커다란 버섯 하나가 그려지는 것 같았다. 기린은 그렇게 기노를 조금씩 어른으로 만들었다. 기린은 버섯처럼 부숭부숭한 기노에게 제 모든 것을 흘려 넣었다. 하지만 기노는 책을 읽은 뒤로 기린을 무시했다. 기노는 책을 읽지 않는 기린을 따돌리고, 아래채에 틀어박혀 제 배꼽을 쓰다듬으며 책을 읽었다. 수음은 기린이 기노에게 가르쳐줄 수 없었던 처음이자 마지막 교육이었다. 기린은 노란 운동화를 기노에게 건넸다. 기노는 전혀 관심 없다는 표정으로 책 속에 쓴 글씨를 삼킬 듯 젓가락으로 밑줄을 그었다. 책에는 투명한 밑줄이 손금처럼 무수히 그어져 있었다. **루이를 사랑해.** "왜 그렇게 늦었어?" 나는 아무 말도 하지 않았다. "버섯

밭을 못 찾았어." 루이를 사랑해버릴 거야. "거짓말 하지 마." 나는
가운뎃손가락의 거스러미를 죽 잡아당겼다. "버섯이 없었어." 이처
럼 주린 핏방울이 맺혔다. "정말이야. 아무리 찾아도 버섯이 없었
어. 그래서 절름발이 영감한테 버섯을 가지러 갔어." 루이를 먹어
버릴 거야. "그런데." 아무렴. "영감이 죽어 있었어. ……마당에
커다란 신발 자국이 나 있더라." 나는 루이를 사랑하고, 사랑해버
린다고, 먹어버리겠다고, 고백하고, 다짐하고, 응석부리는 로이의
따귀를 딸깍, 때렸다. "너 꼬리 밟힌 거 아냐." 버클이 풀리는 소
리는 맛있다. "아냐. 몰래 뛰어왔어. 몇 번이나 확인했는걸. 발자
국이 남을까 봐 일부러 풀숲으로 왔어. 그러다 나뭇가지에 목덜미
가 걸려 찢어질 뻔했단 말이야. 아마 평생 동안 범죄자처럼 흉터가
남을 거야." 그건 팬티 바구니에 든 포도를 맛볼 수 있다는 종소리
같은 거니까. "그래서 버섯 대신 고사리를 끊어온 거야? 넌 내가
버섯과 고사리도 구분하지 못하는 바보라고 생각하는 거니?" 기노
는 기린의 잔소리에 쳇, 비웃고는 양초처럼 세워진 두꺼운 책등
을 향해 젓가락을 던졌다. 젓가락은 책꽂이 틀에 부딪혀 노란 운
동화 위에 나뒹그라졌다. "혹시…… 암빠나나쉐이크가 아닐까."
루이는 에이즈에 걸렸다…… 기린은 젓가락을 주워 기노에게 내
밀었다. "아닐 거야. 그럴 리가 없어. 절대 여긴 못 찾을 거야."
아마 이렇게 게으르게 살다가는 넌 꼬리를 밟히고 말 거야.[3] 기노

---

3) 작가 미상, 「루이를 사랑한 로이」. 아들인 기노가 가장 좋아하는 책이나 실제 씌
   어졌는지, 책으로 출간되었는지는 알 수 없음.

는 그렇게 다짐하면서도, 제 말이 못마땅한지 다시 젓가락을 던
졌다. 젓가락은 책꽂이 너머로 사라졌다. "아니, 차라리 그 인간
이었으면 좋겠어." "어쨌든 암마한테는 비밀이야. 아마 알면 당장 죽
어버리고 말 거야." 기린은 노란 운동화를 집어 들고 방문을 열려
고 하다가 기노를 돌아보며 히죽 비웃었다. "그래 갖고 암빠다코
코낫을 이기겠다고? 암빠닐라우유는 저것보다 훨씬 작은 틈도 귀신
같이 찾아내." 기노는 얼굴이 시뻘게져 주먹을 쥐고 기린을 후려
칠 듯 고함을 질렀다. "넌 그 암빠찡코가 오는 게 그렇게 좋냐?
그렇게 보고 싶어? 아마 그리워 죽겠지?" 그 소리에 기린은 책꽂
이의 책들을 우수수 쏟아냈다. 책들이 쏟아진 책꽂이 뒤에는 벌
거벗은 사내가 온몸에 숱한 자창을 새기고 있었다. 기린은 벽에
붙은 사내의 전신상이 실제 사람이라도 되는 듯 얼굴을 붉혔다.
"마스터베이션 좀 작작 해. 너한테서 그 집구석하고 똑같은 냄새가
나." 기린은 노란 운동화를 마당을 향해 집어던졌다. 꼬리처럼
가느다란 빗줄기를 따라 어둠과 숲의 비린내가 코를 찔렀다. 기
의 코끝에도 그 냄새가 고스란히 되살아났다. 그러니까 죽음으
로 향하는 고속도로의 냄새. 기린과 기노는 도시에서 고속도로
를 지나고 끝일 듯 끝일 듯 이어지는 길을 따라 이곳으로 왔다.
그 냄새라고 따라오지 못할 까닭이 없었다. 기도 그 냄새가 아니
었다면, 중간에 길을 잃어버렸을지도 몰랐다. 기는 날마다 비옷
처럼 땀을 뻘뻘 흘렸다. 하지만 그것을 둘러싼 날씨, 계절 따위
는 하나도 떠오르지 않았다. 후각만 또렷하다. 기는 암의 냄새

가 너무 싫었다. 거울을 보면 혀가 물고기처럼 하얗고 비늘이 벗
겨질 것 같았다. 기는 머리가 지끈거려 한밤중이라도 암의 냄새
가 가장 희미한 기노의 방으로 갔다. 기린이 밤과 거리에서 돈
냄새를 묻혀온 뒤로는 그 방으로 가는 게 꺼려졌다. 기는 기노의
냄새를 핥으며 겨우 숨을 회복했다. 하지만 기노의 몸에서도 암
의 냄새, 기린의 냄새가 흐릿하게 남아 있었다. 기는 기린을 때
리기 위해 문이 삐걱거리는 소리가 들리면 기린의 방으로 들어
갔다. 그곳은 암의 냄새가 가장 지독했다. 늘 커튼을 내려놔 똥
처럼 흐린 그늘이 깊이 들어와 있었고, 비릿한 피비린내가 지층
처럼 쌓여 있었다. 기는 기린의 보드라운 속옷으로 땀을 닦으며
그 자리에 드러눕고 싶었다. 하지만 제가 누워야 할 자리에는 이
미 거대한 입이 석유처럼 까만 숨을 몰아쉬고 있었다. 그것은 거
대한 수족관처럼 여러 개의 줄을 달고 있었다. 기는 불청객을 쫓
아내기 위해 기다란 줄을 뽑아 제 콧속에 꽂았다. 숨소리가 소나
기처럼 거칠어지면서 피비린내가 더욱 진동했다. 기는 그때 기
린과 기노가 불청객을 수습하는 것처럼, 두 개의 암 덩이 중 하
나를 잘라내야 한다고 생각했다. 기는 그제야 비옷의 입에서 겨
우 얼굴을 빼낼 수 있었다. 두꺼운 피비린내의 진앙은 씨앗처럼
조그만 자창이 아니라 물고기처럼 벌린 그 입일지도 몰랐다. 기
는 그 입이 거대한 생선처럼 보였다. 오랫동안 생선을 먹지 못했
다. 곡은 제 몸에서 비린내가 난다고, 비린 것이라면 질색을 했
다. 기는 가끔 묵은 김치에 고등어를 지져 기린의 방으로 들어가

비늘 같은 살갗을 긁으며 소주와 함께 아귀아귀 먹었다. 곡뿐만 아니라 기린과 기노도 비린 거라면 눈살을 찌푸리기부터 했다. 기는 웃풍처럼 부르르 진저리를 쳤다. 끓는 물로 생선을 씻는 것처럼 얼굴의 살점이 문드러지는 것 같았다. 콧구멍과 벌린 입속으로 뜨뜻하고 지린 물줄기가 역류했다. **누구 하나는 암 덩이를 잘라내야 했어.** 기는 뭔가 변명을 하고 싶었지만 부걱거리는 거품이 그 어떤 말도 틀어막아버렸다. "우릴 죽일 용기가 있으면…… **차라리 대통령이라도 죽여보지 그랬어? 정말 암 덩이보다 지긋지긋하게 살아……**" 기는 그 말에 제 몸이 정말 암 덩이처럼 딱딱하게 굳어버린 것을 느꼈다. 하지만 그 말의 주인이 지린내를 풍기는 아들이라는 사실은 조금 억울했다.

3

"배고파."

딸은 기지개를 켜며 식탁으로 걸어가다 털썩 주저앉았다. 아들도 발이 저린지 딸의 꼬리를 절뚝이며 밟았다. 딸은 식탁 모서리를 짚고 일어나 냄비에 분 짜파게티를 젓가락으로 찍었다. 불어 덩어리진 고사리 색의 짜파게티는 지층처럼 쓴맛이 날 것 같았다. 하지만 딸과 아들은 오랫동안 흙을 먹어본 것처럼 아랑곳하지 않고 덩어리를 한 입씩 무뚝무뚝 베먹었다. 그래도 여전히 배가 차지 않는지 서랍장을 열어 라면을 꺼내고 설거지거리에 깔린 큰솥을 꺼냈다. 딸은 비계를 고았는지 바닥에 묵처럼 굳은 기름 더께를 대충 물에 부시고 미닫이문을 열어 마당에 쏟아 부었다. 부엌에는 설거지를 하지 않아 더러운 그릇이 한가득했다. 대접에는 나슬나슬한 곰팡이가 핀 밥이 딱딱하게 굳어 있었고, 잎과 줄기와 뿌리와 열매는 산불이 잦아든 숲의 재처럼 메말라 있었다. 딸은 가스레인지에 라이터를 갖다 대며 아들을 돌아봤다.

"라면 물 끓는 동안 얼른 해치우자."

"또 라면?"

"왜 꼬리 같아?"

아들은 피가 묻은 젓가락을 흔들며 딸에게 말했다.

"봤지. 딱 한 방에 끝냈잖아."

"한 번에 급소를 겨냥하는 연습만 죽어라 하면 뭐해? 결국 집까지 끌어들일 거면서."

아들은 젓가락을 허벅지에 쓱쓱 닦고 벽을 향해 던졌다. 젓가락은 마룻널에 튕겨 어머니의 정강이를 찔렀다. 어머니는 제법 따끔했을 텐데도 그저 꾸벅꾸벅 졸면서 입가로 하얀 침을 흘렸다. 그 앞에는 소주 페트병이 엎어져 둥그런 배에 한 모금 정도 맑게 출렁였다. 아들은 젓가락을 주워 수돗물에 헹군 뒤 군침이 도는지 젓가락을 쪽쪽 빨았다.

"저 암 덩이 같은 인간이 총을 구해올 줄 알았나."

"아무렴 어때, 총 한 자루가 거저 생겼는걸."

아버지는 허탈한 얼굴로 문을 향해 슬그머니 흘러갔다. 얼른 이곳을 벗어나고 싶었다. 아버지가 미닫이문에 유리처럼 서자 저만치 노란 운동화가 나뒹굴고 있었다. 아버지는 노란 빛이 부신 듯 뒤를 돌아봤다. 4개의 맨발이 꼬리를 밟듯 넓게 펼쳐진 제 그림자를 밟고 있었다. 인간은 기억 덕분에 꼬리가 사라진 게 아닐까. 맨발을 따라 붉은 핏물이 흘러내리고, 꽃가지를 자를 때처럼 가윗날 소리가 귀를 그었다. 식물의 줄기처럼 길쯤한 손가락이 하나둘 마룻바닥에 떨어졌다. 아버지는 딸과 아들에게 어떤 악수도 건넬 수 없었다.

뱀²

뱀을 보러 동물원에 가기로 했다

뱀을 마지막으로 본 게 언제지, V가 물었을 때 나는 몇 년쯤, 하고 얼버무렸다. 그러고는 집에 돌아오는 길 내내 곰곰 그때가 궁금했는데, 웬걸 십 년도 훨씬 전 가시덩굴 사이로 사라지는 뱀 꼬리를 본 게 마지막이었다. 서울로 올라와서는 한 번도 뱀을 본 적이 없다. 꿈에서도, 말에서도, 뱀은 실종됐다. 뱀 꿈을 꾸었다는 사람과 이야기를 나눠본 적도 없고, 뱀술을 먹었다는 사람의 스스러운 호기를 들은 적도 없다. 그러고는, 그랬는데…… 내 머릿속은 어느 순간부터 끊임없이 뱀뱀……거리고 있었다. 매미 소리도 뱀뱀, 선풍기 날개 소리도 뱀뱀, 김유정의 소설 제목도 뱀뱀이었다. V가 건넨 자루를 무심히 받았는데, 그 속에 똬리를 틀고 있던 뱀에 친친 감긴 기분이었다.

웬 무지개 막대 사탕? 윤이 내 노트에 볼펜을 얹으며 물었을 때, 나는 무슨 말인지 퍼뜩 알아채지 못했다. 윤이 P부장의 눈치를 살피다 눈짓으로 되짚은 노트에는 6바퀴를 감은 동심원이 볼펜 작대기를 짚고 있었다. 나는 윤의 볼펜을 들어 동심원에 구불텅구불텅한 선을 그리고 '뱀'이라고 적었다. 무지개 사탕이 아니라 뱀이야, 뱀. 어떻게 이렇게 치명적인 독을 품은 뱀을 보고 그렇게 달콤한 상상을 할 수 있는 거지. 윤이 멀뚱한 얼굴로 금세 흥미를 잃어버리는 기색을 보고, 나는 황급히 '윤, 뱀을 마지막으로 본 게 언제야?' 하고 휘갈겼다. 윤의 눈도, V의 뜬금없는 질문을 처음 들었을 때의 나처럼 '글쎄……' 얼버무리고 있었다. '잘 생각해봐, 설마 뱀을 한 번도 본 적이 없는 건 아닐 거 아냐.' 나는 백악기까지 살아남은 파충류시대의 마지막 배룡류가 처음 동종과 맞닥뜨린 것처럼, 엄연했을(지도 모를) 기억을 종용했다. 나는 제법 비장했고, 또 기억에 얽매여 사는 사람처럼 자못 질척거렸다. 하지만 고개를 갸웃이 기울이고 뭔가를 기억해내려는 윤과 나의 연대는…… 큼큼, P부장의 헛기침 소리에 그만 묵살되고 말았다. 뜨끔하기는커녕 막 낮잠 들려는데 울리는 전화벨처럼 괘씸했다.

윤에게 계속 뱀을 물을 수는 없는 노릇이었다. 산통이 깨져서도, P부장을 곁눈질하며 고작, 휴가 때 뱀이라도 본 거야, 되묻는 윤의 순진한 상상력이 못미더워서도 아니다. 물끄러미 P부장의 얘기를 몇 마디 듣다 다시 노트를 쳐다보자, 나도 모르는 새

노트에 똬리를 튼 뱀의 지그재그 무늬 위에 V의 미소가 덧씌워져 살긋거렸다. 늘 그런 식이었다. 뒤집어보면 사정은 더욱 자명해진다. 내가 먼저 V에게 뱀을 마지막으로 본 게 언제니, 하고 묻고, V 역시 뱀의 기억이 어슴푸레하기만 했다면. 아마 V는 14초쯤 고민하다가 '눈곱이 말라붙은 속눈썹을 꼼꼼하게 핥고 난 기분이야' 혹은 '맨발로 딸기를 밟아버린 심정이야. 딸기도 물크러지고, 내 발도 끈적끈적해졌어' 하고 시들먹하게 대꾸하곤 그만이었을 것이다. 외려 뱀을 물었던 내가, 이른 새벽 풀숲을 헤치다 맨종아리에 뱀이 스친 것처럼 더 초조해지고 말았을 것이다. 그리고 마찬가지로 내내 곰곰 그때를 궁금해했을 것이다.

V? V는 그랬다. 엊그제만 해도 연탄불이 덥다고 시원한 생맥주나 한잔하자고 하는데도 굳이 고깃집에 가야 한다고 고집을 부렸다. 그러고는 왼손 바닥에 상추, 깻잎을 겹쳐 깔고, 밥 한 숟갈을 얹은 다음, (이때 '고기는 밥이랑 같이 싸 먹어야 제맛이지. 밥이 얼마나 단데'라는 추임새를 반드시 동반한다) 바삭하게 구워진 갈매기살을 기름장에 발라 올린 뒤, 어슷하게 썬 마늘, 청양고추를 쌈장에 듬뿍 찍어 올리고, 새콤달콤하게 무친 파절이(혹은 세로로 길게 찢은 묵은 갓김치나 배추김치)를 몸 사린 뱀처럼 감아 얹고는, 주먹이 들어갈 만큼 입을 크게 벌려 단번에 우겨 넣고, '딸기나 키위, 배추 고갱이, 당근만 먹고 살 수는 없을까' 천연덕스레 우적거린다. 주말 껴 나흘뿐인 여름휴가 마지막 날, 싫다는 사람을 불러내 건넨 뱀도 결국 자라→솥뚜껑→

부뚜막→고양이→착지→타워 펠리스 꼭대기에서 자살할 경우 바닥까지 닿는 시간→여자 코미디언 이혼…… 같은 연상처럼 단순히 디저트→커피→(비싸고 맛없는) ○○호텔→M의 결혼→국수→사리→뱀……으로 증식된 잡담에 지나지 않았을 것이다. 그것을 빤히 알면서도, 나는 이번에도 나 혼자만 골똘했다.

V에게 또 졌다는 생각이 들자 (그렇다고 땅꾼처럼 가솔린에 불을 붙여 뱀 굴속에 집어 던지고 싶을 만큼 억울하지는 않았다) 조만간 뱀의 서슬도 수그러들겠지 싶었다. 하지만 방금 맨종아리를 스쳐간 뱀의 촉감을 더 즐기고 싶어 찬 이슬을 떨어내는 덤불 속으로 부러 걸어가고 싶은 야릇한 도착에 문득문득 사로잡혔다. 나도 모르게 부르르 진저리가 쳐졌지만, 등허리에 전해지는 싸늘함이 묘하게 좋았다. 윤에게 이런 내 내밀한 변덕의 요지까지 털어놓을 수는 없는 노릇이었다. 윤은 V가 아니었고, 무엇보다 뱀이 든 자루를 무턱대고 건네받은 사람은 다름 아닌 나였다.

30분 남짓한 회의는 끝났고, 윤과 나는 아무 말 없이 회의실을 나와 파티션 왼쪽과 오른쪽으로 각자 몸을 숨겼다. 마치 유리벽을 사이에 두고 선 막대 사탕을 쥔 소년과 몸을 6바퀴 사린 아나콘다처럼, 깊게 내쉰 한숨 소리를 시작으로 자판 두드리는 소리를 주고받기 시작했다. 탁탁, 타다닥, 탁…… 적당한 경계 이쪽저쪽에서 윤과 나는 이제 I와 윤이 아니라 '김격호'였다. 윤은 '빈손으로 태산을 이룬 김격호(1941~1980)'이고, 나는 '5대 강을 주름잡은 거인 김격호(1981~2008)' 간단하게 윤은 1부, 나는

2부로 불리기도 했다. 1941∼2008년, 24,455일, 586,920시간, 35,215,200분이라는 한 사람의 일대기가 석 달 만에 원고지 2,000장, 글자 30만 개, 5∼6만 개의 낱말로 치환되는 중이었다. 나는 8차례의 인터뷰를 타이핑한 복사물을 뒤적이고, 비서실에서 보내온 상자 속의 자료를 숡아내다가 "고향을 떠난 뒤, 이십 년 만에 고향을 처음 찾았다." 마침표 뒤에서 끔벅이는 커서를 한참 쳐다보았다. 문득 지금까지 진행된 김격호의 2부 인생 중 어떤 것이 몹시 궁금해져, 나는 한글 2007 '편집'에서 '찾기'를 클릭하고 '찾을 내용'에…… '뱀'이라는 낱말을 두드렸다.

김격호의 인생 2부에도…… 뱀은 존재하지 않았다.

하긴 땅꾼의 성공담이 아닌 이상에야, 누군가의 자서전에 뱀의 그림자가 어른거린다는 게 더 이상한 노릇이었다. 아마 부장의 검열에 '뱀'이 잡힌다면 윤과 내가 우스갯소리로 정의한 'P부장의 변증법'〔현재까지의 성과에 대한 치하(정), 문학과 상품을 구분하지 못하는 미숙함에 대한 힐난(반), 대필 작가의 자괴감에 대한 공감과 결국 일정에 대한 압박(합)〕강의를 좋이 삼십 분은 들어야 할 것이었다. 어쩌면 나는 P부장의 논리에 감화해 시부저기 뱀이 든 자루를 놓아버릴지도 모른다. 그러자 정말 P부장에게도 뱀의 근황을 묻고 싶었다. 하지만 나는 파티션 너머를 힐끔거리기는커녕, 뱀에 물릴까 봐 주눅이 든 사람처럼 열 발가락을 잔뜩 오므리고 자판을 두드리기 시작했다.

　고갯마루에서 내려다본 마을에는 저녁밥 짓는 연기가 안개처럼 피어올랐다.

　나는 '안개'가 아니라 '뱀'이라고 쓰고 싶었다. 이십 년 동안 뱀을 본 적 없는 사내가 잡풀이 우거진 자드락길을 뛰어 내려가다…… 뱀에 물린다. 아니 시간을 조금 거슬러 올라 뱀에 물려 사경을 헤매다 결국 불굴의 의지로 이부자리를 털고 일어난다. 하지만 뱀은 김격호가 젊게 사는 비결 중 하나라고 진술하는 게 그나마 덜 우스꽝스러운 전개일 것이다. 차라리 김격호를 고갯마루에서 돌려 세운다면. 이십 년 만에 찾은 고향 마을을 내려다보며 뿌듯한 성취를 느끼는 사내가 아니라, 완전히 변해버린 마을 풍경을 보고 길을 잃어버린 방랑자로 만든다면. 처음으로 미국 기업의 선박 수주를 따낸 사내가 아니라, 배의 이물에 서서 문득 바닷속으로 뛰어내리고 싶은 충동에 오랫동안 끊은 담배를 다시 피우기 시작한 사내…… 아니, 얼굴도 모르는 사내의 예비군 훈련을 대신 가는 심부름센터 직원처럼 누군가를 시늉하는 것이 아니라…… 장례식장을 가다 또 부음을 듣는 사내, 『조선왕조실록』을 하루 한 페이지씩 읽고 잠드는 사내, 코딱지를 파내 그것을 돌돌 마는 습관이 있는 사내, 지금 읽고 있는 책을 냉장고 속에 보관하는 사내……로 둔갑시킨다면. 하지만 두바이 사막 아래 수로를 놓고 있는 사내가 평생 동안 '자정의 결혼' 같은 표현을 쓸 리 만무하다는 걸 누구보다 내가 잘 알았다. 아마

나는 김격호가 가난은 자랑이 아니고, 아이들은 매로 다스려야 한다는 논리를 피력한다 해도 씁쓰레 웃어넘기기만 할 것이다. 아니 P부장의 이야기를 향해 기우듬해지듯이 늙은 사내의 공허한 편견에 그럴싸한 논리를 덧붙여줄 것이다. 그건 뱀 한 마리로 해결할 수 있는 문제가 아니었다. 생각이 누룩곰팡이처럼 점점 증식하는 것은 결국 일하기 싫다는 징조였다. 하지만 나는 더 어둡기 전에 고갯마루를 넘어야 했다. 나는 머릿속을 친친 감은 뱀을 떨쳐내듯 몸을 바르작대고 구조 요청을 하듯 두 팔을 뻗었다.

탁탁, 타다닥, 탁…… 그렇게 뱀은 시부저기 잊히는 것 같았다. 하지만 퇴근길, 서강대교를 건너다 밤섬 곁을 지나는데 (신촌에서 여의도까지; 서강대교를 건너는 5킬로미터 거리는 마라톤 초보자들에게 권장하는 코스라며, 아무리 초보자라도 십이 주 정도 걷고 뛰기를 반복하는 훈련을 하면 쉬지 않고 삼십 분 만에 주파할 수 있다고 걸어서 출퇴근해보는 건 어때, 부추긴 사람도 V였다) 다시 뱀 생각이 났다. 나는 다리 난간에 기대 검은 밤섬을 내려다보며 V에게 전화를 걸었다. V는 내 이야기를 전혀 귀담아듣지 않았다. 되레 내가 뱀을 묻기도 전에, 마침 전화 잘했다면서 어젯밤에 만난 아이와 잘될 것 같다고 너스레를 떨었다. V는 오늘까지 마감할 원고를 쓰느라 바쁘다며 볼멘소리를 하다가, 여덟 살 터울인 대학생의 매력을 조목조목 짚어내며 달떠하다가, 전화가 온다며 먼저 전화를 끊어버렸다. V는 내 머릿속을 친친 감은 뱀이 아니라, 솜털이 남아 있는 어린아이의 뱀처럼 축축한 혀나 성기밖에 떠오르지 않는 모양이었다. 나는 다시 전화를 걸어 뱀을 물을 기분이 나지 않았다.

결국 뱀은 나 혼자 떠맡아야 할 몫이 되었다.

그렇다고 뱀을 꼭 봐야겠다고 마음먹은 것은 아니다. 뱀을 보겠다고 결심하는 건 어쩐지 식용유나 미원 한 숟가락을 꿀떡 삼키자고 내기하는, 느물거리고 느닷없고 대책 없는 속셈과 닮지 않았는가. 용기나 비장함, 그리움과는 더더욱 매치가 되지 않는. 그러다 나는 안을 기억했다. 정확히 말하면, 집으로 돌아와 '곰 플레이어'에서 무료 영화나 한 편 보려고 컴퓨터를 켜고, 문득 궁금한 게 떠올라 네이버 검색창에 '뱀'을 두드리고 한 오 초쯤 망설이다 '검색'을 클릭하고, '지식인'에서 '뱀을 키우려고 하는데요……'라는 질문과 맞닥뜨리고 난 뒤다. 그 질문을 보자마자, 왜 그런지 동물원에 가면 안이 있을 것 같았다. 볼 수 있거나, 알은체를 하고 서로 '어……어……' 옹알이 같은 감탄사를 내뱉다 금세 어색해지는 그런 만남이 예측되는 것이 아니라, 막연한 확신으로 안은 동물원에 있을 것 같았다.

어떤 장소를 통해 누군가의 거취가 짐작되는 경우란 흔치 않다. 수학 문제를 잘 푸는 아이가 떠올랐다고 해서, 전당포나 시장, 은행 같은 장소가 맞붙어 떠오르는 것은 아니다. 제법 근접하게 기억을 되살렸다고 해도 대개는 그 아이의 현재가 순수하게 궁금하기는커녕, 내 현재의 계급을 점검하고 누가 우월할까 여부를 따져 만남의 성사를 결정하게 된다. 안을 떠올리기 전까지 나는 기억이 주판알 같은 것이라고 생각했다. 셈의 인과에 집중하지 않아도, 자연스레 시간의 징검다리 같은 게 (답을 동반해) 덩그러니 돌기하는 것이라고. 하지만 어쩐지 안은 그 모두에서 예외였고, 그 모두이기도 했다. 긴 반원을 그리다 항적을 교차하며 아슬아슬하게 비껴가는 에어쇼처럼 두 사내아이가 엇갈리는 모습이 떠오르기도 했다.

그 하루를 졸지에 페름기와 백악기 새에 낀 파충류시대로 만들어버린 장본인이 V가 아니라 안이라는 확신이 들면서, 나는 대책 없이 마음이 설렜다. 그때 창밖으로 히뜩 소년의 그림자가 지나가는 걸 본 것도 같았다. 나는 안—뱀을 보러 동물원에 가야겠다고 결심했다. 불끈 주먹을 쥔 것은 아니지만, 괜스레 심장이 떨렸다. 내가 왜 '뱀'에 그토록 속수무책 빠져들었는지 알 것 같았다. ……나도 안 때문에 하마터면 뱀을 키울 뻔했기 때문이다. 그리고 이제 뱀은 '사육하는 동물'이 되었다는 생각이 들면서, 어쩌면 안은 지금쯤 뱀을 '사육하는 사람'이 되었을 수도 있다는 생각이 들었다. 물론 동물원 같은 장소를 썩 달가워하지는 않았지만, 나는 뱀—안을 보러 이번 주에는 동물원에 가야겠다고 마음먹었다.

하지만 나는 동물원에 가지 못했다.

내가 동물원에 가기로 마음을 먹기까지 (그러니까 V가 뱀을 마지막으로 본 게 언제인지 물었던 날 이상, 동물원으로 안이 아닌 R을 만나러 가기 이하) 시간은 그렇게 흘렀다. 자주, 가끔 뱀 생각이

나면 네이버에서 서울대공원이나 뱀 따위를 검색해봤고, 내가
이때까지 보았던 뱀보다 더 많은 사람의 1부 혹은 2, 3부가 되
어 허물벗기를 반복했다. 그러는 동안 나뭇잎은 갈색으로 녹슬
다 자취도 없이 사라졌고, 김격호가 ○○협회 회장이 되었을 때
첫눈이 내렸다. 나는 송년 회식에 쫓아다니느라 보름 넘게 연달
아 술을 마셨다. 문득 거울을 보니 아랫입술이 부르텄고 볼은 까
칠했다. 살이 빠지는 시간이었다. 나는 다시 금연과 금주, 저축
따위를 결심하며 내년 달력에 누군가의 생일과 몇몇 기념일을
체크했다. 그러는 새 뱀은 다시 실종됐다. 성냥갑 같은 지하철
에서 성냥개비처럼 시달리다 '혹시 누가 불을 질러 처음 보는 이
얼굴들과 무덤 자리를 함께하는 건 아닐까' 삭막한 상상을 하거
나, 5성급 호텔의 회장실로 모범택시를 타고 출퇴근하는 동료
직원들을 부러워하기도 했을 것이다. 그럴 때면 나는 주먹을 불
끈 쥐기보다 검색창에 ('뱀'이 아니라) '사표'라는 낱말을 두드렸
다. 국립국어원에 등록된 '사표'라는 한자 7개 중 '뱀 사 (巳)'가
존재하지 않는 것처럼, 내 주변에서 뱀은 여전히 실종 중이었다.
나도 전혀 뱀을 궁금해하지 않았다.

뱀을 보러 동물원에 다녀왔다

서울대공원에는 노랑아나콘다 19마리, 구렁이 9마리, 누룩뱀
4마리, 그물무늬왕뱀 2마리, 대륙유혈목이 8마리, 살모사 3마
리, 이구아나 4마리, 인도왕뱀 5마리가 산다. 하지만 나는 그중

딱 1마리밖에 보지 못했다. 둥그런 천장 아래 눈만 끔벅이는 게으른 악어와 긴꼬리원숭이, 카멜레온을 구경하다 살모사와 맞닥뜨린 순간, 무서웠다. 마치 뱀을 밟은 것처럼 '앗, 징그러' 비명을 지르려는데, 내 뒤에 R이 서 있다는 사실을 깨달았다.

주저하는 내 기색을 읽었는지, R은 나를 말끄러미 쳐다보다 눈이 마주치자 얼른 딴 데로 눈길을 돌렸다. 약간 실망한 R은 딱히 어떤 표정을 지어야 할지 헷갈려 하는 눈치였다.

"정말 오랜만에 뱀을 봐서요."

스스로 생각해도 옹색한 변명이었다.

R은 선뜻 나를 쳐다보지 못하고 '날씨가 나빠서……'라고 웅얼거렸다. 마치 모든 사람이 '황사'라는 종교에 감염된 것처럼 같은 말만 주술처럼 내뱉는 것 같았다. 그것은 나도 마찬가지였다. R을 만날 때까지 나도 모든 이유를 '날씨가 나빠서……'라고 얼버무렸다. 아이들도 갑자기 먹구름이 깔리고 어두컴컴해진 '악마의 도시' 같은 길거리에서 울음을 터뜨리며 '날씨가 나빠서……'라는 주문을 외고 있을 것 같았다.

나는 뱀―R을 외면하고 정글을 시늉한 나무와 거미줄처럼 얽힌 유리 천장을 올려다봤다. 한 점 그림자 없이 밝고 흰 허공중에 눈이 시렸다. 문득 오 분 전까지 내가 헤쳐 온 길이, 사막 한가운데 숨은 왕국을 가리기 위한 미로였던 것처럼 아득하고 허무했다. 모래바람에 구릉과 골이 뒤바뀌고 눈두덩까지 모래가 쌓여도, 그 자리에 굳건히 서 있기만 했으면 먼지기둥이 걷히고 왕국의 설주가 알아서 나를 찾아왔을지도 모른다. 하지만 정말 날씨가 나빴다. 나는 몇 번이고 휴대전화를 꺼내 시간을 확인했다. 야구 모자를 눌러쓰고 선글라스를 끼고 마스크를 쓴 탓에 걷다 멈추기를 반복하며 신경을 곤두세워야 했다.

V에게서 걸려온 전화를 받은 것은 공원 관리사무소를 막 지나가던 무렵이다.

"어디야?"

나는 머릿속으로 '서울대공원'과 '서울랜드', '국립현대미술관'이란 지명을 궁굴리다 오랫동안 숨겨왔던 짝사랑의 이름을 고백하듯 대꾸했다.

"동물원."

"R은 만났어?"

"아니. ……약속 미뤘어."

"그런데, 동물원?"

"……R을 보러 온 게 아냐."

"……"

"날씨가 나빠."

그때 마치 내 고백에 천벌을 내리듯 천둥번개가 치고 돌풍이 몰아쳤다. 갑자기 불어닥친 바람에 모자가 벗겨져 나는 휴대전화를 쥔 채 엉거주춤 모자를 쫓아갔다.

"그러지 말고 지금이라도 전화해."

"……"

"……"

"아무것도 안 보여."

"그럼, K한테 전화라도 해봐. 동물원 나와서 서울랜드 쪽으로 가다 보면 파출소가 나올 거야. 아니다, 내가 전화해놓을게. 점심이라도 같이 먹어. 길 잃어버리지 말고."

아무 대꾸도 않자 V는 인기척을 내듯 헛기침을 몇 번 하고는 목소리를 밝혔다.

"그래, 굳이 R은 봐서 뭐하겠니. 그래도 거기까지 갔으니까 K는 만나. 날씨가 나쁘니까…… 그래, K랑 숨바꼭질이라도 해."

V는 제 농담에 취해 한참을 킬킬거렸다. V는 내가 동물원에 갇히기라도 한 것처럼 생각했지만, 어느새 눈앞에는 정말 파출소의 입간판이 보였다. K가 서울대공원 파출소에 근무한다고 이야기했을 때만 해도 횟집 골목 사이에서 꽃집을 운영하는 사내처럼 생소하게 여겼더랬다. 그렇다고 회를 먹으러 가는 길에 튤립을 사지 않는 것처럼 K가 그렇게까지 궁금하거나 각별하게 와 닿지는 않았다.

V와, 무엇보다 R이 아니었다면 내가 정말 동물원에 올 일은 없었을지 모른다. 하지만 막상 동물원에 오게 되자 V가 건넨 자루 속의 뱀이 어느새 스르륵 빠져나가버린 것처럼 마음 한구석이 왠지 허룩했다.

"나는 R도…… K도…… 만나러 온 게 아냐."

그것은 담담한 사실이었다. 동물원 어귀에 파출소가 있는 것처럼. 횟집 식탁 위에 꽃병이 놓여 있는 것처럼.

"네 자신한테 정직해지는 게 그렇게 두렵니? ……넌 네가 무생물이라고 생각하는 모양인데, 안 그래. 내가 늘 가르쳐주잖아. 주면 삼켜. 그래도 돼. ……그리고 다시 한 번 말하지만 너 되게 외롭다고, 힘들다고 냄새 풍긴다. 너 본인만 빼고 다 알 거야."

V는 불문율을 다스리는 족장처럼 판결을 내렸다. 조금 웃음이 났지만, 나는 아무 대꾸를 하지 않았다. 단죄를 받아들이기에 너무 떳떳하거나, 죄의 속성이 무구하다고 생각했다. 무엇보다 V가 경중경중 늘어놓은 이야기의 행간은, 충분히 나쁜 날씨를 핑계로 모른 체할 수 있는 잡담이나 마찬가지라고 생각했다. 나는 V의 말을 건성으로 들으며 전화를 끊었다.

'그래, V 너 때문에 결국 동물원에 왔어.'

V가 동물원 이야기를 꺼냈을 때, 그제야 나는, 내가 한동안 뱀을 찾기 위해 얼마나 노력(?)했는지 깨달았다. 나는 내 엉망진창인 기억력을 원망하기보다, 어떻게 뱀을 그렇게 깜빡 잊고 있었는지 그게 더 놀라웠다. 삼일절 밤이었다. 광화문으로 나오라는 V의 전화를 받고 나가지 않았더니 V가 새벽에 집으로 찾아왔다. 내 의지가 굳었다기보다, 닷새 동안 감지 않아 모자로도 수습할 수 없을 지경으로 머리가 더러웠고, 마땅히 입을 만한 옷이 없어 나는 그냥 까무룩 잠이 들어버렸다.

V가 K와 함께 문을 두드린 시간은 새벽 한 시였다. 양손에 패밀리마트 봉지를 들고 뒤따라 들어온 K는 넉살 좋게 웃으며 '안

녕' 반말로 인사를 했다. K가 콩나물을 넣고 끓인 라면과 V가
딸기와 크래커, 치즈로 만든 약식 카나페로 소주와 와인을 마셨
다. K는 발그레한 얼굴로 V의 귓불을 만지며 연신 헤벌쭉거렸
다. V가 '서울대공원에 있는 파출소에 근무하는 순경'이라고 K를
소개했다. 나는 그 소리에 깜짝 놀라 '동물원?'이라고 혼잣말을
되뇌었다. 하지만 내 복잡한 속내와는 상관없이 V와 K까지 가
담한 이야기는 결국 증식되는 잡담 끝에, 모순된 푸념 끝에 나
를 정말 생각지도 않은 동물원 문턱까지 데려다 놓았다.

　전말은 이랬다. 내가 동물원에 호기심을 보이자 K가 동물원에
서 일하는 R이라는 사육사 친구가 있다고 했다. 나는 허리를 곧
추세우고 K에게 재우쳐 물었다. "혹시 뱀을 키우는 사육사도 있
나요?" 그러자 K는 V의 어깻죽지를 깨물며 심드렁하게 "아마
그럴걸" 하고 대꾸했다. 나는 R이라는 사람이 정말 안일지도 모
른다는 생각에 가슴이 먹먹해졌다. 그때 V가 "그거 재밌네"라며
끼어들었다. "야, 얼마 전에 서울시 공원 관리 사무소에서 나오
는 소식지 원고 청탁을 받았거든. 사람들이 궁금해하는 직업을
소개하고 인터뷰하는 기산데, K, R을 주인공으로 하면 괜찮을
것 같지 않아?" K는 게슴츠레 풀린 눈으로 "좋지"라고 추임새를
넣었다. 나는 오줌이 마려워 조금 비척거리며 화장실을 다녀왔
다. 내가 빈 잔에 소주를 채우고 한입에 톡 털어 넣자, V가 어느
새 제 허벅지에 머리를 뉜 K의 볼을 쓰다듬으며 '야, 이번 원고
네가 써라. 담당자한텐 내가 얘기할게' 하고 말했다. 나는 멀뚱

히 V를 쳐다봤다. K를 내려다보고 있던 V가 갑자기 나를 지릅 떠 보고는 야릇한 웃음을 흘렸다. 나는 갑자기 취기가 올랐다. "그런데 V, 너 왜 내게 뱀을 물었던 거니……" V는 제대로 못 들었는지 심드렁하게 "뭐?"라고 되물었다. "왜, 지난여름…… 내게 뱀을 물었던 거냐고" 그때 방송 시간이 끝난 텔레비전 잡 음처럼 신음 소리를 내며 K가 얼굴을 돌려 누웠다. V는 K의 빗 장뼈를 쓰다듬으며 말했다. "몰라, 네가 마치 생식기를 두 개 가 진 수컷 뱀처럼 구니까 그랬겠지 뭐."

K는 뒷날 전화를 걸어왔다. 조금 취하긴 했지만 V의 얘기를 잊을 정도는 아니어서 나는 겸연쩍게 K의 (8시간) 근황을 물으 며 R의 휴대전화 번호와 동물원에서 개설한 사육사 홈페이지 주 소를 받아 적었다. 막상 컴퓨터를 켜고 R의 홈페이지를 클릭하 는 순간 심장이 쏟아질 듯 두방망이질 쳤다. 나는 새 쓰레기봉투 를 꺼내 아직 치우지 않은 어젯밤의 술상 찌꺼기를 쓸어 넣고, 세 제 거품을 많이 일어 설거지를 했다. 며칠 동안 눌어붙어 있던 기 름때와 물때가 불은 숟가락이 미끄덩거렸다. 설거지가 하염없이 길고 지루하게 느껴졌다. 나는 거품 묻은 손을 대충 헹구고 R의 홈페이지를 다시 클릭했다. R은 안……은 아닌 것 같았다. 나 는 실망했고…… 여전히 설렜다. 그가 안이 아니어서 다행이고, 안이 아니어서 궁금했다. 기사가 몹시 쓰고 싶어졌다. 잘 쓸 수 있을 것 같았다. 잠들기 전 '정조 24년 경신 정월 스무이레'를 읽 고, 『동물 애호가를 위한 잔혹한 책』을 냉장고에 집어넣는 R이

라고 지어낼 수는 없어도, 적어도 'R은 텅 빈 우리를 우두커니 쳐다보는 습관이 있다' 정도는 삽입할 수 있을 것 같았다.

막상 R을 만나기로 약속한 날이 내일로 바투 다가오자 내 긴장은 극에 달했다. 동물원은 풍선이 울긋불긋 나부대는 곳이 아니라, 룽다[1]가 펄럭이는 고원의 무덤처럼 어떤 금지 구역으로 여겨졌다. 나는 안절부절못했다. 동물원을 떠올릴수록 알 수 없는 예감이 눈앞을 가로막는 것 같았다. 그러다…… 저녁 뉴스에서 황사 소식을 들었다. 마치 예언자가 된 기분이었다. 나는 무릎을 세우고 앉아 '내일 황사가 심하대요'라는 문자 메시지를 8번 쓰고 지우기를 반복했다. 쌀알만 한 글자에 집중하는 동안 자꾸 침이 흥건하게 괬다. '꿀떡' 침 삼키는 소리를 내며 문자가 송신된 지 이 분 만에, '황사가 심해 동물들도 모두 사육실에서 내보내지 않을 것 같습니다. 다음에 뵙죠'라는 메시지가 흔쾌히 돌아왔다. 나는 한숨을 깊이 내쉬었다. 그런데…… 막상 눈을 뜨자 동물원이 몹시 궁금해졌다. 어쩐 일인지 평소보다 너무 일찍 깬 탓에 막상 할 일도 없었다. 나는 팬티 바람으로 방 안을 한참 동안 서성거렸다. 그러다 몹시 화가 난 사람처럼 바지를 꿰입고 야구 모자를 눌러쓰고 선글라스를 낀 다음 거울 앞에 섰다. 몸집이 작은 내 어깨 너머로 히뜩 누군가의 눈길이 느껴졌다. 바깥으로 나서고 보니 날씨는 생각보다 훨씬 나빴다. 나는 마을버

---

1) 룽다: 불교의 경전을 적은 오색 깃발.

스에서 내려 신촌역으로 몇 발짝 내려가다 다시 계단을 되짚어 올라 내 또래쯤으로 보이는 사내가 파는 마스크를 샀다. 문득 누군가가 떠올라 나는 사내를 힐끔 돌아보았다.

K에게서 걸려온 전화를 받은 것은 홍학사 옆에서다.

"V한테 전화 받았어. 동물원이라면서. 잘됐네. R이랑 우선 만나고 있어. 내가 전화 해놓을게. 미리 전화하지. 지난주부터 근무 교대 시간이 바뀌었거든. 지금 나가면…… 한 시간 안에 도착할 거야. 어차피 만날 거였잖아. 차 한잔 마시고 있어. 같이 점심 먹게. 나도 R 본 지 오래됐다. 보고 싶네."

K가 R을 오랫동안 보지 않아 궁금하다는 말이 겉치레 인사처럼 고깝게 들렸다. 나는 한 치 앞을 장담할 수 없는 먼지바람을 헤치고 동물원 이쪽에서 저쪽까지 단박 닿을 수 있다고 생각했기 때문일까. 갑자기 굵은 먼지 알갱이가 후드득 떨어졌다. 나는 꿈쩍 놀라 저만치 희끄무레하게 보이는 파라솔을 바라고 뛰었다. 상점 종업원은 먼지바람을 헤치고 뛰어온 내가 마치 유령이라도 된 것처럼 아뜩한 표정을 지었다. 나는 종업원의 호기심 어린 시선을 비껴, 자판기에서 캔커피를 뽑아 들고 홍학사 쪽을 멀거니 쳐다봤다. 아무것도 보이지 않았다. 더러 꽃과 잎을 틔운 나무가 보였지만 그것은 아무리 눈을 씀벅거려도 줄기차게 아른대는 다래끼처럼 분명 이 풍경에 소속된 것임에도 이물스럽게만 여겨졌다. 나는 선 자리에서 담배를 연거푸 3대 피웠다. 마지막 담배를 피울 때는 구역질이 나 채 서너 번도 삼키지 못하고 필터

가 다 타들어갈 때까지 가만히 들고만 있었다. 나는 먼지바람이
처음 시작된다는 사막을 떠올렸다. 그리고 오래전 그곳을 횡단
했던 대상을. 정말 희미한 우리 너머 낙타의 구릉 같은 혹을 본
것도 같았다. 나는 사육실에 갇힌 낙타 한 마리가 갑갑해 뛰쳐
나온 것은 아닌지 눈을 가늘게 뜨고 우리를 건너다봤다. 그때
낙타 우리 옆 숲 저쪽으로 한 소년의 그림자가 어른거렸다. 그
것은 내가 처음 동물원에 갔을 때 보았던 소년의 그림자와 아주
비슷했다.

내가 처음 가본 동물원은 호수 옆 산등성이에 있었다. 동물원
우리는 개백장 집 뒤꼍에 놓인 철망 우리보다 크지 않았다. 집이
라기보다 방, 방이라기보다 상자에 가까웠다. 장날, 팔다리를
겹치고 누워 배냇짓을 하는 강아지들이 우글우글 모여 신문지
위에 푸른똥을 칠갑해놓은 상자. 나는 금세 싫증이 나 엄마에게
얼른 동물원을 나가자고 칭얼거렸다. 엄마는 아이스크림처럼 생
긴 울긋불긋한 지붕을 가리키며 놀이 기구를 타러 가자고 얼렀
다. 꼬마 회전 열차 바닥에는 군데군데 구멍이 나 있었다. 녹슨
구멍 사이로 검은 숲이 내려다보였다. 나는 검은 숲 위로 사라지
는 어떤 그림자를 보았다. 오싹했다. 나는 기구에서 내려 끊임
없이 토악질을 했다. 나는 엄마에게 안을 본 것 같다고 말했다.
엄마는 치마에 오물이 튀어 젖었는데도 그저 안쓰럽게 안을 볼
일은 이제 없을 거라며 안심하라고 내 등을 쓸어내렸다.

나는 희부연 동물원 우리를 쳐다보며 씁쓸하게 웃었다. 어른

이 된다는 건 무척 괜찮은 일이라는 생각이 들었다. 동물원에 가서 동물을 보지 않아도 되고, 놀이 기구를 타지 않아도 된다. 가슴에 손수건을 달지 않고, 어쩌다 코가 그렁거리면 목구멍으로 빨아들여 퉤, 가래침을 뱉어버리면 그만이다. 으슥한 숲길을 거닐다 화장실에 숨어 수음을 하다 돌아갈 수도 있고, 낮술에 취해 개울에 토악질을 하고 추잡한 입을 냇물에 씻어버릴 수도 있다. 누구의 감시도 없고, 어떤 장소의 인과나 정의를 준수할 필요도 없다. 동물원에는 먹이사슬 같은 헌법 따위도 존재하지 않았다.

먼지바람이 점점 부예졌다. 다시 동물원 산책로를 걸어가는데 먼지바람 저쪽에 그때 보았던 소년의 그림자가 여전히 어른거리는 것 같았다. 나는 소년에게서 돌아서서 동양관 푯말을 찾았다. 당장 R을 만나고 싶다는 생각이 들었다. R도 그곳에서 나를 몹시 기다리고 있을 것 같은 착각이 들었다. 나는 R이 안이 아니라는 사실을 알았지만, R이 여전히 안이 아니어서 서운하기도 했고, R이 안이기를 바랐다. 나는 마치 사막을 행군하는 약대처럼 천천히 걸었다. 나는 R과 오해를 풀고 싶었다. 어떤 오해인지는 희부연 하늘처럼 가물거리기만 했다.

R은 나를 기다리고 있었다. 아니…… 정확히 R이 맞을 손님은 나 혼자밖에 없었다. R은 누군가와 전화 통화를 하며 우두커니 서 있는 나를 향해 잠시 기다리라는 손짓을 했다. 눈과 볼이 어색하게 굳어 있는 걸 느낄 수 있었다. 나는 마치 관람객처럼

R쪽으로 다가서지 않고 뱀을 찾아 두리번거렸다. 뱀은 보이지 않았다. 눈만 끔벅이는 게으른 악어와 긴꼬리원숭이, 카멜레온을 구경하는 동안 도슨트docent처럼 몇 발짝 뒤에 선 R은 아무 말도 하지 않았다. 나도 R에게 아무것도 묻지 않았다.

그래놓고 나는 겨우 살모사 한 마리와 맞닥뜨린 순간 깜짝 놀라고 만 것이다. '정말 오랜만에 뱀을 봐서'라고 옹색한 변명을 했지만, 나는 무엇보다 내 자신을 이해할 수 없었다. 그렇게 끈질기게 뱀을 붙들고 있었으면서, 막상 맞닥뜨린 순간 이렇게 어쭙잖은 모습만 보여준 게 화가 났다. 나는 어떻게든 R에게 변명을 하고 싶었다. 찰나 R이 홈페이지에 올린 사진과 '알에서 깬 누룩뱀이 잘 먹고 잘 커야 할 텐데'라고 쓴 짧은 일기가 떠올랐다. 나는 누룩뱀의 근황을 물어보는 것으로 R의 환심을 되돌릴 수 있다는 생각에 R을 돌아보았다.

"누룩뱀……?"

동양관 실내는 텅 비어 있었다. 원숭이의 가랑거리는 소리도 들리지 않았다. 적요한 실내 여기저기를 두리번거리다, 나는 통유리 저쪽에 뱀을 안고 서 있는 소년을 보았다. R이 아니었다. 콧등까지 머리카락이 내려와 눈이 보이지 않는 소년은 이제 달아나지 않고 처음으로 내게 말을 걸어왔다.

하룻밤만 뱀을 맡아줘

안이 뱀을 키운다는 소문은 무성했다. 하지만 유일하게 말을 나누는 나에게조차 안은 그것이 사실인지 거짓인지 말하지 않았다. 나는 그저 안이 나와 놀아준다는 것만으로도 뿌듯했다. 그것은 안이 말이 없기 때문이었다. (수다스러운 V에게 옴짝달싹하지 못하는 지금과 달리) 나는 어렸을 때 침묵 앞에서 한없이 나약해졌다. 입이 무거운 사람은 아무리 '이상한' 소문에 휩싸여도 그것을 '신비한'으로 수정하고, 그 아이 앞에서 옴짝달싹하지 못했다. 나는 안에게 잘 보이려고 비밀도 모자라 거짓말까지 늘어놓았지만 안은 한 번도 제가 어떤 아이인지, 누구와 사는지조차 말하지 않았다. 그저 풍문으로 안이 어머니와 단둘이 살고 있다는 것만 알았다.

나는 우선 안을 내 방으로 데려갔다.

"너는 혼자 방을 쓰는구나. 그런데 다른 방은 없니?"

터울이 많은 형과 누나는 삼촌이 사는 J시와 서울에서 고등학교와 대학교를 다녔다. 그래서 빈방이 두 칸이나 됐다. 나는 안을 형이 망원경을 갖고 놀던 다락방으로 데려갔다. 다락방에 오르자 안은 그제야 만족했는지, 바지를 풀고 그 속에 감고 있던 주머니를 풀었다.

뱀 한 마리가 똬리를 틀고 있을 뿐인데, 다락방은 뚜껑을 덮어버린 우물 속처럼 서늘하고 답답했다. 이마에 땀이 송골송골 맺히고 온몸에 소름이 오소소 돋았다. 하지만 나는 아무 내색을 할 수 없었다. 내가 뱀을 무서워하는 눈치를 보이면, 안이 다시는 나를 보지 않을 것 같았다. 나는 일부러 씩씩한 목소리로 말했다.

"뱀은 걱정 마. 내가 잘 지킬게."

하지만 안은 내가 못미더운 것인지, 하룻밤이라도 뱀과 떨어지기 싫은 것인지 일어날 생각을 하지 않았다. 나는 한참이나 배꼽을 쳐다봤다. 안이 아무 말도 하지 않았으므로, 어떻게든 할 일을 찾은 게 배꼽을 내려다보는 것이었다. 내가 이것에 의지해 열 달 동안 배 속에 갇혀 숨을 쉬었다는 사실이 실감나지 않았다. 나는 몹시 지루하고 초조해져 안에게 무심코 물었다.

"너는 뱀이 무섭지 않니?"

"아니."

안의 단호한 대답에, 나는 전혀 마음에도 없는 말로 대꾸했다.

"……나도 뱀이 하나도 안 무서워."

그때 불쑥 안이 구석에 똬리를 틀고 있는 뱀을 들어 내 얼굴을 향해 내밀었다.

"정말?"

나는 갑자기 현기증이 일 것 같았다. 하지만 정말 뱀을 무서워하는 기색을 들키면 안이 실망할 것만 같았다.

"그래, 정말 하나도 안 무서워."

"그럼…… 너 이렇게 할 수 있어?"

안은 뱀의 머리를 제 입속으로 집어넣었다. 그러고는 다시 내게 뱀을 내밀었다.

"너도 입속에 넣어봐."

"넌 어떻게 그런 섬뜩한 농담을 할 수 있는 거니?"

"농담 아냐."

"뱀을 입속에 넣어봐. 그래…… 그냥 네 고추를 입에 넣는다고 생각해봐. 네가 아무리 얼굴을 숙여도 네 고추를 입에 넣을 수는 없어. 네가 영원히 입에 넣을 수 없는 걸, 넣어본다고 생각해봐."

어쩐지 뱀을 입속에 넣지 않으면 다시는 안이 나를 보지 않을 것 같았다. 나는 안이 건넨 뱀을 감았다. 스르륵. 정말 매끈거려서 아무런 감촉도 느껴지지 않는 서늘함에 나는 진저리를 쳤다. 조금 오줌을 지린 것도 같았다. 그리고 아무 생각도 나지 않는다.

나는 부르르 몸을 떨며 정신을 차렸다. 그러자 콧잔등부터 뺨, 턱까지 하얗게 지워진 소년도 따라 부르르 진저리를 쳤다. 하지만 소년이 어떤 표정을 짓고 있는지 선뜻 알아챌 수 없었다. 여전히 머리카락이 두 눈을 덮고 있기 때문이었다. 내가 손을 들자 소년도 반대쪽 손을 들었다. 나는 그제야 내가 여전히 검은 선글라스와 마스크를 쓰고 있다는 사실을 깨달았다.

"이제 괜찮은가 봐요?"

언제 돌아왔는지 R이 뱀을 향해 손을 흔들고 있는 내게 종이컵을 건넸다. 한결 목소리가 누그러졌다. 하지만 말은 더 이어지지 않았다. 아무 할 말이 없었다. 음료를 다 마신 종이컵을 구길 때 마음속 어딘가의 허룩한 공간도 구깃구깃 주름이 지는 것을 서로 빤히 느낄 수 있을 만큼 조용했다.

나는 R을 쳐다봤다.

"미안해요. 참, 누룩뱀은 잘 자라고 있나요?"

R은 나를 멀뚱하게 쳐다보다 미소를 지었다.

"그렇게 노력할 필욘 없어요."

R은 말은 그렇게 하면서도 낯빛을 환하게 밝히며 새끼 뱀이 허물을 벗었다며, 누룩뱀의 근황을 조곤조곤 늘어놓았다.

"올해 두번째예요. 뱀은 허물을 벗지 못하면 자라지 못하죠. 온몸의 허물을 한 꺼풀 벗겨내야만 성장할 수 있어요. 보러 갈래요?"

나는 시멘트 바닥에 놓인 뱀의 허물을 우두커니 쳐다봤다. 그것은 나무껍질을 벗겨놓은 것 같았고, 어쩐지 내가 이때까지 했던 거짓말의 켜를 보는 것 같기도 했다. 나는 허물을 외면하고 R에게 낮은 목소리로 물었다.

"혹시 뱀을 키우는 다른 사육사도 있나요?"

"당연히 있죠."

그렇구나. 뱀을 키우는 사람은 하나가 아니었던 것이다. 괜스레 마음이 가벼워지면서 뱀을 만진 것처럼 오소소 소름이 돋았다. 어쩌면 정말 안을 만날 수도 있겠다는 생각이 들었다. 나는 R의 이야기를 귓등으로 흘려들으며 속으로 궁금했다, 궁금했다, 궁금했다, 궁금했다, 궁금했다…… 뱀을 키우는 또 다른 사육사는 누구인지. 하지만 내 입에서는 엉뚱한 말이 튀어나왔다.

"혹시 입속에 뱀을 집어넣는 사육사는 없나요?"

R은 멈칫, 어이없어 하는 표정을 가다듬고 나지막한 목소리로 되물었다.

"……혹시 뱀 쇼 같은 걸 착각하는 게 아닌가요?"

그러고는 한참 아무 말이 없다가, 마치 누군가의 실패한 농담을 뒤늦게 알아챈 사람처럼 손바닥으로 볼을 두드리며 키득거렸다.

"뱀을 정말 무서워하나 봐요."

나도 R을 따라 웃음을 터뜨리고는 대답 대신 선글라스와 마스크를 벗었다. 그때 R의 호주머니에서 전화벨이 울렸다. 나는 K의 전화임을 짐작하고 천천히 출입구를 향해 걸어갔다.

바깥은 여전히 황사였다. 나는 왠지 안도감을 느끼고 낙타처럼 천천히 먼지바람 속으로 걸어갔다. 금세 눈이 따갑고 코끝이 간지러웠지만, 먼지바람 속은 맨몸을 감싼 홑이불처럼 편안했다. 그때 한쪽 손이 뜨거워졌다. 누군가의 새끼손가락이 내 손등을 조금 건드렸다. 나는 풀숲을 스치는 뱀의 촉감을 떠올렸다. 그것은 생각보다 나쁘지 않았다. 몸이 조금 떨리기는 했지만 충분히 기억할 수 있는 느낌이었다. 나는 윗니를 고스란히 드러내고 활짝 웃으며 뱀을 돌아보지 않고 먼지바람 속을 향해 말했다.

날씨가 나빠서…… 다행이에요.

나는 R에게 물었다.

"혹시 어릴 때도 뱀을 키웠었나요?"

"꼭 뱀을 좋아해서 뱀 사육사가 되는 건 아니에요."

R은 폭소를 터뜨렸다.

갑자기 바람이 불고 저만치 풀숲이 흔들렸다. 두 소년이 풀숲을 헤치고 헬리콥터를 쫓아 달리는 모습이 보였다. 헬리콥터는 강 둔치에 내려앉았다. 프로펠러 소리가 풀을 벨 듯 가까웠다. 앞서 가던 한 소년이 뒤처진 소년을 돌아보았다. 소년은 헬리콥터를 가리키며 몹시 흥분한 듯 깡충거렸다. 뒤처진 소년은 그 소년이 좋아하는 모습을 보면서 헬리콥터 조종사가 되고 싶다는 생각을 했다. 그래, 어떤 사람은 뱀을 보고 평생 혼자 사는 사람이 되기로 결심할 수도 있는 거니까. 한 소년은 다른 소년과 어른이 되어도 지금처럼 함께 앞서거니 뒤서거니 달리기 내기를 할 수 있었으면 좋겠다고 생각했다. 소년은 저만치 멀어져가는 소년의 등짝을 보며 덩달아 환호성을 내질렀다. 그리고 소년을 향해 손나발을 만들어 큰 소리로 물었다.

네 꿈은 뭐니?

하지만 프로펠러 돌아가는 굉음에 한 소년이 그 질문을 듣지 못했는지, 혹은 그 소년이 대답했음에도 다른 소년이 그 소리를 듣지 못했는지, 이야기는 더 이상 이어지지 않았다. 어쩌면 소년은 풀숲으로 사라지는 뱀에 얄따란 종아리를 스쳐 그만 입을 다물어버렸는지도 모른다. 소년은 아무 대답 없는 소년이 얄미웠다. 소년은 웃자란 풀숲에 쪼그리고 앉았다. 소년은 헬리콥터 바람에 갈라지는 풀들 사이로 소년을 힐끗거렸다. 소년이 돌을 던져도 소년은 돌아보지 않았다. 소년은 풀숲을 헤쳐 더 큰 돌멩이를 찾았다. 소년이 풀숲에서 일어나 소년을 향해 포물선을 그리는 순간 엄청난 굉음이 일었다. 바람이 불어오는 곳에서 하얀 연기가 뭉게뭉게 피어올랐다. 그제야 저만치 서 있던 소년이 손으로 이마를 가리고 뒤를 돌아봤다. 소년과 소년 사이에 뱀처럼 긴 연기가 흘러간다. 두 소년은 항적을 교차하며 아슬아슬하게 비껴가는 비행기처럼 연기를 감고 서로 다른 방향으로 달려간다. 나는 저만치 사라지는 소년들을 향해 손을 흔들어주려다 누군가 내 손을 뱀처럼 감고 있다는 사실을 깨달았다. 나는 누군가 건넨 자루를 받아든 것처럼 꾹 쥔 주먹에 지그시 힘을 주었다. 마치 손바닥과 누선이 연결된 것처럼 (어쩌면 한 번도 확인한 적 없는 자루 속 뱀의 기척에 지레 겁먹은 것처럼) 눈초리가 알싸했지만, 나는 시들먹하게 혼잣말을 했다. 뱀 같아. 그러고는 딴청을 부리듯 어떤 문장을 떠올렸다. 날씨가 나빠서 다행이라고. 고작 뱀 한 마리, 뱀 한 마리였을 뿐이라고.

개 의   자 살

그림자의 낮

그 어항은 낮술을 먹고 샀다.

종로5가 광장시장 어귀에서 토마토 모종과 상추, 과꽃 씨앗을 고르는데, 진우는 오줌이 마려웠다. 오줌을 누려면 화장실이 딸린 큰 가게에 들어가 주먹만 한 모종 값이라도 치러야 하는데, V는 화단처럼 보도 한쪽을 차지한 노점상 앞에 서서 홀린 듯 낫을 들여다보고 있었다. 진우는 턱을 까불어 V를 불렀다. V는 진우의 기척을 전혀 알아채지 못하고 야구 모자를 쓴 사내가 내민 낫을 건네받았다. 물음표처럼 폈다 느낌표처럼 다물리는 접낫이었다. 양손에 비닐봉지를 들고 있는 바람에, 진우는 연신 옆구리를 부딪고 지나가는 사람들에 떠밀려 대여섯 발짝 뒷걸음질했다. 오줌을 찔끔 지린 것도 같았다.

지난여름, 서울극장 근처에 있는 비뇨기과에서 전립선에 아무 이상이 없다는 진단을 받았는데도, 요의는 더욱 잦아졌고 아랫배는 무지근했다. 기껏 모종 사는 시늉을 하다 부리나케 화장실에 달려가 팬티를 끄집어 내렸다 해도, 오줌 줄기는 감질나게 몇 방울 흐르다 찔끔찔끔 끊어지고 말 것이다. 아랫배는 채 뽑아내지 못한 오줌으로 팽만하다. 물을 채우고 배꼽을 잡맨 풍선. 진우는 이마를 찌푸리고 가운데를 버젓이 끄집어낸 채 탈탈거리며 세면대까지 걸어간다. 집에서 밴 버릇이 바깥에서도 여전해 가끔 곤혹스런 상황이 빚어진다. 앞을 달랑거리며 좁은 공중화장실을 어슬렁거리는 스물아홉 사내.

의사는 엉덩이를 까 내린 진우 뒤에 서서 비닐장갑을 끼고 손가락에 묽은 젤을 발라 쑥 밀어 넣었다. 저도 모르게 아랫도리가 벌떡 일어섰다. 의사가 진우의 귀두에 슬라이드글라스를 갖다 대자 희묽은 정액이 묻어났다.

"오랫동안 앉아서 일하시죠? 스트레스 때문에 그렇게 느끼는 겁니다. 아무 이상 없어요. 규칙적인 운동을 하고, 푸성귀를 많이 먹으세요."

진우는 처방전을 받아 들고 나오면서 외려 허전한 느낌이 들었다. 손이 뒤를 파고들어 뭔가를 건드릴 때 근뎅거리던 장기 하나가 딸려나간 게 아닐까. 스폰지하우스에서 영화를 보는 내내 몸속에서 골목에 갇힌 바람 소리가 들렸다. 진우는 번번이 자막을 놓쳤다. 좀비에게 한쪽 다리를 물어뜯긴 여자 주인공이 뭉툭

해진 무릎에 총자루를 꽂고 하늘로 솟구쳐 오를 때, 진우는 몹시 오줌이 마려웠다. 진우는 주섬주섬 가방을 챙겨 극장을 빠져나 왔다. 오줌은 제대로 나오지 않았다. 진우는 호주머니에 든 처 방전을 낱낱이 찢어 쓰레기통에 버렸다. 햄버거와 콜라가 먹고 싶었다. 푸성귀. 진우는 무지근한 아랫배를 쓰다듬으며, 채소나 야채가 아니라 푸성귀라고 발음한 걸 보면 의사도 자기처럼 읍 (邑)내기인지 모른다고 생각했다.

진우는 더는 요의를 참을 수 없어 무턱대고 커다란 간판을 바 라고 걸었다. 사람들에 부딪치면서 뱅그르르 감긴 비닐봉지 고리 들이 손가락 마디와 장심을 죄어들었다. 그러고 나왔는데, V는 낫 한 자루를 쥐고 있었다. **자, 선물. 마당이 너무 우거졌더라. 빈집 같아. 이제 봄이잖아.** V가 건넨 낫 한 자루까지 보태 진우의 열 손가락은 빠듯하다 못해 얼얼했다. 진우는 무게중심을 맞추려 고 비닐봉지를 이리저리 가늠하며 엇갈려 들었는데…… V 모습 이 보이지 않았다. 진우는 주위를 두리번거렸다. 그리고 이내 체념했다. 자주, 가끔 있는 일이었다.

V와 만나면 늘 숨바꼭질을 벌이는 것 같았다. 오늘만 해도 '닭 한 마리' 골목에 점심을 먹으러 오가는 내내 V는 시부저기 사라 지고…… 돌아왔다. 씨앗을 고르고, 야린 나뭇잎을 비비대며 잠시 한눈을 팔았을 뿐인데…… V는 어딘가 숨어버렸다. 진우 가 결국 술래를 포기하고 터덜터덜 걷다 보면…… V는 판화가 오윤이 만들었다는 우리은행 외벽의 검붉은 테라코타 앞에 쪼그

리고 앉아 양손 엄지와 검지로 사진틀을 세우고 있거나, 길모퉁이 쇼윈도 앞에 서서 수의를 입고 망건을 눌러쓴 마네킹을 물끄러미 쳐다보고 있었다. 진우와 V는 아무 말도 하지 않고 다시 몸과 그림자처럼 골목길을 걸어갔다.

진우와 V는 죄 원조인 닭 한 마리 골목에서 가장 허름해 보이는 집으로 들어갔다. 식성은 다르지만 둘 사이에는 허름한 집 음식이 먹을 만하다는 정서만은 공유됐다. (일테면 진우와 V가 즐겨 가는 장소에서 그들은 가장 어렸다.) 다만 진우에겐 허름하더라도 외갓집처럼 손때 묻고 정갈해야 한다는 얼마간의 조건이 따라다닌 반면, V는 깍두기에 이빨 자국이 남아 있건 발밑에 꾸깃꾸깃한 냅킨이 수북하건 개의치 않았다. 진우가 물티슈로 양철 식탁에 말라붙은 고춧가루를 꼼꼼히 닦아내고 있으면, V는 살짝 눈살을 찌푸리고 핀잔을 늘어놓는다. **정육점에 산책하러 온 것처럼 굴래? 네가 자란 곳처럼 익숙한데 왜 그래.** 농담일까, 진담일까. 그게 왜 태생의 문제와 결부되는가, 고작 좀더 깨끗한 걸 바라는 게 까다로운 건가. 진우는 V의 말을 궁굴리며 잠자코 있다가 문득 그렇게 응수한다.

"정서는 기호의 확장에 지나지 않아. 내가 시골 출신이라서 머리를 가꾸지 않고, 옷을 못 입고, 저렴한 식당을 밝히는 게 아니라, 그냥 내 성격이 쉽게 주눅 들고, 사람들과 섞이는 걸 싫어하고, 무신경한 환경에 솔깃하기 때문에 그런 거야. 그래, 서울은 읍이 확장된 것에 지나지 않아, 그건 너나 나나, 어떤 장소나 마찬가지야. ……다만 어떤 기본적인 예의를……"

진우는 제가 말해놓고도 그 말이 퍽 그럴싸하게 들렸다. 하지만 이내 정직한 게 아니라 (정색이 아닐까) 불필요하게 말이 많은 사람이 된 것 같아 혀를 되게 깨물고 싶었다. 무엇보다 그 말이 V를 향한 것인지, 자기 자신을 향한 것인지 헷갈렸다.

서울내기인 V는 어떤 장소에서든 어릴 적 서울을 얘기했다. 집과 집 사이에 자투리땅을 놀리는 법이 없어. 스티로폼 상자나 화분에도 고추, 상추, 배추를 심었으니까. 뒷집에 살구나무 한 그루가 있었어. 아침이면 새소리에 눈을 떠. 바람이 불면 비가 새는 지붕을 덮은 푸른 가빠가 파도처럼 남실거려. 겨울이면 무덤처럼 고요했어. 산길을 따라가면 개울이 흐르고 있어. 올챙이를 잡아 바위에 올려놓고 돌로 찍었어. 노인정 앞에 드럼통을 반 잘라 바비큐 그릴처럼 만들어놓았어. 어른들은 윷을 놀면서 페트병에 든 소주를 스테인리스 대접에 따라 마셔. 대문은 잘 잠그지 않아. 대개 늙은 사람들뿐이었으니까. 가난한 아들의 자식을 대신 키우는…… V의 추억이 맞을까. 어쩐지 그 말들은 키, 몸무게, 허리둘레는 물론 가족 구성, 성적, 직업이 다른 고향 친구들끼리 만나 심증만으로 주워섬기는 추억의 교집합처럼 (학습되거나 미뤄 짐작하는) 전형으로밖에 여겨지지 않았다. 의심스러운 게 아니라 심드렁했다. 진우가 보기에 광장시장 씨앗 골목이나 보리밥, 빈대떡 골목을 어슬렁거리는 V에게선 (구부정한 어깨, 얄따란 다리, 텁수룩한 뒷덜미, 심심한 모양의 안경과 희멀건 낯빛) 의자, 책상, 냉장고뿐인 2평 남짓한 고시원 풍경(?)이 더 자연스레 떠올랐다. 어떻든 진우가 보기에 V는 '추억주의자'라고 일컬어도 될 만큼 대부분의 이야기가 과거형이었다.

닭 토막이 하얗게 익어 보글보글 끓는 국물 위로 떠오를 때, V는 집에서 키우던 짐승이 죽은 기억에 대해 얘기했다. V는 국자로 누런 기름을 걷어내 뼈 담는 양철통에 붓고 검은 고양이 한 마리를 불러왔다. 만두소처럼 기름지고 빽빽한 골목길 사이로 비루먹은 길고양이 한 마리가 지나갔는지도 모른다.

진우는 간장과 다진 양념에 겨자를 짜고 부추를 골고루 묻혀가며 하얀 닭다리를 젓가락으로 끄집어내 손가락으로 잡았다. 살갗이 벗겨지는 것처럼 뜨거웠다. 진우가 닭 껍질을 벗겨내고 가슴살, 목뼈를 발라먹는 동안 V의 얘기는 잠시 끊겼다. 빈 잔에 소주를 채우고 손가락에 묻은 기름 국물을 쪽쪽 빨아먹으며 V는 문득 **열두 살**이라고 했다. **뒤꼍에 우물이 있었어. 물이 어찌나 찬지 여름에 수박을 반나절만 담가놔도 얼어 못 먹게 돼버렸어.**

진우는 성균관대학교 후문에서 서울 성곽 쪽으로 오르는 산길의 약수터를 떠올렸다. '수질 검사 부적격 판정'을 받은 약수터는 가끔 산책 나온 체육복 차림의 사람들이 애완견이나 자전거를 씻겼다. 술을 마시고 마을버스 막차를 타고 집으로 돌아가다 목이 말라 그 물을 벌컥벌컥 들이켠 기억이 났다. 거기는 아니겠지. 진우는 김칫국물을 떠먹으며 종업원을 불러 떡과 국수사리를 달라고 했다.

옆방 살던 아저씨가 누나를 좋아했거든. 어느 날 주먹만 한 고양이를 한 마리 가져다줬어. 연탄처럼 까만 고양이였어. 진우는 초등학교 6학년 때까지 연탄 방에서 살았다. 진우는 죽은 형을 떠올렸다. 제 방이 갖고 싶었던 형은 중학생이 되자마자 부엌방에 손님이 올 때만 내던 교자상을 펴고, 벌꿀 병에 종이학을 채운 뒤, 집에서 가장 화려한 목단 무늬 보따리를 창문에 걸고 압정을 박았다. 처음 생긴 제 방에서 밤늦게까지 깔깔거리던 형은 그날 밤, 연탄가스를 마셨다. 그해 겨울이 지나고 진우네는 기름보일러를 깔았다. 진우는 김칫국물이 시원하지 않아 이 집이 마뜩찮았다. 살얼음 뜬 말간 동치미 국물에 뜬 붉은 고추와 갓. 진우는 저도 그렇게 정갈한 음식을 먹고 크진 않았다 싶어 제 까탈이 겸연쩍었다.

V가 보기에 옆방 아저씨가 가져온 고양이는 천재였다. 방에서 키웠는데, 똥오줌이 마려우면 식구가 다 자는 한밤중이라도 밖으로 내보내 달라며 방문을 긁어댔다. 여닫이문의 문고리께 창호지는 늘 고양이 발톱 자국으로 나달나달 해져 있었다. **얼마나 우릴 따르고 그랬는데.** V는 마치 그 고양이를 어르듯 닭 날갯죽지를 흠빨고 감빨았다. 닭기름이 묻은 V의 입술이 갈치처럼 번들거렸다. 진우는 V의 얇은 입술을 새삼스레 쳐다봤다. 바다에 사람이 빠져 죽으면 맨 먼저 갈치가 몰려들지. 파먹기 좋은 부분부터……

어느 날 밤이었어. 자는데 비린내가 진동하는 거야. ……고양이

가 방 안에서 새끼를 낳은 거였어. 식구들 자는 바로 머리맡에다. 고양이는 아무리 따르는 주인이라도 혼자 몰래 아무도 모르는 비밀 장소에다 새끼를 낳거든. 혹시 사람들이 새끼를 해코지할까 봐. ……그만큼 우릴 따랐던 거야.

깊은 굴에서 눅눅한 비린내가 훅 끼치는 것 같았다.

진우가 리장〔麗江〕으로 떠난 좌호 집으로 이사한 것은 겨울과 봄이 엇갈리던 무렵이다. 비가 쏟아지는 날이었다. 진우는 성곽 아래로 뚫린 터널 끝에 짐을 부려놓고, 비가 긋기를 기다렸다. 성곽에서 내려다보이는 성북동 맨 언덕배기에 좌호 집이 있었다.

좌호는 오랫동안 비어 있던 집을 1,000만 원에 전세 얻어 석 달 걸려 고쳤다고 했다. 집을 고치는 일은 산길을 오가며 돌멩이를 주워 탑을 쌓듯 짜뜰름짜뜰름 이어졌다. 나이 들어 일손을 놓은 대목이 숙취로 일어나지 못하면 좌호는 혼자서 블록을 쌓거나 광장시장으로 나가 모자란 못이나 도배에 쓸 붓을 샀다. 좌호는 굳이 도배 붓을 '귀알'이라고 불렀다. 톱질하는 시간보다 마당에 쪼그려 앉아 우두커니 꽃과 잎을 보는 일이 더 많았을 것이다. ……좌호는 그 집에서 채 두 달도 살지 않고 리장으로 떠났다. 좌호가 떠난 뒤 진우 손에는 구릿빛 열쇠 하나가 쥐어져 있었다.

진우는 좌호를 거의 십 년 만에 다시 만났다. 좌노가 입원한 영등포 병원에서였다. 예전처럼 좌노 앞에 좌호가 있었고, 좌노 너머 좌호가 있었다. 진우는 좌호의 동생 좌노와 늘 같은 반이었고, 좌호는 진우의 형 진호와 늘 같은 반이었다. 중학생이 되었을 때, 그 명제는 좀더 온전해졌다. 넷은 둘과 둘, 혹은 셋과 하나가 짝을 이뤄야 하지만, 셋은 혼자이거나 본디 셋이 아니면 더는 나눌 수 없는 소수였다. 진우와 좌노는 늘 교실 맨 뒷자리에 나란히 앉았다. 허리를 곧추세우고 있는 시간보다 책상에 엎드려 졸거나 딴짓하는 시간이 더 많았다. 좌노는 두 팔에 얼굴을 묻고 연방 다리를 간댕거렸다. 진우는 책상 모서리에, 수학 교과서 변들 사이에, 필통 뚜껑에…… 낙서를 했다. 그래도 수업 마치는 종이 울리지 않으면 진우는 오른쪽 위팔을 베고 좌노를 바라봤다. 좌노의 머리카락에 묻은 비듬과 윗도리의 바둑무늬 개수를 헤아리다 지치면, 좌노 맨살에 낙서를 했다. 좌노는 간지럼을 참지 못하고 진우 쪽으로 돌아누워 헤벌쭉 바보 같은 웃음을 흘렸다. 진우는 손가락으로 살을 구겨 좌노 얼굴을 시늉했다. 좌노는 벌떡 일어앉아 이똥을 긁어 진우 손등에 문댔다. 교사가 성큼성큼 걸어와 좌노 등허리를 자로 내리치며 좌호 이야기를 했다. 진우는 늘 좌노 뒤에 투명인간처럼 서 있는 좌호를 보았다. (셋) 교사가 칠판 쪽으로 되돌아가면 좌노와 진우는 다시 책상에 엎드렸다.

그때 좌호는 읍에서 풍문이었다. 풍문 속에서 좌호는 전교 1등을 놓치지 않았고, 달리기를 잘했고, 트럼펫을 불었다. 거의 십 년 만에 다시 만난 좌호는 여전히 나무 같았지만 구새 먹은 고목처럼 어딘가 허수하게 느껴졌다. 새치가 성성한 뒤통수며 많이 굽은 어깨는 속 깊은 사람처럼 보였지만, 너무 한창 걸어갔다는 아뜩함을 감출 수 없었다. 사실 좌호는 시로 유학할 만큼 좋은 성적이 아니었고, 악대부에서 트럼펫을 분 것이 아니라 작은북을 두드렸다. 진우가 시의 고등학교로 진학할 때 읍의 고등학교에서 전교 1등을 놓치지 않고 서울에 있는 대학에 들어간 사람은 좌호가 아니라, 한 번도 이름을 들어본 적 없는 평범한 선배였다. 머리가 굵어 진우가 알게 된 좌호는 명석함에 비해 싸움을 무척 잘하고, 책을 조금 더 읽었을 뿐인 고만고만한 아이였다. 좌호도 그 풍문의 근원이 어디에서 비롯한 것인지 가끔 아뜩하고 버거운 제스처를 보였지만, 이미 그런 풍문의 대접에 포박당한 뒤였다. 좌호는 영영 허풍선이 될 공산이 컸다. 사람들도 좌호의 진실을 눈치채고 그를 드러나고 싶어 안달한 '하고잡이'에 불과하다고 폄하하기를 주저하지 않았다. 좌호는 평범하게 노력하고 적당한 길을 갈 뿐이었지만 아무도 좌호를 곧이곧대로 보지 않았다. 아니 볼 수 없었다. 그때 이후 좌호는 오로지 나락뿐이었다. 어쩌면 좌호가 여기저기 떠돌아다니며 한곳에 정착하지 못하는 것도 어떤 방식으로든 자신을 재단하고 마는 눈을 지레 겁먹어서인지 모른다. 좌호는 남을 의식하지 않고는 이제 살 수 없는지도 모른다. 오히려 늘 주목이 필요해 이방인을 자처하는지도 모른다.

좌호가 오랫동안 여행을 떠난다는 소식도 풍문으로 들었다.

자주, 가끔 보았지만 좌호는 진우에게 제 이야기를 털어놓지 않았다. 우연히 좌호 친구와 섞여 남해에 갔을 때 그 집 열쇠를 건네받았지만, 진우는 좌호가 정말 길을 떠났는지 갈피를 잡을 수 없었다. 진우는 열쇠를 만지작거리며 무시로 인터넷 검색창에 '리장'을 두드렸다. 기와집 사이로 미로처럼 이어지는 까만 돌길과 운하, 물 위에 점점 떨어지는 붉은 복사꽃잎…… 좌호와 자신이 떠나온 읍과 유다를 것 없는 풍경을 보면, 더더욱 구릿빛 열쇠가 그저 주운 것처럼 무심해졌다. ……그런데도 진우는 퇴근하면 주머니에 든 열쇠를 만지작거리며 성북동을 바라고 걷고 있었다. 안국역에서 내려 헌법재판소 건너편에서 마을버스를 탄다. 재동초등학교, 안국 선원, 중앙고등학교를 지나 감사원 앞에서 마을버스는 왼쪽 오르막길로 방향을 튼다. 가파른 길을 오르는 내내 엔진에서 굉음이 난다. 창밖, 철조망과 나뭇가지 새로 곶처럼 뻗은 껌껌한 창덕궁 후원 너머 불꽃처럼 반짝이는 서울의 불빛들. 진우는 성균관대학교 후문에서 내려 서울성곽 쪽으로 이어진 도로를 따라 걷는다. 그 집이 가까울수록 떨리고 조바심이 났다. 와룡공원 갈림길에서 성곽 아래로 뚫린 터널을 지나 좌호의 집까지 걸어가는 내내 진우는 연예인 이름, 최근 본 영화 제목, 좌호와 자신의 이름 획수를 따져 그가 돌아왔을지 안 왔을지 점쳐보았다. 그러고도 갈 길이 남으면 발짝 수를 헤아리면서 걸었다.

진우는 좌호의 세간이 고스란히 남아 있는 방에 이불도 펴지 않고 맨방바닥에 누워 천장을 쳐다봤다. 회칠한 벽에 드문드문 꽂힌 애자를 따라 흰색 푸른색 전깃줄이 길처럼 놓여 있다. 좌호의 무료하고 세심한 손길이 느껴졌다. 서울 올라와서 방 때문에 전전긍긍했는데 예기치 않게 방 2개를 얻은 셈이군. 신림동 고시원 302호실과 성북동 성곽 아랫집 사이가 막막한 호수처럼 느껴졌다. 잔잔한 수면 이쪽저쪽에 섬처럼 떠 있는 2개의 방. 하지만 두 곳 모두 진우의 주소는 아니었다. 여전히 진우는 서울에 부재하는 사람이었다. 진우는 좌호의 집 맨방바닥에 온몸을 물음표처럼 구부리고 잠을 잤다.

새벽에 오줌이 마려워 깨 팬티 바람으로 마당에 나섰더니 어느새 눈이 더금더금 쌓이고 있었다. 진우는 맨발로 마당을 몇 발짝 걸어보다, 불에 덴 사람처럼 도로 문턱으로 올라와 살대를 그러쥔 앵무새처럼 쪼그려 앉았다. 발이 땡땡 얼었다. 곱은 발가락이 제대로 오므라지지 않았다. 진우는 문턱에 서서 눈 위에 난 발자국을 향해 오줌을 눴다. 발자국과 숫눈 위에 검은 그림자가 번졌다. 눈은 금세 발자국을 지웠다. 진우는 발자국을 들킬 염려가 없어진 도둑처럼 기분이 가벼워져 문턱에 쪼그려 앉아 노래를 불렀다. 지어낸 노래였다. 가락은 여러 노래의 이 소절 저 소절이 뒤섞였고, 목소리는 그다지 근사하다고 할 수 없었다. **눈이 오네. 눈이 와. 지붕에도, 전봇대에도, 가로등 삿갓 아래 모여드는 눈, 날파리 떼 같아. 아, 심심하구나. 라면을 끓여 먹을까, 라면은 있나. 오동통 농심 너구리. 너구리 한 마리 몰고 가세요.**

진우는 담배를 피우고 꽁초를 숯눈 위에 비벼 묻고 일어나 부엌으로 들어갔다. 싱크대 서랍을 열었지만 일회용 접시와 소독저, 비닐장갑 따위 잡동사니만 들어 있고 궁금한 입을 달랠 만한 요깃거리는 하나도 눈에 띄지 않았다. 진우는 좌호의 세간을 하나하나 만졌다. 보기만 하다 손을 대려니 멈칫 물건에서도 어떤 기운이 느껴지는 것 같았다. 살림은 간소했다. 낡은 컴퓨터 한 대, 책상, 책꽂이, 천장까지 세운 행거, 이불, 허리가 늘어진 팬티와 짝짝이 양말, 냉장고, 휴대용 가스레인지…… 그리고 돼지 저금통과 반 잘라 잡동사니를 채운 페트병에는 동전과 클립, 콘돔, 딱풀, 붓펜이 들어 있었다. **나는 이 집주인을 알고 있나. 누구든 주인이 될 수 있겠군.** 진우는 콘돔을 찢어 풍선을 불었다. 괜스레 눈물이 날 것 같았다. 그제야 좌호의 집이 한결 가까워진 느낌이었다.

날이 밝자 눈은 비로 바뀌었다. 삼월인데도 보름 넘게 비 아니면 눈이었고 공기는 맵찼다. 진우는 그 집의 광을 뒤져 살이 부러지고 거미줄이 낀 우산 하나를 찾아냈다. 터널을 지날 때 진우는 문득 좌호의 집을 돌아봤다. 눈이 녹듯, 지붕 아래 숨은 방과 벽이 조감도처럼 떠올랐다. 진우는 사무실에 전화해 몸이 아프다는 핑계로 월차를 내고, 신림동 고시원으로 가 주섬주섬 짐을 쌌다. 빗속을 걸어서일까, 가로 3걸음, 세로 5걸음이면 벽에 부딪치고 마는 방이 몹시 편안하고, 몹시 갑갑했다. 더운 머리와 차가운 발처럼. 진우는 감기를 앓는 것처럼 들뜨고 조급했다.

낡고 더러운 물건을 다 버리고 나니 라면 상자 두 개, 배낭 하나가 전부였다. 진우는 우산을 받들고 택시를 잡아 이삿짐을 실었다.

다시 터널 끝에 서서 비가 긋기를 기다리는데, 소년을 만났다. 이 동네에서 처음 만나는 사람이었다. 점퍼의 후드를 눈썹까지 뒤집어쓴 소년은 얼굴이 발갛게 달아올라 숨을 쌕쌕거렸다. 소년에게서 비린 것을 탐한 고양이처럼 갈치 냄새가 났다. 비 냄새였는지 모른다. 어쩌면 굴의 냄새인지도. 진우는 소년을 힐끗거렸다. 키며 조금 마른 체격이 엇비슷해 얼추 또래로 보였다. 소년은 옆에 선 진우가 빗물에 젖어 이지러지기라도 한 것처럼 곁을 의식하지 않고 손바닥으로 비를 받으며 콧노래를 흥얼거렸다. 콧노래가 빗방울처럼 터널 안에 통통 울렸다. 소년은 후드를 벗고 담배에 불을 붙였다. 달칵, 소리가 터널 안에 통통 울렸다. 메아리처럼. 진우는 어떤 말을 건네고 싶어 조바심이 났다. (메아리처럼) 머릿속에서 진우는 서울에 올라와 가장 많은 말을 건넸고, 몇 번은 팔꿈치를 스쳤으며, 어쩌면 며칠을 같이 둥개고 그랬다. 소년은 라면 상자 하나를 붙안아 계단을 걸어가기도 한다. 짧은 동안 진우는 홀로 소년과 무척 친숙해졌다. 진우가 점점 희붐해지는 터널 바깥만 우두커니 쳐다보고 있는데, 소년은 다시 후드를 눈썹까지 끄집어 내리고 빗속으로 뛰어갔다. 점점 멀어지는 소년의 등은 어느 순간 성장을 멈춰버린 것처럼 보였다. 타박타박, 빗물을 튀기며 멀어져가는 발소리는 좌호 집으로 내려가는 계단 쪽으로 이내 사라졌다…… 지붕과 담 사이의 골목에 나타났다. 소년은 모퉁이를 돌아 어느 집 대문을 열었다. 녹색 페인트칠을 한 울타리도 꽃밭도 없는, 어떤 낭만도 상상할 수 없는 좁고 낮은 집이었다. ……이웃이었다.

새끼를 낳고 며칠 지나지 않아 까만 고양이가 사라졌어.

V의 이야기가 집요해질수록 진우는 무료했다. 닭을 다 건져 먹고 김치를 넣어 칼국수를 끓일 차례가 되었다. 진우는 소주를 홀짝 털어 넣고, 지겨운 표시를 하려고 기지개를 켰다.

어느 날 문턱에 누런 구더기가 고물고물 기어 나오기 시작했어. 어미 고양이는 돌아올 생각을 않고 말이야. 하도 구더기가 끓어 결국 아버지가 마룻널을 뜯어냈어. 아마 어디서 쥐약을 주워 먹었나 봐. 그래도 집으로 돌아오려고 기를 쓰다가 그 마루 밑에서 죽어버린 거야. 형체를 알아볼 수 없게 썩어서 구더기가 바글바글 끓는 거야.

진우는 심드렁하게 국수 가닥을 건져 올렸다. 기다란 면발이 항문에서 죽 딸려 나오는 회충 같았다. 그런 상상도 식탐을 전혀 어색하게 하지 않았다.

나는 고양이 새끼를 견딜 수가 없었어. 식구들 모두 처치 곤란이었지. 그래서 어느 날 밤 몰래 새끼 고양이를 넣어둔 라면 상자를 동네 뒤꼍에 있는 숲에다 내다버렸어. 아마 집 없는 개나 짐승한테 잡아먹혔을 거야.

그래서……

이상한 건, 내가 마음을 주면 모두 죽어.

"오줌 마려."

진우는 오줌이 나오지 않아 소변기 앞에 서서 가운데를 탈탈 거리며 한참을 둥갰다. 좀 빤하지 않아, 라는 대꾸를 삼켰지만, 어느새 집에서 키우는 짐승이 죽은 이야기를 몇 가지 준비하고 있었다. 하지만 제 기억이 분명한지 확신할 수 없었다.

진우가 자리로 돌아가자 V가 앉은 자리는 텅 비어 있었다. 진우는 기름 국물을 걷어내고, 소주를 홀짝였다. 사람들의 힐끗거리는 눈길이 느껴졌다. 진우는 마치 혼잣말을 주고받은 사람처럼 머쓱한 기분이 들어 V가 앉았던 빈자리를 가만히 쓰다듬었다. 주름도, 온기도 없었다.

진우는 이제 집에 돌아가야겠다고 생각했다. 숨바꼭질은……끝났다.

어쩌면 V는 벌써 집에 돌아가 어항처럼 좁은 방에 물음표처럼 몸을 구부리고 낮잠을 자고 있거나, 성곽 옥개석에 드러누워 담배를 피우고 있을지도 모른다. 어쩌면 좌호 집 마당 덤불 새에 쭈그리고 앉아 **아무리 둘러봐도 널 찾을 수가 없었어**, 심드렁하게 변명할지 모른다. ……그러고는 끝일 것이다. 그런 V를 떠올리자 진우는 되레 자신이 어떤 대꾸를, 그럴싸한 변명을 준비해야 할 것 같았다. 어떤 방식으로든 말이, 말로 이어지도록. 진우는 접낫을 펴 낫날을 가만히 쓰다듬었다. 토마토 잎사귀 하나를 뜯어 반을 접어 낫날에 벴다. 젓가락으로 낫날을 두드렸다. 노크

소리처럼 딱딱 끊어질 뿐이었다. V의 느닷없는 선물은 우거진 마당처럼 머릿속에 많은 풍경을 불러왔지만, 고양이처럼 답삭 안을 수 있는 건 없었다.

"너도 뭘 좀 키워보는 건 어때."

진우가 혼잣말로 그렇게 대꾸하는 순간, 덤불이 우거지고 변 죽 깨진 그릇이 놓인 낡은 개집 반대쪽에 V의 좁다란 방이 떠올 랐다. 동물이나 식물을 키우기에 그 방은 좁고 어둡다. 진우는 낮에 대한 답례(낮의 반대말…… 풀, ㄴ, ㄱ의 반대말, 보름달, 초승달의 반대말, 입술, 부리의 반대말……)를 궁굴렸다. 어쩐지 모든 답례가 작별 선물처럼 여겨졌다.

진우는 나무들 사이에 관처럼 서 있는 수조를 보았다. 알록달 록한 물고기들이 물방울처럼 수조를 가득 채우고 있었다. 진우 는 빠듯한 두 손을 제대로 추스르지 못하고, 광장시장 골목길을 떠밀려 가는 제 모습이 떠올랐다. 진우는 수조 앞에 쪼그려 앉아 물방울들을 가만히 들여다봤다. 그것은 손톱만 한 장난감 물고 기들이었다. 마음을 주어도 죽지 않는 것. 낮에 대한 인사로 나 쁘지 않았다.

사냥꾼의 밤

그 어항은 개에게 주는 작별 선물이 되었다.

진우는 낮에 베인 손가락을 훑으며 성곽을 따라 타박타박 걸 었다. V의 어항 같은 방, 좌호의 마당 딸린 집 어디로도 가고 싶지 않았다. 진우는 철쭉나무가 심어진 두둑을 넘어 성가퀴에 오른발을 딛고 옥개석 위로 올랐다. 성곽 조명은 꺼지고, 주홍빛 나트륨등이 전봇대, 시멘트 설주에 토라진 아이처럼 드문드문 매달려 있다. 진우는 불그스름하게 물든 벽과 담에 어룽진 그림자가 지운 길들이 어디로 이어지고 있는지 알고 있다. 밭과 숲에서 개들이 울부짖는 소리가 들렸다. 진우는 좌호의 집 마당, 웃자란 채 시든 덤불 가지에 걸어둔 낫을 떠올렸다.

4-1. 낫.

진우는 V와 한 베개를 베고 누워 개를 없애는 방법에 대해 궁리했다. 접낫을 폈다 오므릴 때마다 그 집 마당에 옥시글거리는 개가 한 마리씩 잘려나간 것처럼 둘은 낄낄거렸다. 진우는 어항만 한 창문(그 창 바로 아래, 어항 하나가 창 그림자처럼 놓여 있다)을 바라고 누워 의자에 두 발을 얹고, V는 천장까지 빠듯하게 세워진 행거 두번째 선반에 발을 걸쳐놓았다. 접낫의 자루와 낫날처럼 V와 진우는 서로 다른 방향을 향해 두 다리를 뻗었다, 가끔 머리맡에 놓인 딸기와 비스킷을 집어먹기 위해 몸을 구부렸다. 진우는 낫으로 딸기 꼭지를 잘랐다.

1. **우선 개집을 없애야 하겠지. 숲 속 말바위쉼터 가는 길에다 버리면 될 테고.** 숲에 내다버리는 건 V 네가 경험이 있으니

까. 키득키득. 문제는 고양이가 아니라 개라는 거지.

2. **인터넷 같은 데, 집 잃은 개 키우는 사람한테 부탁하는 건 어떨까.** 아무도 나서지 않으면?

3. **……결국 죽이는 방법밖에 없지 않을까**…… 유한락스를 먹이는 건 어때? 샴푸나 세제…… 통조림에 유리 부스러기를 섞는 건 어떨까.

4. ……

진우는 처음에 V가 그 개를 내다버린 것이라고 상상했다. 오랫동안 좌호의 집을 비웠다가 돌아왔을 때, 마당에는 널빤지로 얼기설기 엮은 낡은 개집과 개 한 마리가 웅크리고 있었다. 진우는 이맛살을 찌푸리고 개의 주인이 누구일까, 가늠하며 이웃 지붕과 벽, 창과 문을 내려다봤다. 그가 문을 두드리고 어줍게나마 말을 건넬 수 있는 집은 딱 한 군데밖에 없었다.

집 안에서 키우다 버렸는지 마당 한구석에 묶인 개는 밤마다 울부짖었다. 진우는 사람처럼 울고, 앓고, 으르렁거리는 그 소리에 몇 번이나 마당으로 뛰어나갔다. 진우의 기척을 느끼고서야 개는 수그러들었다. 눈살을 찌푸리고 어금니를 사리물고 있는데도, 개는 얼러달라고 힝힝 신음하며 땅바닥에 벌렁 드러누웠다. 진우는 사람 손을 타지 않아 누린내를 풍기는 개를 선뜻 만질 엄두가 안 났다.

어쩌다 술이 얼근해 집으로 돌아오면, 앓는 소리를 모른 체할 수 없었다. 진우는 변죽이 깨진 그릇을 찾아 먹다 남은 국물과 냉장고에서 유통기한이 지난 소시지, 두부, 어묵 따위를 꺼내 되작되작 담았다. 진우는 가시덩굴을 헤치듯 슬금슬금 개집 앞에 다가가다, 개가 펄쩍 뛰어오르는 바람에 그만 그릇을 놓치고 말았다. 개는 국물이 흘러내리는 진우 손등을 날름 핥았다. 개는 더러웠지만, 혀는 따뜻하고 부드러웠다. 그렇게 께름칙한 개가 온기를 품고 있다는 게 신기했다. 진우가 잠시 방심한 틈을 타 개는 진우의 얼굴을 핥았다. 진우는 기겁을 하고 뒤로 물러섰다. 진우는 잠시 개에게 약한 마음을 보인 걸 후회했다.

개는 눈에 띄게 야위었다. 눈가장은 눈물 자국과 눈곱이 배내똥처럼 얼룩져 있고, 노란 털은 윤기를 잃어 거무죽죽했다. 죽지 않은 건, 진우가 어쩌다 내다버린 음식 때문일 것이다. 진우는 안쓰러운 마음도 있었지만, 딴에는 할 만큼 했다고, 떳떳하다고 자위했다. (음식 쓰레기를 해결하려는 마음이 컸지만) 라면 국물을 바닥까지 훌훌 마시지 않고 식은 밥을 말아주기도 했고, 우유 몇 모금을 남기기도 했다. 더욱이 개만 먹이는 것도 아니었다. 오줌을 누러 나가 보면 그릇 속에 앞발을 해작이고 있던 고양이가 화들짝 놀라 달아났고, 까치가, 참새가 궁싯거리면서 부리를 까닥이고 있었다.

잎사귀가 점점 우거지자 개는 더욱 거칠게 울부짖었다. 개가 개들을 불렀다. 개를 찾아 개들이 모여들었다. 진우는 깜빡 잠이 들었다 개들이 울부짖는 소리에 놀라 깨곤 했다. 입가에 추진

침을 닦으며 식식거리고 마당으로 쫓아 나가면, 개들은 뒤꼍 덤불로, 대문 아래로, 담 너머로 사라졌다. 진우는 개들의 그림자를 좇아 껌껌한 숲을, 성곽을, 주홍빛 나트륨등이 어룽진 골목길을 두리번거렸다. 그 집 창문에 불이 밝혀져 있었다. 진우는 방으로 들어가 출근할 때 입은 옷을 도로 챙겨 입고 양말을 갈아 신었다. 진우는 조심스레 그 집 대문을 두드렸다. 가끔 터널에서 소년과 맞닥뜨리고는 했다. 그때처럼 비가 내리지 않아, 소년은 금세 진우를 지나쳐 타박타박 발소리를 남기고 멀어졌다. 진우는 터널 끝에 서서 담배를 피워 물고 서서, 소년이 그 집으로 사라질 때까지 지켜보았다.

　소년은 러닝셔츠 바람으로 문을 열었다. 치약 냄새, 비누 냄새가 훅 끼쳤다. (비린내가 아니었다.) 진우는 좌호 집을 가리켰다. 개들이 울부짖는 소리는 희미했다. 소년의 눈빛이 희미하게 흔들렸다. 문을 붙든 소년의 겨드랑이 사이와 어깨 너머로 어항처럼 좁다란 방이 보였다. 진우는 더듬더듬 자초지종을 설명했다. 소년은 자신은 잘 알지 못한다며, 고로쇠 물을 마시러 간 할머니가 돌아오면 한번 물어보겠다고 했다. **저 집이죠?** 네. **주인이 바뀌었나 봐요.** ……아니에요. 가끔 돌보러 오는 거예요. **아…… 대신…… 그쪽도 여행 작가예요?** ……진우는 좌호 집으로 돌아가지 않았다. 걸음을 되짚어 소년이 사라지는 골목길을, 계단을, 터널을, 성균관대학교 후문을…… 걸었다. 노래를 부르고 싶었지만, 어떤 노랫말도 떠오르지 않았다. 머릿속에 어항이 든 것처럼 그 방의 모습이 출렁였다. 어쩐지 그 집으로 돌아가고 싶지 않았다.

'개'를 반복하다 보니, 짐승 털이 혀에 몽친 것처럼 목 안이 깔끄럽고 입천장이 탑탑했다. 진우는 냉장고에서 생수를 꺼내 벌컥벌컥 들이켰다. 진우는 낯을 달싹거리며, 책상 위에 놓인 어항을 들여다봤다. 손톱만 한 물고기는 어두울수록 반짝인다. 빛이 닿을 수 없는 심해 속에서도 물고기는 저 홀로 반짝일 것이다. 진우는 어항만 한 창문을 열었다. 좌호의 집이 저만치 올려다보였다. 초승달 아래 검게 엎드린 지붕이, 벽이, 창이, 담이 죄 빈집처럼 보였다.

진우는 가로 3걸음, 세로 5걸음인 이 방에서 가장 편안했다. 회칠한 벽도 길처럼 놓인 전깃줄도 세심한 손길도 느껴지지 않았지만, 두 사람이 접낫처럼 벌어졌다 하나로 합쳐지는 방. 둘이면서 하나일 수 있는 방. 구부러진 그림자를 맨살처럼 더듬고, 이불처럼 덮을 수 있는 방. 어항처럼 빤한 풍경이 전부지만, 진우는 자주, 가끔 차가운 손을 사타구니에 끼고 물음표처럼 엎드려 잠이 들었다. 귓바퀴를 핥듯 개가 울부짖는 소리도 없고, 머리맡에서 고양이가 새끼를 낳아도 모를, 터널처럼 좁고, 어둡고, 외로운[1] 방.

"그래도 3번이 가장 그럴싸한데."

---

1) 파블로 네루다, 「한 여자의 육체」, 『네루다 시선』, 정현종 옮김, 민음사, 2000.

문에서, 종로에서, 인사동에서, 남산에서, 부암동에서…… 좌
호를 만났다. 늘 어떤 사람이 중간에 보태지거나, 갑작스레 다
른 자리로 옮겼다. 좌호는 사람들 앞에서 다정하게 말을 건네다
가도, 진우와 둘만 있으면 답삭 화가 난 사람처럼 굴었다. 진우
가 견딜 수 없다는 듯. 진우는 늘 좌호를 만나는 자리에 나가면
서 긴장했다. 불편하고, 눈치가 보였지만, 어쩐지 자신이 누군
가의 그림자인 것처럼, 바닥에 내팽개쳐지고, 모서리에 굴절되
고, 투명인간인 것처럼 취급돼도 그 자리를 벗어나는 게 더 어
색하게 여겨졌다.

좌호의 집 열쇠를 건네받은 날도 그랬다. 월요일까지 연휴가
긴 금요일, 술자리가 길게 이어졌고, 진우는 좌호의 친구가 운
전하는 갤로퍼 뒷자리에 그림자처럼 앉아 있었다. 진우는 눈을
감았다. 입속이 그을음 낀 것처럼 답답했다. 진우는 양치질을
하고 싶다는 생각만 계속 되뇌면서, 좌호가 2권의 여행 책을 냈
다는 사실을, 다시 일 년 동안 여행을 떠난다는 이야기를 들었
다. ……그 말 속에서 진우는 계속 잠이 든 사람이었지만, 그들
이 주고받는 말들은 개가 귓바퀴를 핥는 것처럼 고스란히 남았
다. 슬며시 눈을 떴을 때, 창밖으로 잿빛 바다가 펼쳐져 있었다.
진우가 차창에 이마를 대고 바깥을 쳐다보자, 좌호의 친구가 깼
네, 진우를 돌아보며 차 안에서 담배를 피워도 괜찮다고, 목이
마르지 않느냐고 물었다. 좌호는 한마디도 하지 않았다.

좌호는 지붕에 미역을 말리는 아주머니에게 미역을 조금 살

수 있느냐고 물었다. 미역은 한 뭇에 만 원이었다. 진우는 미역 10장을 한 뭇이라고 부른다는 걸 그때 처음 알았다. 좌호는 미역을 사면서 횟감으로 남은 생선 뼈를 넣고 밀반죽을 넣어 끓이겠다고 말했다. 진우는 일상을 낱낱이 설명하는 좌호가 낯설었다. 진실하지 않다고 의심하는 것은 아니었다. 그저 꽃과 우주를 말하는 사람을 바라보는 것과 같은 마음이었다. 꽃과 우주 사이에 미역 한 뭇이 놓였다고 달라지는 것은 없었다.

등대섬에서 돌아오는 길에 소낙비를 맞았다. 물때를 비껴 드러난 큰 섬과 새끼 섬을 잇는 모세 길에서 바람에 놀치는 파랑으로 아랫도리를 함빡 적신 터였다. 진우와 좌호는 그늘이 깊은 동백나무 밑으로 뛰어갔다. 안경에 자꾸 김이 서려 진우는 아예 벗어 안경다리를 셔츠 주머니에 걸었다. 눈앞이 부예졌다. 진우는 좌호를 쳐다봤다. 그는 젖은 머리를 털며 건너편 산등성이를 올려다봤다.

"저기, 민박 집이 있었으면 딱 좋겠다."

그러고는 뒤를 돌아봤다. 좌호의 친구가 비에 젖은 나뭇가지를 흔들며 장난을 치고 있었다. 진우는 그 말이 자신을 향한 것인지, 그에게 건넨 것인지 가늠할 수 없었다.

비는 금세 걷혔다. 진우가 발을 뗄 때마다 젖은 신발 밑창이 잘박거렸다. 진우는 좌호에게 맨발을 보일 일이 자꾸 거슬렸다. 진우는 군대에서 무좀을 얻었다. 발바닥에 물집 같은 것이 잡히더니, 제대할 무렵에는 늘 여남은 개가 넘는 딱지가 앉았다. 인동초, 빙초산, 백반, 녹찻물, 소다, 모래찜질…… 헤아릴 수 없이 많은 민간요법을 들었지만 진우는 한 번도 적극적으로 무좀을 치료할 생각을 하지 않았다. 대신 어떤 자리든 맨발을 보이지 않았다. 어쩔 땐 매일 긁어내는 각질이나 염증, 종기 같은 것들이 없으면 나날이 외려 허전할 것 같았다. **세균 없는 병실보다 오줌 자국 즐비한 뒷골목이 덜 무료한 게 사실이지. 게으른 것도 알아.** 진우는 각질을 모아 지우개를 만드는 상상에 키득거리기도 했다.

진우는 좌호 등에서 점점 멀어졌다. 잘박거리는 발밑에서 물이 차오르는 것처럼 갑갑했다. 벗은 발을 보면 좌호가 눈살을 찌푸릴지 모른다. (좌노를 쳐다보는 표정이 또렷이 떠오른다.) 방에 돌아가면 맨발 바람으로 두런두런 이야기를 나눌지 모른다. 가끔 말과 말 사이의 휴지, 어떤 사소한 동선 사이 좌호의 다정한 말이 끼어들지 모른다. 진우는 심호흡을 하고 그 순간을 멈칫, 기다린다. 하지만 늘 멈칫,으로 그친다. 마치 날파리를 잡듯 허공을 그러쥐고 스르르 감기는 손짓과 상대를 응시하지만 이미 그 너머로 투과된 시선은 나뭇가지가 아니라 풀줄기에 매달린 것처럼 아뜩하게 휘청대는 순간으로 그친다.

민박 집에 돌아와 좌호는 마당의 수조에서 물을 길어 와 부엌 솥에 부었다. 불씨를 일구는 일은 생각보다 쉽지 않았다. 온 부엌에 하얀 연기가 가득 찼고 좌호와 진우는 연신 눈물을 닦고 재채기를 했다. 진우는 읍 이야기를 하고 싶었지만, 우두커니 아궁이 속을 들여다봤다. 좌호는 진우에게 구릿빛 열쇠 하나를 내밀었다. 그러고는 팔팔 끓는 물을 쳐다보며 심드렁하게 말했다.

"……저기 넣고 삶아버렸으면 좋겠어."

그날 밤도 술을 마셨다. 진우는 시부저기 술에 취하고 말았다. 오줌이 마려워 입맛을 다시듯 호로록 정신이 들었을 때, 두 사람이 두런두런 나누는 말소리가 들렸다. 진우는 풍선처럼 부푼 아랫배를 쓰다듬었다. 귀를 기울이지 않아도 그 말들은 물처럼 진우의 머릿속을 흘러 다녔다.

"술 먹으면 개야. ……개처럼 쫄쫄 따라다녔다니까. 멍청한 내 동생인 것처럼. 완전히 잊고 있었는데…… 어느 날 보니까 고시원에 틀어박혀 월급도 안 나오는 회사를 다니고 있더라고. 그래도 자존심은 있는지…… 자기가 퍽 잘난 줄 알아. 개처럼 칭얼거리면 얼러나 주지. ……아마 우리 집에 살라고 하면 좋아할 거야. 아마 네가 조금이라도 친절하게 굴면, 너한테도 개처럼 쫄쫄 따라다닐걸."

쫄쫄. 진우는 자주, 가끔 시냇물을 들여다보듯 그 말을 들여다봤다. 때로 스스로를 돌아보고 반성하고 싶은 기분이 들기까지 했다. 진우는 그때마다 얼떨결에 받아든 열쇠를 만지작거렸다. 낮은 목소리와 웃음소리가 바위 틈새에 고인 물처럼 귓바퀴에 고였다. 개. 가끔 '개'라는 보통명사가 '걔'라는 대명사로 바뀌기도 했다. 좌노의 귓불에 쓰고 고치기를 반복했던 낙서처럼. 그때 좌노의 몸에 새긴 글씨는 주로 어떤 이름들이었다. 진우는 책상에 엎드린 좌노의 손등에, 손바닥에, 팔등에, 목덜미에 이름을 쓴다. 수업종이 울린다. 아이들은 덩달아 비석처럼 이름을 새긴 좌노의 맨살에 제 이름들을 쓴다. 좌노는 몸을 바르작댄다. 그리고 울음을 터뜨린다. 진우는 더는 낙서할 데가 없어 제 손바닥에 낙서를 시작한다. 왼손 네 손가락에 H · A · T · E 오른손 네 손가락에는 L · O · V · E를 새긴 흑백영화 속 떠돌이 사기꾼처럼. 좌노와 진우는 교무실 앞에 우두커니 서 있다. 좌노는 울음을 그치지 않는다. 바보, 멍텅구리, 똥개. 복도를 지나가던 좌호는 좌노를 힐끗 쳐다보고는 그냥 지나가버린다. 진우는 저만치 멀어져가는 좌호의 등짝과 좌노의 손등에 쓴 제 낙서를 쳐다본다. '좌X호, 진X우' 글씨처럼 빤한 욕망, 빤한 고백.

진우는 불을 켜지 않고 푸르스름한 그림자 속에 꿇어앉아 무릎걸음으로 흘러내린 물을 걸레로 닦아냈다. 책상 끄트머리에 매달려 있던 물방울들이 바닥으로 뚝뚝 떨어졌다. 그 물방울들이 개울을 이뤄 바다를 흘러가듯, 읍과 성곽 너머 그 집까지 이어진 시간들이 길처럼 떠올랐다. 진우는 문득 억울한 생각이 들었다. 쫄쫄, 쫄쫄, 쫄쫄…… 물이 흐르듯 좌호를 따라다닐 수 없었다. 좌호 앞에 좌노가 있었고, 좌노 너머 좌호가 있었다. 좌호 앞에 형이 있었고, 형 너머 좌호가 있었다. ……물이 흐르듯 그를 따라 흘러 서울에서 다시 만난 것도 아니다. 그저 읍에서 서울까지의 지도처럼 동선이 같았을 뿐이다. 세상의 모든 읍에서 태어난 아이들이 도시를 꿈꾸듯이. 다만 쫄쫄 흘러가는 진우

앞에 어쩌다 보니 좌호가 다시 서 있었다. 진우는 좌호 앞에서 잠시 걸음을 멈출 수밖에 없었다. 그리고 진우는 신림동에서 서울 성곽 너머로 흘러왔을 뿐이다. 그리고 진우는…… 다시 혼자였다. 혼자 밥 먹고, 혼자 걷고, 혼잣말을 주고받는다. 혼자 자고, 혼자 보고, 혼자 웃는다. 새벽에 들쥐처럼 초코파이를 먹고, 하얀 우유를 마신다. 빵 부스러기를 돌돌 말아 구(球)를 만든다. 항문의 터럭을 쓰다듬어 뽑거나 코털을 뽑다 팽 눈물이 돈다. 창밖 나트륨등에서 스며든 길게 어룽진 그림자가 제 몸짓을 시늉하며 말을 건다. 그때마다 멀리서 개가 울부짖는 소리가 들린다. 쫄쫄, 쫄쫄.

진우는 오줌이 마려웠다. 진우는 손가락을 문 채 무지근한 아랫배 앞에 어항과 낫을 한손으로 붙안아 들었다. 처음 어항을 샀을 때처럼 두 손이 뻐듯했다.

3-1. 락스나 세제, 유리 부스러기보다 물고기가 훨씬 미끼 같지 않아?

(……   )

진우는 어항을 들고 좌호의 집 마당으로 들어섰다. 변죽이 깨진 그릇을 들어 뒤꼍 덤불을 향해 던지고, 개 앞에 물고기가 든 메마른 어항을 놓았다. 오요요, 진우는 혀를 굴러 개집 안에 웅크리고 있는 개를 불렀다. 눈을 흡떠 진우를 쳐다보던 개는 앓는 소리를 내며 엉금엉금 기어 나왔다. 더 야위고 더러워진 개를 향해 진우는 어항을 눕혀 아가리 속을 보여주었다. 개는 물고기가 아니라, 진우의 손가락을 핥았다. 피 냄새를 맡은 것일까. 검은 밭과 숲에서 사냥감을 발견한 개들이 사냥꾼을 부르듯 여기저기서 울부짖었다. 진우는 낫을 들고 우우우, 개의 목소리를 시늉해 대답했다. 개들은 더 큰 소리로 화답했다. 개가 사라진다 하여도…… 개들이 사라지는 방법이 더 이상 떠오르지 않았다. 개는 오롯이 진우의 몫이었다. V도…… 소년도…… 먼 곳에서 돌아온 좌호도 떠맡을 수 없는. 진우는 주머니에 든 열쇠를 만지작거렸다. 그리고 이제 조감도처럼 그 안이 그려지지 않는 좌호의 집 벽과 창을 물끄러미 쳐다봤다.

4. 개가 자살하든지, 네가 그 집을 몰래 떠나든지. 마치 그가 떠난 뒤 한 번도 들르지 않은 것처럼. 네가 사라진 것처럼.
……

"3이 그럴싸하지만, 아무래도 4가 더 현실적인 것 같아."
진우는 어떤 대꾸도 바라지 않았다. 진우는 우거진 덤불 가지 사이에 낫을 걸쳐 놓았다. 나뭇가지에 걸린 달처럼 그것은 그럴싸한 작별 선물처럼 보였다. 진우는 돌아서다 개 앞에 쭈그리고 앉아 물고기가 든 어항도 마저 풀숲으로 집어던졌다. 그리고 개의 턱을 어르며 말했다.

나는 너를 기른 게 아냐, 할 수 없어 그냥 옆에 둔 것뿐이야. 이렇게 살지 말자…… 우리.

진우는 처음으로 누군가에게 말을 건넸다. 개는 가냘프게 신음을 내뱉었다.

V는 돌아왔을까.

진우는 책처럼 펼쳐진 옥개석에 드러눕는다. 어항 같은 집도, 개가 웅크리고 있는 그 마당도 쳐다보고 싶지 않았다. 눈앞이 부예진다. 터널 어느 쪽으로도 갈피를 잡지 못해, 성곽 위에 퍼더버리고 누워 길을 잃어버린 것 같다. 낫 같은 초승달이 떠 있다. 낫과 달 사이에 비루먹은 개 한 마리가 어항 속에서 웅크리고 있다. 진우는 오줌이 마려웠다. 진우는 성가퀴에 두 발을 짚고 내려 철쭉나무에 웅크리고 앉아 지퍼를 열고 성기를 끄집어냈다. 아랫배에 힘을 줬지만, 온몸의 물기가 말라버린 듯 요도가 따끔거리기만 했다. 진우는 성기를 버젓이 드러낸 채 일어나 가운데를 탈탈거리며 어쩔 수 없이 성곽 아래 지붕들을 내려다봤다. 가빠나 방수포를 덮어쓰고 기왓장이나 시멘트 블록을 얹은 지붕들 새로 불빛이 하염없이 이어지고 있다. 진우는 자신이 문득 성을 지키는 소년병이 된 것 같다. 누군가 오고 있는 기척을 알리면, 불빛들은 풍문처럼 이어져 육지의 가장 끄트머리에 있는 그 읍까지 이어질지 모른다. 진우는 성기를 가만히 주물럭거린다. 물음표처럼 구부러졌던 성기가 느낌표처럼 일어난다.

진우는 손바닥에 묻은 정액을 까끌까끌한 성벽에 문댔다. 개들이 여기저기서 울부짖었다. 갑자기 머릿속이 어항처럼 출렁인다. V도, 좌호도…… 개도, 어항도, 성곽 너머 첫번째 그 집도, 어느 지붕에 놓인 상자 같은 방도…… 어쩌면 자기 자신도 자위처럼 허구일지 모른다는 생각이 든다. 진우는 주머니를 뒤져 언제 자물쇠와 몸과 그림자처럼 만났는지 가물거리는 구릿빛 열쇠를 성곽 아래, 그 지붕들을 향해 힘껏 내던졌다. 진우가 던진 열쇠가 대문의 자물쇠를 따고 방 안으로 들어간 것처럼 어떤 집 창이 찰칵, 나트륨등처럼 반짝이는 모습을 보았다. 진우는 가운데를 버젓이 드러낸 채 옥개석 끝에 걸터앉았다.

세상에서 가장 쓸쓸한 돌기는 성곽 위에서 홀로 시들어갔다.

늪의 교육

11층 ↑ 늪

연기처럼 어스레한 길을 지나, 목젖처럼 짧고 깊은 어감과 달리, 늪은 고체였다. 길고 딱딱하고 차가웠다. 맑이 맨 처음 본 늪은 바다를 가둬 개흙이 붉게 마르고 있다는 신문 기사 사진이다. 그러고는 늪,을 호출해 회색 바다, 녹슨 갈밭, 흘수선까지 푸르스름하게 마른 폐선, 벽돌색 고무대야에 담긴 물고기, かもめ, 검은 개펄, 뢴트겐 사진에 찍힌 뼈처럼 드러난 구조물, 붉은 글씨가 씐 플래카드, 안개⋯⋯를 일별했다. 아쉬웠지만, 원경에 정말 고층 건물이 있었고, 세상에서 떠밀린 풍경은 아니라고, 맑은 안도했더랬다.

맑은 종점에서 내려 고층 건물 숲으로 깊어질수록 자신이 물리변화를 일으키고 있는 연료 같다는 착각이 들었다. 주먹의 엄지와 집게손가락에 입술을 붙이고 잔기침을 해야 할 것 같은, 노랗게 젖은 아침이다. 지하철 1호선과 마을버스를 타고 오는 동안, 맑은 무개화차에 실려 늪에 부려지는 석탄을 상상했다. 숱한 터널을 지나왔기 때문은 아니다. 전동차는 외려 막장처럼 깜깜한 굴속이 아니라 낮과 지상으로 이동했고, 찬김이 서린 버스 차창을 손바닥으로 훔치면 네온등 간판과 길가에 선 나트륨등이 열매처럼 반가웠다. 구로나 독산을 지날 때 낡은 파이프나 검게 얼룩진 잔설을 보았거나, 마스크와 선글라스로 얼굴을 월식처럼 가린 갱부 같은 사내가 차창에 얼비친 제 앞을 가로막아 선 순간부터였을 것이다. 팔짱을 끼고 앉은 흐릿한 그림자 위로 **탄가루 같은 어둠**이 흩날렸고, 늪이 가까울수록 그림자를 둘러싼 풍경은 죄 **그을음**이 낀 듯 어슴푸레했다. 맑은 목이 말랐고, 살갗을 긁었다.

맑은 늪의 북쪽을 뒤돌아봤다. 채 마르지 않은 머리카락 끝을 꾹 쥐어짜면 노란 진물이 뚝뚝 떨어질 것처럼 먼지 안개가 두껍다. 애드벌룬처럼 뚱뚱한 소녀를 삼킨 어스레한 허공중에, 황색 점멸 신호등이 멀리 끔뻑거린다. 소녀는 횡단보도 건너편에서 5발짝 남짓 떨어진 길턱에 웅크리고 있었다. 맑은 도로반 사경이라고만 짐작하다, 그것이 단발머리와 검정색 교복, 운동화 차림의 거대한 계집아이라는 걸 알아채곤 진절머리 치며 그 자리에 멈춰 섰다. 때마침 신 바닥이 달싹일 만큼 레미콘 트럭이 내달렸는데도, 소녀는 정거장처럼 옴짝달싹하지 않았다. 소녀의 어깻죽지를 꼬집어보고 싶었지만…… 맑은 다만 무서웠다. 맑은 안개의 앙금에 나뒹구는, 댕강 잘린 발목만 담긴 한 켤레의 신발을 상상하며 신호등을 올려다봤다. 멈칫, 소녀를 걱정하는 마음을 잊고, 그만 노인의 말을 신뢰해도 되지 않을까, 그런 생각이 들었다.

맑이 늪에서 하는 일은 노인이 실수처럼 흘린 문서들을 컴퓨터에 옮기고 매만지는 게 고작이었다. 북쪽이 고향인 지역 선거 출마자가 걸어온 길, 늪 기념관 안내문, 프랜차이즈 거리 제한, 초상권 침해…… 사이에 늘 황색 점멸 상태인 신호등 탓에 교통사고가 날 뻔했다는 소장이 있었다. 맑은 대부분의 명사가 한문으로 씐 청구 취지와 원인을 자전을 검색해 겨우겨우 풀어내며, 늘 깜빡거리는 황색 신호는 고장이 아니라, 건너고 달리는 서로서로가 제가끔 주의해야 하는 애매한 신호 체계라는 사실을 알았다. 맑은 휴대전화를 꺼내 시간을 확인했다. 귀머거리일지 모르는 소녀와 실랑이를 벌이다간 아침을 거를지도 몰랐다. 맑은 파도처럼 부풀었다 잦아드는 두둑한 등허리에 비겁하게 안도했고, 큼큼 마른기침을 지어내며 노란 먼지 안개 속으로 서둘러 몸을 숨겼다. 곧 먼지 안개 너머 모눈들처럼 **빽빽한 창과 벽**, 기둥이 나타나고, **검부러기**처럼 날리는 상상도 그 고체의 늪에 가로막혀 딱딱하게(맑은 찰나 **빙하기의 순간 하늘을 헤매다 허공에 얼어붙은 새 떼**를 상상한다) 굳어버릴 거라는 걸 알았지만, 맑은 여느 때보다 한결 여유로운 얼굴이었고, 사뭇 기대에 들떠 보이기까지 했다.

맑은 늪의 1층에 유일하게 불을 밝힌 편의점으로 들어가 블랙커피와 달걀 샌드위치를 샀다. 맑은 샌드위치를 전자레인지에 데우며, 녹색 선반에 배꼽을 붙이고 어둠침침한 출입구에 편의점의 연둣빛 간판이 어룽진 늪을 올려다봤다. 아침밥을 굶으면 안 된다는 노인의 이야기를 들은 뒤로, 들큼한 음식 냄새가 배지 않으면 마치 늪으로 들어갈 수 없을 것처럼, 설탕을 넣지 않은 뜨거운 커피를 홀짝이고 따뜻한 빵을 씹는 게 일과가 되었다. 맑은 샌드위치가 데워지는 진동 소리를 들으며 온수기에 찬 손을 붙였다 뗐고, 깡통 커피 뚜껑을 집게손가락으로 딸각거렸다. 멈춘 시곗바늘을 여덟 눈금 돌려야 하듯 사소하게 긴장했고, 누군가의 눈길을 의식하듯 조심스레 샌드위치 비닐을 벗기고, 흐무러진 양배추로 바숴진 달걀을 훑어내 라면 찌끼가 말라붙은 소쿠리에 버렸다. 소소하게 까탈을 부리는 자신의 취향이, 어느 순간 노인을 시늉하고 있다는 자각에 맑은 얼굴이 달아올랐다.

인터넷 구인광고에서 늪의 주소를 처음 봤을 때 조회 수는 50을 넘기지 못했다. 맑은 주소 때문이라고 생각했다. **○○시 ○○동 팔로스 1109호(○○역에서 ○○ 방향 마을버스 20분 거리, ○○늪 하차).** 말로 꼼꼼하게 푼 약도를 본 순간, 맑은 한때 물이 차고, 빠지고, 고깃배가 떠다니는 그곳에 가본 적이 있다는 사실을 깨달았다. 맑은 구운 조개껍데기에 남은 관자를 앞니로 긁으며 갈매기에게 새우깡을 물렸고, 낮술에 취해 테트라포드에 드러누운 사내가 집어 던진 소주병 조각으로 바닥에 제 이름을 새겼다. 기억이 맞는다면 그곳은 분명 바다인데, 사람들은 하나같이 그곳을 늪이라고 불렀다. 파도가 찰싹이는 바다는 몇 킬로미터 떨어진 방파제 너머로 밀려났고, 수문을 열어도 물길은 콘크리트로 매립한 부두를 적시지 못하고, 갈밭이 우거진 곳 어귀만 기웃거렸다. 밀려난 바다, 고인 바다, 파묻힌 바다……가 죄 늪이었다. 맑은 늪,이라고 발음해보았다. 늪은 서울에서 멀었지만, 맑은 밀려난 바다처럼 먼 거리 때문에 왠지 자신감이 솟았고 팔로스라는 이름의, 또한 늪에서 일하고 싶다는 애착이 생겼다. 더욱이 늪의 11층, 11층 늪은 맑이 마지막으로 다녔던 직장과 같은 층이었다.

맑은 사람들이 몇 층인지 쉽게 가늠할 수 없는 고층 건물에 들어가는 게 자랑스러운 시간이 있었다. 원남동에 있는 그곳의 11층 서쪽 유리창 앞에 서면 세운상가와 종묘공원이 한눈에 내려다보였다. 28개의 책상이 있는 11층 그 방에서, 맑은 점심시간에 혼자 도시락을 먹은 다음 창가에 서서 골목과 지붕, 숲과 사람들을 내려다보는 열두 시 삼십오분을 가장 좋아했다. 검은 나무들이 연둣빛 잎을 졸망졸망 틔우면, 노인들도 새순처럼 공원으로 쏟아져 나왔다. 노인들은 스피커 소리에 맞춰 는적는적 춤을 추거나, 신문지를 깔아놓고 화투를 치다 중씰한 여자의 무릎을 베고 잠이 들었다. 붉고 푸른 등산 조끼를 입은 노인들의 모습은 엎질러진 물감 같았다. 맑은 그 풍경에 포함되지 않았다는 사실에 안도감을 느끼며, 저금을 조금 늘려야겠다고 다짐했다. 어느새 점심시간이 끝나고 어떤 사람이 칫솔을 입에 물고 맑의 파티션 앞을 지나다 아휴 반찬 냄새, 핀잔을 주어도 맑은 언짢지 않았다.

노인들의 모습이 나뭇잎에 가려 보이지 않는 어느 월요일 아침, 28개의 책상이 들어 있는 방은 문이 잠겨 있었다. 스물여덟 사람은 문에 붙은 A4용지 약도를 따라가 14개의 책상이 있는 좁은 방과 복도에 서서 웅성거렸다. 맑은 어떤 일에서든 늘 뒤에서 네번째 정도 되어서야 움직이는 편인데, 사람들이 울음을 터뜨리고, 벽을 주먹으로 내리치고, 아래위층을 어수선하게 오가는 동안, 자신이 몇 번째 순서인지 도무지 가늠할 수 없었다. 맑은 결국 제가 몇 번째인지 모른 채 11층을 떠나야 했다. 14개의 책상에 선뜻 앉지 못하고 서성이는 사람 벽에 가려, 도무지 제가 앉을 수 있는 책상을 찾을 수 없었다. 맑은 그날 한낮에 처음으로 다시는 올라갈 수 없을 고층 건물을 올려다봤다. 종이상자를 붙안은 탓에 손차양을 만들어 해를 가릴 수 없어 눈물이 맺힐 만큼 눈알이 시렸다. 맑은 실눈을 뜨고 층수를 하나하나 헤아렸다. 어쩐 일인지 자신이 섰던 자리와 층수를 도무지 골라낼 수 없었다.

맑은 속이 앙상해진 빵을 씹으면서 늪의 아랫도리를 새삼스레 훑어봤다. 구멍처럼 깜깜한 유리에 ×로 지른 테이프와 경고문, 신문지가 붙어 있다. 맛을 모르겠는 음식을 삼키면서 바라보는 풍경이, 어쩌면 아무리 홈빨아도 녹지 않는 고체를 입속에 머금고 있는 기분 같은 게 아닐까, 하고 맑은 생각했다. 그 맛처럼…… 늪의 11층에 무엇이 들어 있는지 아무도 모른다, 모를 것이라고. 맑은 늪의 11층에 들어가기 전까지 한 번도 타인의 문, 그 너머에 무엇이 들어 있는지 몰랐고, 궁금해하지도 않았다. 도시의 11층이나 3층, 18층…… 지하라고 다르지 않았다. 누군가 손잡이를 거머쥐고 오른쪽이든 왼쪽이든 살짝 비틀어 서서히 드러나는 공간들은 그저 맑이 들어가야 할 문을 둘러싼 벽들에 지나지 않았다.

노인이 처음 건넨 말은 아침밥을 챙겨 먹었느냐, 하는 것이었다. 맑이 뭐라 대꾸하기 전에, 노인은 애당초 맑의 말에는 관심 없다는 듯, 맥모닝을 먹어본 적이 있느냐고, 날이 흐리면 뜨거운 커피와 베이글에그맥머핀이 먹고 싶어진다며 윗입술을 핥았다. 그러고는 늪에 하루빨리 패스트푸드점이 들어서야 한다며, 프랜차이즈가 그 지역의 품격이라고 말했다. 맑은 커피와 달걀을 싫어했고, 예전에 「슈퍼사이즈미」라는 다큐멘터리 영화를 본 뒤로 프랜차이즈를 신뢰하지 않으며, 아침부터 패스트푸드를 삼키면 오전 내내 속앓이를 할 것 같았지만, 노인에게 잘 보이고 싶어 그저 맥도날드 로고처럼 미소했다. 맑의 속내를 꿰뚫어본 것처럼, 노인은 어떤 음식을 좋아하지 않는 대부분의 경우는 정말 제대로 된 그 음식을 먹어보지 못했기 때문이라고 뇌까렸다. 그러면서 북촌에 가면 조그만 커피집이 있는데, 사내가 숯불에 직접 볶아주는, 숯내가 밴 새큼달큼한 이르가체페를 뜨겁게 마시고 싶다며 숯가루가 날리듯 어스레한 창밖을 멀뚱히 내려다봤다. 맑은 노인의 시선을 좇지 못하고 그저 새큼달콤,이란 단어를 혀에 침이 흥건하게 괼 정도로 되새겼다.

사사로운 이야기에는 쌀을 고르듯 섬세한 노인은 뚜렷한 일감을 주지 않았다. 책상에 앉아 두꺼운 책을 넘기며 뭔가를 끼적이다, 마치 맑이 방심하는 순간을 기다린 것처럼 사소한 문서를 매만지게끔 했다. 패스트푸드와 순전히 수작업으로 내리는 커피의 간격처럼 노인이 주는 일감은 들쑥날쑥했다. 노인은 온종일 11층에 머물지도 않았다. 모든 속옷이 흰색이 아닐까, 싶을 만큼 깔끔해 보였지만 다행인지 시간관념은 허술해 보였다. 노인은 간단한 언질만 남기고 자리를 비웠다가 점심이나 해 질 무렵 무람없이 돌아왔다. 맑은 혼자 남아 전임자가 남긴 문서들을 기웃거리거나, 누군가의 자서전 한 페이지를 '빈문서'에 복사해 교정교열을 해나갔다. ……열두 시를 넘긴 시곗바늘이, 모니터의 글자들이 쌀알처럼 여겨지는 삼십 분을 넘겨서야 맑은 노인에게 전화를 걸고 편의점에서 라면이나 샌드위치를 사 먹었다. 아침마다 도시락을 준비할까, 갈등했지만 양미간을 찌푸리는 노인의 얼굴을 상상하곤 동전 가방에서 500원짜리만 따로 골라 챙겼다. 일거리가 허무한 생각이 들면, 맑은 어느 순간부터 노인을 기다리는 게 늪의 직업이 아닐까, 착각이 들 만큼 하염없이 노인을 기다렸다. 텅 빈 사무실에 혼자 앉아 잠시 화장실에 가려고 자리를 비우는 것도 조심스러웠고, 건조한 점심을 먹고 난 뒤 창가에 서서 아래를 내려다보는 것도 망설여졌다. 어쩐지 의자와 책상을 등지고 늪을 내려다보면, 한순간 구멍처럼 펼쳐진 먼지 안개가 자신을 답삭 끌어내려 그 속에 포함시킬 것만 같아 두려웠다. 허공의 벽에 갇힌 듯 죄어오는 갑갑함에 몸서리치다……멀리서 엘리베이터가 멈추고, 발소리가 가까워지면 맑은 문득…… 강간당하지 않을까, 그런 상상에 사로잡혔다.

한번 불거진 상상은 늪처럼 맑을 점점 잠식해들었다. 노인이 돌아와 오랫동안 침묵하는 순간에는 그 상상이 더했는데, 맑은 먼지 안개에 홀려 늪 깊숙이 발을 담그듯 그 상상 속으로 하염없이 빨려들었다. 맑은 의자에 몸을 깊이 묻고 눈을 감은 노인을 의심스러운 눈초리로 힐끗거렸다. 하루하루 두꺼워지는 늪의 먼지 안개처럼 의심은 맑의 성격이 된 것 같았다. 노인이 마른 입술을 핥거나 사나운 꿈을 꾸는 듯 눈살을 찌푸릴 때마다, 맑은 날카로운 갈잎이나 갑각류에 베이듯 놀라 호로록 군침을 다셨다. 차라리 곁눈질을 들키고 싶었지만, 노인은 집요하게 감은 눈을 뜨지 않았다. 숨을 쉬는지조차 의심스러웠다. 가끔 등허리를 꿈틀거리면 하얀 소매 사이로 드러난 검버섯 핀 손등과 손가락이 시력이 없는 동물처럼 의자 손잡이를 그러쥐었고, 가운뎃손가락이 시곗바늘 박자를 헤아리듯 저 혼자 까닥거렸다. 10번, 20번…… 저 혼자 까딱까딱 솟았다 잦아드는 손가락은, 한 번도 노동해본 적이 없는 것 같은 단정한 손가락은, 미처 수습하지 못한 하얀 속옷 새로 드러난, 평생 즐거움만 누린 성기 같았다.

맑은 하마터면 손을 뻗어 노인의 졸음을 지분거릴지도 모른다는
두려움에 자리에서 슬그머니 일어났다. 맑은 좌변기에 쭈그리고
앉아 오랫동안 두 손에 얼굴을 묻었다. 갈증이 났고, 얼굴이 뜨
거웠다. 노인의 성욕을 제멋대로 가늠하고 있는 어그러진 상상
은 괜스레 신발을 짝짝이로 신고, 손톱 거스러미를 피가 날 때
까지 벗기고, 갓 아문 상처의 딱지를 떼어내고 싶은 욕망처럼
뒤틀린 것이었다. 맑은 늪에 온 것을 후회했고 울고 싶었지만,
또다시 11층을 올려다보기만 하는 시간으로, 책상과 의자를 잃
어버린 시간으로 돌아가고 싶지 않았다.

맑은 씹던 빵을 내뱉어 냅킨으로 감쌌다. 커피를 홀짝여 입을
축축하게 한 뒤, 냅킨 몇 장을 겹쳐 입속에 갈근거리는 빵가루를
마저 뱉어냈다. 여느 날 같으면 억지로 끝까지 삼켰을 테지만,
오늘따라 샌드위치는 입맛에 맞지 않았고, 끼니는 시늉만으로도
충분하다는 생각이 들었다. 맑은 냅킨에 스며 손바닥에 밴 침을
얼떨결에 혀끝으로 핥았다. 뒤미처 더럽단 생각에 냅킨으로 손
금을 닦아내다, 새삼 얕게 팬 상처가 눈에 들어왔다. 꽃 아니면
물고기에 베인 상처이다.

지난 토요일, 맑은 늪에서 길을 잃고 말았다. 집으로 돌아가
는 길이었고, 점심시간이 없다고 방심해서인지 무심코 창밖을
내려다본 날이었다. 맑은 아침저녁으로 오가던 늪의 어떤 이정
표도 기억나지 않았고, 이름을 호출해 연습했던 늪도, 노인이
짧게 발음했던 먼지 안개에 갇힌 늪도 그 흔적조차 찾아볼 수 없

174

었다. 맑이 찾아갈 수 있는 늪은, 제 등 뒤에 기둥처럼 우뚝 선 11층 늪뿐이었다.

홀린 듯 노란 창밖을 내려다보고 있는 맑의 얼굴 옆에, 어느 결에 노인의 모습이 어스레한 안개 너머에 얼비쳐 있었다. 맑이 화들짝 놀라자 노인은 맑의 어깻죽지를 가볍게 두드렸다. 노인은 먼지 안개 멀리 흐릿한 지붕들을 가리키며 늪에 와본 적이 있느냐고 물었다. 늪,이라는 발음은 질흙처럼 질척이지 않고, 짧고 깊었다. 맑은 어림짐작으로 방파제 너머, 수평선처럼 떠밀린 바다를 말한다고 생각했다. 맑은 고개를 주억이고, 어릴 때 부모와 항구에 놀러온 적이 있다고 대답했다. **이곳 사람들은 그곳을 안개라고 불러.** 노인은 지붕에서 집게손가락을 조금 올려 어스레한 허공을 가리켰다. 그러고는 다시 지붕으로 유리창을 내리그었다. **저곳을 늪이라고 부르지.** 노인의 손가락을 따라 성게 알 같은 진물이 뚜두둑 터질 것 같았지만 먼지 안개는 유리온실의 식물처럼 멀쩡했다. ······**저긴 무덤** ······**저긴 새** ······**저긴 갈대** ······**저긴 공룡** ······ 노인이 가르쳐준 지명은 세상이 시작했을 때의 말처럼 담박했다. 맑은 노인이 자신을 놀리거나 거짓말을 한다는 생각은 하지 않았다. 맑은 그저 소곳한 모습으로 늪에 관한 노인의 설명이 이곳에 와 처음 받은 일감인 것처럼, 먼지 안개에 갇혀 보이지 않는 지명들을 가만히 되뇌었다.

노인의 손가락을 따라 늪의 멀고 가까운 곳까지 짐작할 수 있었기 때문일까, 맑은 되레 야릇한 설렘을 안고 먼지 안개 속으로 그냥 걸어갔다. 걷다 보면 짠물에서 건진 바다 동물의 등허리를 타넘듯 물컹거리는 질흙이나, 한때 바다를 머금은 늪을 만나는 것도 나쁘지 않을 것 같았다. 더욱이 노인의 말대로라면 늪(들)은 분명 이곳에 존재하고 있었다. 50발짝쯤 걸었을까, 정말 눈앞에 비린내를 풍기는 좁다란 골목과 낮은 지붕들이 홀연히 나타났다. 맑은 노인이 말한 늪이라고 생각하고 주위를 두리번거렸다. ……그렇게 지상의 늪에 한눈팔고 있는 사이, 맑은 먼지 안개 속에서 갑자기 나타난 소년과 부딪치고 말았다. 순간 허벅지가 축축해지면서 활활 타오르는 불길에 물을 끼얹은 듯 짙은 비린내가 끼쳤고, 맑은 물컹거리는 바닥에 그만 미끄러지고 말았다. 맑의 손등에 물고기의 머리, 내장, 지느러미……가 토사물처럼 뒤덮였다. 맑은 너무 놀라 비명을 지르지도 못했다. 소년은 바닥에 흩어진 구정물과…… 맑의 손바닥에 깔린 꽃다발을 황급히 들통에 쓸어 담고는, 바닥에 쓰러진 맑은 거들떠보지도 않고 늪의 어딘가로 사라졌다. 맑은 손바닥에 묻은 꽃잎과 점액질을 떼어내며 소년을 노려봤다. 하지만 꾸덕꾸덕 마른 물고기의 몸에서 피어오른 노란 곰팡이처럼 먼지 알갱이만 맑의 눈과 목구멍을 간질였고, 설령 바다를 찾아가도 노인의 손가락 같은 물고기들이 노란 바닷속을 유영하고 있을 것 같았다.

　노인의 발음처럼 담박한 늪은 존재하지 않았다. **안개, 새, 갈대**…… 맑은 늪을 내려다보며 노인이 지어낸 말이든, 늪의 정직한 호칭이든, 자신도 늪을…… 늪이라고 담박하게 말하고 싶었다. 하루하루 늪을 이해하려고 노력했지만, 늪의 영역은 그만큼 넓고 견고해졌다. 처음엔 첨탑만 바라고 길을 헤아리다, 점점 길눈이 밝아지고, 성벽의 둘레가 어디까지인지 더욱 가늠할 수 없게 된 것처럼. 진창에서 겨우 빠져나온 것처럼 젖고 끈적끈적해진 몸을 내려다보면서, 맑은 노인이라는 늪에 깜빡 홀려, 잠시 늪을 오해한 자신이 우스꽝스러웠다. 간결한 발음은 진실이 아니었고, 다만 짧고 담박한 발음이 낯설어 그 자리에 유리창처럼 딱딱하게 멈춰 선 것일 뿐이었다. 맑은 노인의 손가락이 가리킨 엉뚱한 방향을 짐작하며, 저도 모르게 웃음을 터뜨렸다. 웃음소리를 들은 것처럼 소년이 사나운 눈빛으로 힐끗 뒤돌아섰다. 맑은 접수됐는지 의심스러운 소장, 사뭇 젊은 입맛, 얕은 잠, 친절한 말……이 당근과 채찍으로 자신을 끊임없이 견줘보는 노인의 지루한 시험일지도 모른다는 생각이 들었다. 늪의 지명도 하나의 시험일지 몰랐다. 하지만 그 답이 무엇인지, 노인이 무엇을 겨냥하고 있는지 도무지 짐작할 수 없었다. 침묵은 비겁하고, 친절은 시시했다. 맑은 담박해지고 싶지 않았다. 그것을 견뎌야 한다면, 그것이 노인의 시험이라면, 어차피 자신은 지금처럼 침묵 속을 기웃거리며, 끊임없이 무수한 답을 상상하는 수밖에. 불안에 이끌려야 편안해지듯, 끊임없이 의심하는 수밖에. 하지만 맑은 늪에 존재하지 않는 사람처럼 굴더라도, 먼저 뒤돌아서는 일은 없을 것이라고 다짐했다.

맑은 꽃 혹은 물고기의 상처에 혀끝을 날름댔다. 상처에서는 달달한 맛이 났다. 맑은 상처를 꾹 쥐고 커피를 홀짝이며 편의점 출입구로 걸어갔다. 들어올 때는 미처 몰랐는데 창에 붙은 진열대에 졸업식과 밸런타인데이, 대보름을 겨냥한 기념품들이 차곡차곡 쌓여 있었다. 꽃바구니와 초콜릿, 호두와 잣을 담은 바구니를 보면서 맑은 노인에게 뭔가 선물을 하고 싶다는 생각을 했다. 맑은 꽃잎을 무심코 쓰다듬었다. 하지만 진짜처럼 보였던 장미꽃 잎은 딱딱한 조화였다. 맑은 새삼 젖은 바닥에 흩어진 녹슨 닻처럼 날카로운 생선 머리와 꽃잎을 떠올리고는 부르르 진저리를 쳤다. 맑은 제 몸을 **연료 삼아 길을 밝히는 벌레**처럼 또다시 먼지 안개 속을 더듬어 나갔다. 깜깜하고 외진 밤, 날벌레의 희미한 소란이 고요를 깨뜨리는 게 아니라 단단한 침묵의 켜를 새삼스레 환기시키듯, 늪으로 점점 깊어지는 맑의 그림자는 늪의 나머지, 을씨년스러운 사각지대의 텅 빈 기척을 더욱 도드라지게 했다.

늪→안개

개 20마리를 키우는 소년. 사료를 먹일 돈이 없어 구정물을 얻으러 온종일 시장을 도는, 오래전부터 아침저녁으로 회색 짠물이 넘나드는 늪의 서쪽 어딘가에 살고 있는 가난한 소년. 사람들이 짐작하는 맑은 그랬다. 사람들의 말마따나 맑은 늪이 키웠다. 부모는 맑을 버렸고, 학교는 맑을 잊었다. 그래도 맑은 세상의 늪이 품은 동물처럼 골고루 자랐다. 악어처럼 이가 단단했고,

노루처럼 눈치가 재발랐으며, 뱀처럼 지혜로웠다. 팔다리는 늪 깊숙이 뿌리 내린 갈대처럼 얄따랬지만, 어떤 상처에도 검질겼다. 낡은 오롯이 스스로의 주인이 되었다. 어쩌면 낡은 늪에서 스스로를 신앙으로 여길 수 있는 몇 안 되는 인간일지 몰랐다. 사람들도 터주처럼 심드렁한 낡을 내놓고 무시하지 못했고, 께름칙하지만 낡을 제가끔 떠안는 것으로 액땜 같은 안도감을 느꼈다.

낡이 들통을 들고 시장을 순례하면, 사람들은 이것저것 질문을 던졌다. 물고기를 파는 여자는 대야에 담긴 머리와 내장, 지느러미를 들통에 쏟아 부으며 할아버지는 건강하냐고 물었다. 낡은 얇게 고개를 주억였다. 매운탕을 끓이는 여자는 밥알과 흐무러진 채소, 김칫국물로 팽팽한 봉지를 떨어뜨리며 할머니는 다리가 나았냐고 걱정했다. 낡은 바닥에 떨어진 배추 잎을 신코로 긁어 들통에 던졌다. 젓갈을 파는 여자는 아빠의 근황을 궁금해했고, 회를 뜨는 사내는 아무것도 묻지 않았다. 학교를 나갈 때도 교사의 질문에 대답해본 적이 없는 낡은, 어느 결에 침묵은 오답이 아니라 가장 그럴싸한 정답이라는 사실을 깨달았다. 때로 침묵하게 되는 질문 가운데는 누구보다 낡이 정답을 알고 있는 경우가 많았지만, 낡은 혀로 아래윗니를 훑으며 모든 말을 삼켰다.

구정물의 무게만큼 한쪽 어깨가 비뚜름해지듯 해가 기우는 시간, 더러 늪을 물어오는 사람들이 있었다. 자신들의 주소는 늪이 아니라는 걸 강조하듯 고개를 갸웃하며 두리번대는 사람들은 대개 늪을 오해하고 있었다. 빌딩이 들어선 늪의 서쪽에서는 개펄의 늪을 물었고, 개펄의 늪에서는 빌딩이 들어서 이제 딱딱한 더께가 덮인 늪을 물었다. 더러 바닷물이 차고 빠지는 늪을 기대한 사람들은 **안개**까지 나가 잿빛 바다에 담배꽁초나 가래침을 뱉은 휴지 조각을 던지고 돌아갔다. 콘크리트로 매립해 편편한 부두와 곳에 오래전부터 늪을 버텨온 횟집과 가게, 시장이 있었지만 사람들은 물고기의 상태를 의심하고, 트럭 포장마차 앞에 서서 어묵이나 컵라면을 깨작이며 땅값과 잊힌 소문을 주워섬겼다. 한 사내가 낚싯바늘을 물고 떠오른 바다, 얼굴 없는 계집애의 오른쪽 종아리가 십자가처럼 꽂혔던 개펄, 물고기의 입술이 낸 구멍을 현무암처럼 단 여자가 메말라가던 갈밭……을 어렴풋이 기억하는 그들의 눈은 한때 쥐 떼처럼 늪으로 모여든 사람들과는 달리, 늪의 공기에 감염된 물고기처럼 흐리멍덩했다. 사람들은 금세 눈곱이 낄 것 같은 눈으로 새삼 늪에 실망했고, 늪의 경계와 영역을 과시하듯 말뚝처럼 우뚝 선 빌딩을 힐끗거리다, 주눅 든 눈으로 한 소년에게 눈길을 돌린다. 무엇이든 풍경이 목적인 사람들이었다. 사람들은 동행의 옆구리를 지분거리며 더럽고 비린내를 풍기는 소년의 눈이 무섭다고 수군거렸다. 얼마나 숱하게 무서운 일을 겪었으면 귀신을 알아챈 개 눈처럼 빛이 난다고. 낮이 귀를 쫑긋거리며 눈을 지릅뜨면 사람들은 늪 어딘가로 딴청을 부렸다.

늙은 오래전 키가 작고 말라깽이였을 때 그 눈빛을 배웠더라면, 아쉬운 입맛을 다셨다. 그랬더라면…… **날 좀 숨겨줘,** 어제처럼 아무렇지 않게 부탁해온 계집애는 애당초 자신에게 접근할 엄두를 못 냈을 것이다. 늙은 계집애를 한눈에 알아보았다. 계집애는 초등학교 때보다 더 뚱뚱해졌다. 딴엔 숨바꼭질하듯 늪의 그늘과 벽, 골목 여기저기에 몸을 숨겼지만, 거대한 계집애가 가쁜 숨을 고를 수 있는 곳은 하늘이나 바다밖에 없을 것처럼 존재가 빤했다. 늙은 골목에 갇힌 먼지안개를 피하듯 계집애를 외면했다. 또다시 똥과 오줌으로 뒤섞일까 봐 다랍고 께름칙했다. 아이들은 계집애를 똥, 늙을 오줌이라고 불렀다. 늘 지린내가 밴 더러운 옷의 오줌과 꾸역꾸역 삼킨 음식이 살가죽을 비집고 타질 것처럼 몸속에 무덕무덕 쌓인 똥. 똥오줌은 처음에는 2분단 가운데 줄에 앉았다. 수업 시간 내내 교사가 판서를 하려고 돌아서면 아이들의 소란이 끊이지 않아, 교사는 똥오줌을 맨 뒷줄에 따로 앉게 했다. 수업 시간이 끝나면 똥오줌 발치에는 씹던 껌, 코를 푼 휴지, 똥과 오줌이 흘레붙고 있는 낙서가 수북했다. 점심시간은 아이들의 축제였다. 배식 당번을 맡은 아이들은 늙의 식판에는 음식 꼬투리만 얹었고, 계집애의 식판에는 음식을 산더미처럼 쌓았다. 늙이 앉을 자리를 찾지 못해 헤매고 있을 때, 계집애의 울음소리가 들렸다. 늘 뒤늦게 돌아온 교사는 계집애에게 밥 한 톨 남기지 말라며 윽박질렀다. 계집애는 젖고 시뻘게진 얼굴을 훔치며 음식을 꾸역꾸역 밀어 넣었다. 꿈틀거리는 볼과 입술을 보자 낡은 게울 것처럼 어금니에 침이 괬다. 계집애의 양 볼이 풍선처럼 점점 부풀어 올랐고, 낡은 풍선이 터지는 순간을 기다리듯 온몸에 소름이 돋았다. **빵.** 어느 순간 계집애의 입가로 으깨진 밥알이, 김치 가닥이, 갈색 당면이…… 지렁이처럼 줄줄 딸려 나왔다. 낡은 계집애를 죽이고 싶다고 생각했다.

날 좀 숨겨줘. 마치 시간을 되짚어 조무래기들이 뒤쫓기라도 하는 것처럼 계집애는 다급해 보였다. 똥오줌이었을 때, 낡은 계집애를 알은체한 적이 없었고, 계집애도 낡을 끝끝내 모른 체 했다. **왜 이제야 그런 부탁을 했을까.** 느닷없는 계집애의 말이, 20발짝에 한 번씩 들통을 엇갈려 들 때 바닥에 뚝뚝 떨어지는 구정물처럼, 낡의 그림자를 집요하게 따라왔다. 낡은 뒤통수가 궁금했지만, 어쩐지 뒤돌아서 계집애와 눈이 마주친 순간, 사람들이 흘리고 간 소문처럼 되돌릴 수 없는 무서운 일이 벌어질 것만 같았다. **날……좀……숨……겨……줘……날……좀……숨…… 겨……줘……날……좀……죽……여……줘……날……좀……** 낡은 들통 손잡이를 쥔 주먹을 더 세게 쥐었고, 계집애의 부탁을 씹어 삼키듯 어금니를 앙다물었다.

낡은 집에 도착하자마자 부엌으로 들어가 들통에 든 구정물을 검은 솥에 들이부었다. 물고기의 눈과 입, 지느러미와 꼬리 사이에 그물에 얽힌 검부러기처럼 꽃다발이 뒤섞여 있었다. 낡은 그제야 제 등허리에 부딪힌 물건의 정체가 무엇이었는지 알아챘

다. 등을 후려치는 기척에 끔쩍 놀라 뒤를 돌아보는 순간, 어떤
여자와 부딪히는 바람에 깜빡 잊고 있었다. 시장 골목이 끝나고
빌딩 새로 난 신작로로 발짝을 내디디려다, 낡은 바닥에 뒹구는
애드벌룬처럼 뒤따라오는 계집애가 궁금해 힐끗 고개를 돌렸다.
찰나, 낡의 어깻죽지가 휘청거리며 들통이 바닥에 엎질러졌고,
바닥에 넘어진 여자의 두 손이 꽃과 물고기의 부스러기에 파묻
혔다. 낡은 어린아이처럼 누군가에게 붙들려 가는 장면을 떠올
렸고, 황급히 바닥에 흩어진 내용물을 수습해 어둠인지, 먼지인
지 모를 안개 속으로 몸을 숨겼다. 짙은 먼지 안개에 숨어 뒤를
돌아봤을 때, 여자는 뼈가 다쳤는지 여전히 두 팔을 바닥에 짚고
늪의 손님처럼 주위를 두리번거렸다. 계집애의 거대한 그림자는
흔적도 없었다. 이제 와 생각하니 자신이 그 순간 무엇에 겁먹었
던 건지 어처구니가 없었다. 낡은 젖은 꽃다발을 끄집어내 바깥
으로 집어 던졌다. 손가락에 엉긴 축축한 꽃자루의 감촉이, 숨
을 곳을 찾던 계집애에게 전염된 것처럼 불길했다. 아궁이 앞에
쭈그리고 앉아 신문지로 밑불을 일구고, 빈집에서 주워온 벽지
와 지저깨비, 이불 조각을 불 속에 집어 던지며, 낡은 깨끗해지
고 싶다고 생각했다.

　구정물에서 설설 김이 오르자, 낡은 빈 들통을 들고 실개천으
로 나섰다. 틀어진 문틀이 삐걱거리는 소리에, 낡의 기척을 눈
치챈 개들이 컹컹 짖었다. 낡은 철조망을 움켜쥐고 개들에게 쉿,
쉿소리를 냈다. 그 속에 얼룩덜룩 웅크린 늙은 개들을 보자, 새

삼 계집애의 부탁이 사슬처럼 떠올랐다. **날 좀 숨겨줘.** 낡은 주먹을 철조망 새로 집어넣고 손바닥을 펴 오요요, 혀를 굴렀대. 이내 따뜻하고 까끌까끌한 혓바닥이, 길고 딱딱한 송곳니가, 어둠을 도려낸 눈빛들이 소란스러웠다. 낡은 목줄을 감고 철조망 속에 웅크린 거대한 하마 한 마리를 떠올렸다. 하마가 풍선처럼 커다란 똥을 누자 늙은 개들이 그 주위에 모여들어 사박사박 똥을 베어 먹었다. 주린 개들은 똥이 말라붙은 하마의 엉덩이를 핥고, 허벅지를 깨물고, 귀를 삼켰다. 거대한 하마는 사박사박 줄어들어 밥알만큼 자그마해졌다. 그 시간 동안이면 낡은 들통을 들고 늪을 순례하는 수고를 덜 수 있을 것이다. 낡은 객쩍은 상상에 도로 주먹을 쥐어 살갗에 달라붙은 개의 주둥이를, 귀를, 옆구리를 맵게 쥐어박았다.

낡은 쓰라린 주먹을 핥으며 어둠 속으로 발을 내디뎠다. 서너 발짝 내디뎠을 때, 실타래처럼 부푼 덩어리가 신코에 쓸렸다. 구정물에 담겼던 꽃다발이었다. 젖고 짜부라진 꽃다발에는, 꽃잎이 다 떨려 장미인지 백합인지 국화인지 알아볼 수 없는 꽃대와 꽃받침만 밥알처럼 흩어진 안개 사이에 꽂혀 있었다. 하지만 더 자세히 들여다보면, 그물처럼 얽힌 줄기 새로 밥알과 물고기의 눈, 노란 내장과 고춧가루가 붙어 있었다. 낡은 꽃을 구정물과 함께 끓여도 상관없겠다는 생각이 들었다. 뼈와 살이 졸아 바닥이 까매질 때까지 끓인 꽃의 맛은 어떤 것일까. 낡은 오랫동안 끓인 구정물을 한 모금씩 떠먹는 걸 좋아했다. 눌어붙은 솥바닥을 젓고 난 뒤 홀짝 삼킨 뜨겁고 끈적끈적한 국물은 전염병에 걸린 피처럼 썼다. 쓴맛은 닭의 입맛에 맞았다. 구정물의 쓴 맛을 떠올리자, 꽃을 곤 맛이 정말 궁금해졌다. 닭은 꽃다발을 자근자근 짓밟으려다, 어둠 속에 슬그머니 앉아 꽃다발을 주워 들고 주위를 두리번거렸다. 닭의 눈이 버려진 개를 봤을 때처럼 반짝 빛났다. 저만치 커다란 그림자를 본 것도 같았다. 닭은 들통에 꽃다발을 담고 실개천으로 걸어갔다.

흙에는 아직 얼음이 박혀 있는지 발바닥이 서벅거렸다. 닭은 들통 바닥으로 살얼음을 깨 걷어낸 뒤 찬물에 꽃다발을 헹궜다. 닭은 물이 뚝뚝 듣는 꽃다발을 물에 흘러보내려다, 주위를 더듬어 냉이가 도도록하게 솟아난 두둑의 땅바닥에 자루를 꽂았다. 꽃은 쉽게 뿌리를 내리지 못했다. 닭이 들통에 찬물을 받아 냉이에 끼얹자 딱딱한 땅이 금세 늪처럼 질어졌다. 닭은 여자와 부딪히지 않았다면 만개한 꽃을 심을 수 있었을 거라는 실없는 생각이 들었다. 그래도 봄이 오면 구정물을 골 때 안개를 뜯어 조미료처럼 솔솔 뿌릴 수 있지 않을까. 그러자 잊었던 허기가 몰려왔다. 닭은 젖은 안개를 훑어 입에 머금고 싶었지만, 그렇게까지 서둘고 싶지 않았다. 게다가 그 한 뼘의 꽃이 늪에 가장 서둘러 온 봄일지도 모른다는 생각에, 그것을 보호해주고 싶었다. 닭은 슬며시 미소를 머금었다. 찰나, 물고기의 눈처럼 심드렁하던 닭의 눈이 주린 개의 송곳니처럼 희번덕였다.

안개↓늪

바다를 노랑으로 칠한 건 막내였다. 파랑 크레파스를 들고 화장실에 다녀온 둘째 언니는 다짜고짜 밝의 팔등에 파랑을 색칠하기 시작했다. 색이 제대로 먹지 않자, 둘째 언니는 씩씩거리며 크레파스를 바늘처럼 밝의 두툼한 살 깊숙이 눌렀다. 밝은 크레파스가 제 살에 사과 꼭지처럼 박힐지도 모른다는 두려움에 둘째 언니 뺨을 찰싹 때렸다. 제 서슬에 꿈쩍 놀란 밝은 막내 짓이라고 고발했지만, 이미 큰언니와 셋째, 넷째 언니까지 나서밝을 유령 취급하기 시작한 뒤였다. 큰언니는 둘째 언니의 얼룩진 얼굴을 닦아주며 애는 또 어딜 갔어, 또 부엌을 뒤지고 있는거야, 웃음을 깨물었고, 셋째 언니는 하마처럼 커다란 애가 밥솥을 긁으면 집이 흔들릴 텐데, 어딘가 음식을 훔쳐 먹으러 갔을거야, 크레파스가 닳은 것 좀 봐, 아마 밝이 먹었을걸, 깔깔거렸다. 둘째 언니는 앞으로 밝이랑 알은체를 하면 똑같은 하마라고, 맹세를 걸자고 말했다.

아이들도 밝을 가리키며 서로서로에게 다짐했다. 하마와 노는아이들도 똑같이 하마야. 밝은 화장실에 쭈그리고 앉아 도시락을 먹었다. 밝은 무사마귀를 앓은 적이 있는데, 도시락을 먹은다음 쌀알만 한 사마귀를 손톱으로 눌러 하얀 진물을 더러운 벽에 발라 이런저런 글씨를 썼다. 조각창에 얼비친 햇볕에 드러난햇살, 먼지, 붉게 부푼 피부와 하얀 피는 징그럽지만 자못 황홀했다. 밝은 늪처럼 뻑뻑한 목구멍에 손가락을 넣고 변기에 토했다. 살이 빠질 것처럼 속이 쓰라렸다. 밝은 그때부터 똥을 누지 않았다. 똥을 참았고, 입으로 먹은 것을 토해냈다. 그러니까 아이들의 말은 죄 거짓말이었다.

밝은 그런 이야기를 소년에게 하고 싶었다.

검정을 먹었을 때 살이 빠졌어. 노랑을 먹었을 땐 달콤했고, 빨강은 맵지 않았지만 녹이 슨 것처럼 입가에 부스럼이 달렸어. 파랑은 차가운 게 아니라 뜨거웠고, 아마 하양을 먹었을 때부터 살이 찌기 시작했을 거야, 설탕처럼. 하지만 맛은 글쎄. 한 번 먹어본 걸 너는 다 기억하니. 크레파스엔 색깔이 하나씩밖에 없잖아. 물론 파랑, 녹색, 빨강은 고둥, 초록, 주황으로 엇비슷하게 설명할 수 있지만, 하양은 딱 하나잖아. ……너처럼.

소년은 여전히 제 이야기를 귓등으로도 듣지 않는다. 밝이 철조망에 갇힌 살찐 개 중 한 마리인 것처럼 무시하며, 부서진 집에서 벽지와 지저깨비를 들고 껌껌한 부엌으로 들어가 불을 지핀다. 밝은 지저깨비를 붙안고 소년 뒤에 서 있다. 나무로 소년의 등허리를 집적이며 제 존재를 가르쳐주고 싶지만, 먼지 안개처럼 피어오르는 매운 연기에 눈물만 흐른다.

안개에서 만나자.

마치 소년이 그렇게 약속을 해왔던 것처럼, 어스레한 연기 속을 걸어오는 소년을 만났을 때, 밝은 가슴이 두근거렸다. 두 팔로 실수처럼 붙안은 꽃다발이 그렇게 어울릴 수가 없었다. 밝은 소년을 단박에 알아보았다. 한 뼘 넘게 키가 자랐지만 등허리에서 풍기는 비린내와 구슬처럼 빛나는 눈빛은 그대로였다. 혼자 늪을 서성이는 걸로 보아 소년도 졸업식에 가지 않은 모양이었다. 어쩌면 소년도 안개에 가는 게 두려워 숨을 곳을 찾아 헤매는 것인지도 몰랐다. 밝은 초등학교 때처럼 소년과 짝꿍이 된 것 같아 반가웠다. 소년이라면 숨을 곳을 알고 있을지도 몰랐다. **너도…… 졸업하지?** 밝은 들통을 들고 제 앞을 스쳐가는 소년의 발을 걸듯 불쑥 물었다. 소년은 귀가 곤두서듯 움찔 멈춰서는 것 같았지만, 언니와 아이들처럼 밝을 유령 취급하고 먼지 안개 속으로 서둘러 몸을 숨겼다. 밝은 당황했지만, 그제야 소년도 이미 오래전부터 학교에 나가지 않았을지도 모른다는 생각에 슬그머니 미안한 마음이 들었다. 밝은 소년의 손목을 거머쥐고 사과를 하고 싶었다. 그리고 고백하고 싶었다. 자신도 오랫동안 교문 안으로 들어가지 않았다고.

밝은 오랫동안 학교를 나가지 않았는데도 졸업한다는 사실이 실감나지 않았다. 언니와 아이 들이 짬짜미해 자신을 곯려주려고 하는 게 아닐까. 부모들이 오게끔 토요일에 졸업식을 치른다는 것도 미심쩍었다. 언니들이 집을 비울 때까지 다락에 숨어 있던 밝은 그제야 신발을 꿰신고, 언니들의 돼지 저금통을 갈라 바깥으로 나갔다. 졸업식을 치른다는 학교 말고는 막상 갈 데가 없었다. 배가 고팠지만, 이제 밝이 마음 놓고 허기를 채울 수 있

는 곳도 없었다. 학교와 집에서 가장 멀리 간다고 늪까지 걸어갔
는데도, 그곳에서 아이들과 맞닥뜨리고 말았다.

밝이 편의점에서 찐빵을 5개째 먹고 있을 때 아이들이 들어왔
다. 소주와 컵라면을 고르던 아이들은 녹색 선반 앞에 선 밝을
발견하고는 자기들끼리 소곤거리더니 밝에게 다가왔다. 너도 이
번에 졸업이지? 밝은 딱히 뭐라 대꾸해야 할지 몰랐다. 그런 것
도 같고, 아닌 것도 같았다. 입속에 머금은 축축해진 찐빵을 삼
켜야 할지, 뱉어야 할지 갈등하고 있을 때, 아이들은 웃음을 깨
물며 명령했다. 졸업식 끝나고 안개로 와. 교복은 화형 시킬 거
니까 꼭 입고 오고. 밝은 안개에서 만나자는 말이 무엇을 뜻하는
지 알고 있었다. 해마다 언니들은 졸업식을 치르면 고등어처럼
파래져 돌아와 이틀 동안 몸살을 앓았다. 겨울방학이 끝나는 게
두렵다는 작은 언니들의 얘기에, 졸업식은 축제라고 위로하는
큰 언니들의 얘기를 훔쳐 들으면서, 밝은 봄이 얼마 남지 않았다
는 사실을 깨달았다. 밝은 편의점을 나서자마자 담배를 꼬나문
아이들을 불러 세워, 자신은 정말 졸업을 하는지 모른다고, 너
희들이 알고 있는 건 실수라고 말해주고 싶었다. 하지만 주머니
에 든 동전은 넉넉했고, 밝은 여전히 배가 고팠다.

밝은 늪을 1바퀴 돌고 안개까지 슬며시 다녀왔다. 당연히 아
이들의 모습은 찾을 수 없었다. 밝은 자신은 약속을 지켰다고 안
도하며, 뭔가 먹을 것을 찾아 시장 골목을 헤맸다. 먼지 안개 때
문인지, 졸업식 때문인지 시장도 썰렁하기는 마찬가지였다. 밝

은 트럭 포장마차에서 어묵 5개를 사 먹고, 정말 졸업식이 열리는지 궁금해 다시 학교 쪽으로 타박타박 발길을 돌렸다. 얼마 만에 설주에 박힌 학교의 이름을 보는 건지 몰랐다. 정말 졸업식이 열리는지 아주머니들이 비탈 한가운데를 서성이며 새된 목소리로 꽃의 가격을 1,000원씩 내렸다. 꽃을 보자, 밝은 새삼 해지고 끼는 교복 차림의 추레한 제 모습이 운동장에 선 정글짐처럼 도드라져 보였다. 밝은 주머니를 뒤져 꽃다발 하나를 사, 꽃 뒤에 숨을 수 있기라도 하듯 가슴에 품었다. 밝이 꽃송이를 여덟까지 헤아렸을 때, 텅 빈 운동장에서 갑자기 종소리가 아이들의 웃음소리처럼 까불었다. 밝은 수업 시간이 끝나자마자 자리에서 일어나 저를 향해 우르르 쏟아지는 아이들을 본 것처럼 깜짝 놀라 비탈길을 허둥지둥 뛰어 내려갔다. 거대한 밝이 졸업식에 나오지 않았다는 사실을 누구나 눈치챘을 것이다. 아이들은 밝을 안개로 끌고 가려고, 늦까지 샅샅이 뒤질 것이다. 세상 어디에도 밝이 숨을 곳은 없었다. 그렇게 밝은 소년을 다시 만났다.

밝은 소년을 어떻게든 붙잡고 싶었지만, 선뜻 소년의 그림자에 제 그림자를 보낼 용기가 나지 않았다. 알따란 소년의 어깻죽지와 종아리에 제 거대한 그림자를 포개는 순간 소년은 얼룩처럼 사라져버릴 것만 같았다. 밝은 소년의 등허리에서 20발짝 남짓 떨어져 숨바꼭질하듯 따라갔다. 소년도 밝이 따라오는 걸 눈치챘는지 가끔 뒤를 힐끗거렸다. 어느 순간 소년은 골목 깊숙이 사라져 보이지 않았다. 밝이 시장의 깊은 그늘에 쭈그리고 앉아 군침만 삼키고 있을 때, 소년은 비린내를 풍기며 홀연히 나타났다. 소년이 오른손에 든 들통에 지느러미와 아가미, 눈과 입이 찰랑거리고 있었다. 밝이 홀린 듯 그것을 쳐다보고 있는데, 이마에 소년의 눈빛이 어른거렸다. 그 눈빛은 마치 그렇게 말하는 것 같았다. **왜 이것도 먹고 싶어……? 따라오지 마, 이 똥아.** 찰나, 그 눈빛은 밝을 어떤 시간으로 발을 헛디뎌 미끄러지게 만들었다. 밝은 온몸이 부들부들 떨렸다. 밝은 저만치 멀어지는 소년의 이름을 불러 오해를 풀고 싶었다. 하지만 소년의 이름이 도무지 기억나지 않았다. 저만치 먼지 안개 속으로 어떤 그림자가 다가오고 있었다. 밝은 초조한 나머지 저도 모르게 작별 인사처럼 들고 있던 꽃다발을 소년을 향해 집어 던졌다. 꽃에 휩쓸리듯 소년과 그림자가 뒤얽히고 바닥으로 나동그라졌다. 날랜 소년은 금세 들통과 꽃다발을 챙겨 먼지 안개 속으로 사라졌고, 그 자리에는 갈대처럼 가느다란 여자가 주저앉아 있었다.

밝은 여자가 소년을 가로막은 경계병이라도 되는 것처럼 원망스런 눈길로 집요하게 더듬었다. 까칠한 뺨, 알따란 어깻죽지와 팔다리, 부스스한 머리카락……이 밝은 부러웠다. 여자는 소름이 돋는지 젖은 손으로 위팔을 감쌌다. 여자의 머리카락과 손가락에 묻은 지느러미와 비늘을 보자, 밝은 여자의 살갗에 먼지 알갱이처럼 오소소 돋은 소름이 풍선처럼 부풀어 터져버리는 모습을 상상했다. 밝은 여자를 훔치고 싶었다. 밝은 실밥이 타지듯 갈라지는 여자의 몸속으로 들어갔다. **여자는 애드벌룬처럼 부풀**

고…… 밝은 여자의 눈과 입술, 머리카락을 젖은 꽃잎처럼 달고 그 자리에 주저앉는다. 밝은 여자이고, 여자는 밝이다. 소년은 밝을 알아보지 못한다. 소년은 구정물 통에 여자를 담아 혼자만 알고 있는 요새로 걸어간다. 밝이 여자에게 손을 내밀고, 소년과 밝이 맞잡은 손바닥에 가시가 박히고, 여자와 소년 사이에 맹세 같은 피가 흘러내린다. 빨강의 맛이 뭐였더라. 그토록 선명하던 색깔들의 맛이 헷갈린다. 밝은 이빨을 뽑아 빨강을 삼키고, 그 맛을 천천히 음미한다. 하지만 여자는 몸을 툭툭 털고 일어나 먼지 안개를 더듬어 늪을 향해 걸어갔다. 대수롭지 않은 듯 경쾌한 웃음소리를 들은 것도 같았다. 여자마저 사라지자, 밝은 더 이상 도망칠 곳도, 숨을 곳도 없다는 사실을 깨달았다. 제가 갈 수 있는 곳, 누군가 자신을 기다리고 있는 곳은 세상에 딱 한 군데밖에 없었다.

아이들은 밝이 나타나자 헛것을 본 것처럼 잠시 멀뚱한 얼굴이었다가 이내 환호성을 질렀다. 이미 흠뻑 젖어 수건을 걸치고, 찢은 교복과 갈대를 그러모아 피운 모닥불에 불을 쬐고 있던 아이들은 밝을 보자 안도하는 눈빛이었다. 처음 담배 연기를 머금은 아이는 연신 헛구역질을 했고, 술에 취한 아이는 젖은 밥알을 베고 잠이 들어 있었다. 누구였을까, 한 아이가 던진 계란이 밝의 젖가슴에 흘러내리는 것을 시작으로 아이들은 밝의 머리에 밀가루를 뿌렸고, 케첩을 발랐다. 밝은 눈을 뜰 수가 없었고, 밀가루가 입과 코를 막아 제대로 숨을 쉴 수 없었다. 밝은 거대한 밀반죽이 된 것 같았다. 밝은 입가에 흘러내린 밀가루와 계란, 케첩을 핥았다. 하양과 빨강의 맛은 생각보다 달콤했다. 밝이 따가운 눈을 씀벅이고 입가를 손등으로 훔치며 어딘가를 돌아보는 순간, 여러 개의 손바닥이 밝의 등허리를 밀었다. 바닷물이 넘치는 거 아냐? ……설마, 하마처럼 바닷물을 다 삼키겠지. ……맞아, 쟤가 대체 못 먹는 건 뭘까. ……깔깔깔, 까르르깔깔. ……자지러지는 웃음소리가 점점 멀어지면서, 밝은 세상에서 처음으로 제 몸이 새처럼 가벼워지는 걸 느꼈다. 저를 둘러싼 안개는 자잘한 땀과 실밥으로 이뤄진 그물 같았는데, 밝은 처음으로 포박을 뜯어내고 느슨해지는 그 느낌이 무척 평화로워 허공을 향해 입을 벌리고 하양을 한껏 들이마셨다.

막상 안개를 다녀오고 나니 마음이 편했다. 밝은 소년이 사라진 늪을 향해 걸어왔다. 밝은 길을 잃지 않았다. 어떤 길이든 제가 가야 할 곳을 가슴에 품고 있으면, 눈을 감아도, 발을 잃어도, 그곳으로 뚜벅뚜벅 걸어갈 수 있다. 밝은 매운 먼지 안개에서 등을 돌리고 눈물처럼 젖은 옷을 벗는다. 소년이 들통을 들고 부엌을 나선다. 밝은 들통에 추지고 무거운 옷을 담는다. 밝은 아궁이 앞에 쭈그리고 앉아 불을 쬔다. 바깥에서 개가 컹컹 짖는 소리가 들린다. 밝은 소년과 눈을 맞추려고, 소년이 들여다보고 있는 철조망 속으로 들어간다. 몸이 으슬으슬 떨려 깔끄럽지만 따뜻한 개의 품속으로 파고든다. 밝은 소년의 손길을 기다리며 얌전하게 엎드려 있다. 어느 순간 이불처럼 어둠이 내리고 따뜻한 감촉이 밝을 덮는다. 어둠 속에 불빛이 보인다. 소년의 입이

다. 밝은 한쪽으로 돌아누워 소년에게 자리를 내준다. 소년이 밝의 손등을 핥고 뱃살을 꼬집는다. 밝은 터져 나오는 웃음을 가까스로 깨문다. 몸이 점점 풍선처럼 부풀어 오른다.

차라리 아주 거대해지는 건 어떨까. 코끼리나 애드벌룬 그런 걸 보고 뚱뚱하다고 부르지는 않잖아.

소년이 귓바퀴에서 과일을 사박사박 베어 먹듯 속삭인다. 밝은 간지럽지만 졸음을 이길 수 없다. 밝은 눈을 느리게 끔벅이며 입술을 달싹인다.

하양……을…… 많이…… 먹으면…… 그럴 수 있을 거야.

늪은 모두 하양이잖아. 그럼 늪을 다 삼키면 되겠네.

아냐, ……자세히 ……봐. 늪은…… 오염됐어. 봄이 ……지나면 노란…… 먼지가 가시고, 하양…… 안개가 되돌아……올 거야.

하지만 봄은 아직 오지도 않았는걸, 그냥 지금 네가 다 먹으면 되지 않을까.

난 이미…… 충분히 배가…… 불러. 바다……도 다…… 삼켰는걸. 그래?

소년은 실망한 듯 뒤돌아 앉는다. 밝은 차마 소년더러 자신을 돌아봐달라고 부탁할 용기가 나지 않는다. 밝의 자울자울 감기는 눈앞에 늪을 가득 메운 먼지 구름이 보인다. 밝은 그것을 모조리 삼킬 듯 입을 벌린다. 안개는 바닷물과 달리 바닥까지 마실 수 있을 것 같다. 바닷물처럼 짜지 않다. 먼지 안개가 서서히 걷히며 졸졸졸 개울물 흐르는 소리가 들린다. 피처럼 검은 물가에 쭈그리고 앉은 소년은 물장구를 치고 있다. 소년의 발치에 밥알처럼 하얀 꽃망울을 달고 있는 저것은 …… 꽃이다. 밝은 먼지 안개 너머 소년을 향해 묻는다.

그곳에는…… 벌써…… 꽃이…… 피었구나?

하지만 소년은 먼지 안개 속으로 점점 멀어진다. 밝은 늪을 삼킨 듯 부푼 먼지 안개를 바다처럼 깊게 토해낸다. 늪을 덮은 먼지 안개는 또다시 두꺼워졌고, **그것들은 연꽃잎 아래에 눕고, 갈대밭 그늘진 곳이나 늪 속에다가 몸을 숨긴다.**[1]

---

1) 「욥기」, 40장 21절.

이빨을 뽑으면
결혼하겠다고 말하세요

파란 모자를 눌러쓴 건 이틀 동안 머리를 감지 않았기 때문이에요. 제가 가진 모자라고는 V가 두고 간 이 파란 야구 모자 하나밖에 없어요. 게다가 갑자기 눈이 쏟아졌잖아요. V가 폭설이라고 이야기는 했어요. 첫눈치고 이렇게 무지막지하게 쏟아진 건 아마 몇 십 년만의 일일 거예요. 집에 우산이 없어요. 보름 전인가, V가 들러서는 하나밖에 없는 우산을 들고 가버렸어요. 우산살을 펴면 두 팔 벌린 너비 정도 되는 자루 우산이었어요. 제가 오랫동안 아낀 우산이었죠. 고작 우산이라니요? 일 년에 비 오는 날만 따져봐도 얼추 백 일은 넘을걸요. 솔직히 어떤 사람이 애지중지하는 니콘 카메라를 찍는 날보다 훨씬 많을 거예요. 몇 년 전에 읽다 말고, 한 번도 펼쳐보지 않은 책을 누군가 빌려가겠다고 하면 언짢아하는 것보다 훨씬 논리적이잖아요. 날마다 쓰는 지포 라이터나 머그잔, 시계라면 인정할 수 있어요. 게다가 저는 주머니에 쏙 들어가는 접이 우산은 좋아하지 않아요. 왜 사람들이 어깻죽지도 제대로 못 가리는 우산 따위를 들고 다니는지 모르겠어요. 그 자루 우산은 뭐랄까, 그래요, 제 정서와 궁합이 참 잘 맞았어요. 그런데 그걸 V가 냉큼 들고 간 거예요. 이튿날인가, 라면을 사려고 편의점에 가려고 보니 우산이 없더라고요. 우산을 세워놓은 모서리에 V가 집게손가락으로 튀긴 담배꽁초만 거미줄에 덩그러니 남아 있었어요.

사실 그날은 유난히 일진이 사나웠어요. V의 전화를 받고 겨우 택시를 잡아타고 대학로로 가는 길이었거든요. 싫다고 했는데, 곡이 전화를 낚아채서는 택시비를 주겠다며 얼른 나오라고 떼를 썼어요. 그러고는 둘이서 한참 무어라 웅얼거리더니, 합승한 택시 안에서 승강이라도 벌인 것처럼 느닷없이 전화가 툭 끊어져버렸어요. 곡요? V의 후배라고 하는데 두세 번 함께 어울린 적이 있어요. V는 한 번도 제게 누구를 소개해준 적이 없는데, 특별한 경우죠. 눈은 한 뼘 정도 쌓였고, 골목길은 벌써 얼어붙어 촛농처럼 굳은 눈을 아무리 구두코로 파헤쳐봐도 어림없더라고요. '염화칼슘 보관하는 집' 대문을 두드릴까 하다가 담벼락을 붙잡고 엉금엉금 골목길을 기다시피 내려갔어요. 택시를 잡는 데 이십 분 넘게 걸렸어요. 도로 집으로 돌아갈까 한참 고민했죠. 사실 V는 혀가 풀려 있었고, 곡은 원래 발음이 또렷한 편은 아니었으니까 잘 모르죠. 늘 흐리마리해 보이는, 그런 사람 있잖아요.

지금 생각하면 그때 집으로 돌아가는 게 가장 현명했던 것 같아요. 창덕궁 사거리에서 택시가 빙판길에 미끄러져 한 바퀴 반을 돌아 중앙선을 침범하고 건너편 길가에 멈춰 섰었거든요. 택시 기사도 되게 놀랐는지 미안하다, 괜찮으냐는 말도 하지 않고 겸연쩍게 웃기만 했어요. 다행히 새벽 두 시가 넘은 시간이라 거리가 텅 비어 있었기 망정이죠. 만약 길 건너편에서 다른 차가 달려오기라도 했으면 어떡할 뻔했어요. 저도 아무 말도 하지 못했죠. 덤덤하게 짝짝이가 된 풍경을 가만히 쳐다보기만 했어요. 273번 버스를 타고 종로타워를 지나는데 길 건너편에서 종로3가 쪽으로 가고 있는 273번 버스를 보는 기분 같은 거예요. 시간이 뒷걸음치면서, 눈도 하늘로 소급되는 듯, 성긴 눈발 새로 방금 왼쪽으로 스쳤던 공간 사옥과 횡단보도와 골목길이 고스란히 되살아난 거예요. 택시 기사가 담배를 한 대 피워도 되겠느냐고 묻더군요. 저도 담배를 한 대 피우고 싶은 걸 꾹 눌러 참았죠. 운이 좋은 편일 수도 있죠. 그렇게 따지면 동전 뒤집듯 달리 안 보이는 게 어디 있겠어요.

집은 썩어가고 있을 거예요. 이럴 줄 알았으면 나올 때 보일러를 '외출'로 돌려놓을 걸 그랬어요. 아니면 냄비 뚜껑이라도 닫아둘걸. 마침 라면을 끓여 먹고 있었거든요. 제가 제일 좋아하는 라면은 너구리예요. '너구리 찾는 사람은 너구리만 찾아요' 하는 광고는 정말 맞는 말이에요. 쫄깃쫄깃 오동통한 면발, 게

다가 명함만 한 다시마 한 조각은 신라면도 쫓아올 수 없는 어떤 격을 느끼게 하죠. 너구리는, 즉석식품이 아니라 요리 같다고 할까요? 계란이 가장 잘 어울리는 라면도 너구리일 거예요. 혹시 남은 라면 국물을 데워 먹어본 적 있으세요? 물을 한 컵 정도 더 붓고 끓이다가 오줌버캐처럼 끓어오르는 윗물을 걷어내고 먹으면 기름기도 싹 가신 게 제법 얼큰해요. 물론 너구리가 안성맞춤이죠. 저는 그렇게 너구리 하나로 두 끼니를 때우곤 해요.

그래도 집은 참 아늑할 거예요. 너구리가 남은 냄비만 빼고, 젖은 수건과 싱크대에 담긴 그릇은 박물관의 유물처럼 완전히 물기가 빠져 있을 거예요. 건조하고 휑뎅그렁한 청결은 그렇게 갑작스레 며칠 동안 부재한 뒤 돌아가 집에게서 받는 겸연쩍은 인사 같은 거예요. 집도 기운이 있잖아요. 사람들도 집을 웅크리고 있는 짐승 같다고 이야기하잖아요. 정말 그래요. 괜스레 서먹해져 있다가 마치 큰 구름이 지나간 하얀 운동장처럼 슬그머니 마음이 풀려 화색이 돌아오는 집…… 콘센트, 가스 배관은 몸속의 무수한 세포와 혈관이나 다름없을 거예요. 집의 벽을 뜯었는데 부연 흙먼지만 일어난다면 어떻겠어요. 그렇잖아요, 장난감 로봇도 건전지를 끼우려고 등을 뜯었는데, 그 속에 껌껌한 구덩이뿐이라면. 게다가 그것들은 낱낱이 확인해볼 수 있잖아요. 얼마나 근사해요. 그래서 사람보다 더 미더운가 봐요. 사람은 말 그대로 뜯어볼 수 없잖아요. 확인은 곧 죽음이잖아요. 정작 그 정체를 적나라하게 까발리는 것인데, 그땐 이미 게임 오버

인 거잖아요. 그건 무의미한 거잖아요. 이건 정말 중요한 믿음
의 문제예요.

저 이런 생각 자주 해요. 직업이 없다는 건, 생각이 넓고 깊어
질 수 있는 기회가 많은 거잖아요. 그래서 일이 없는 사람은 늘
깊은 생각 때문에 이마에 주름이 가득하고, 늘 한곳에 머물러
있는데도, 오랫동안 떠돈 사람보다 더한 객수나 노독 같은 게 느
껴지잖아요. 그래서 V를 처음 봤을 때, 아무 일도 하지 않아 참
힘들겠구나, 하는 연민 같은 게 생겼어요. 물론 V도 한때 직업
같은 게 있었겠죠. 하지만 V는 늘 거추장스러운 옷을 입고 있다
고 생각했을 거예요. 무료하고 어색한 일상에 포박돼 살다 보면
포르노에 의지하지 않고는 자위를 할 수 없는 지경에 이르기도
했겠죠. 텅 빈 방에 들어가기가 겁나 뒷골목을 몇 번씩 어슬렁거
리다 욕지기와 어지럼증이 몰려와 허겁지겁 이불 속을 그리워하
며 열쇠를 따는 일을 며칠씩 반복했겠죠. 그러다 사직서를 냈거
나 무작정 출근하지 않았을 테고, 직장을 나가지 않은 이튿날부
터 구직 사이트 이곳저곳을 기웃거렸을 테지요. 그러다 이내 나
날에 익숙해졌을 테고, 어느 순간 정신은 우물처럼 깊어졌을 거
예요.

왜 그 시간에 전화를 했는지 저도 모르죠. 아마 곡과 둘이서
술을 마시다 어떤 내기를 했는지도 모르죠. 삼십 분 안에 오면
10,000원, 진 사람이 술값도 내기, 하는 식으로…… 자존심,
그런 건 상관 안 해요. V와 곡은 저를 혀로 구슬리는 고양이처

럼 생각했을지 모르지만, 저는 오랫동안 틀어박혀 있다가 모처럼 걸어줘야겠다, 하는 기분으로 가볍게 운동하는 셈 쳐요. 그건 눈에 띄는 성과는 물론, 지각도 하지 않는 평범한 샐러리맨이 회식 자리에 빠지지 않고 참석하는 거나 마찬가지예요.

V는 늘 그런 식이었죠. 새벽 두세 시에 불쑥 전화를 걸어서는 어디어디라며 당장 나오라고 전화를 끊어버리기 예사였어요. 그렇게 호기로울 때는 주머니가 넉넉하다는 얘기여서 돈 걱정은 하지 않아도 돼요. 물론 곡이 있을 때는 곡의 주머니를 믿었겠죠. 대개 막차가 끊긴 지 한참 돼서 저는 반으로 자른 페트병에서 동전 한 움큼을 쥐고, 동전만큼 택시를 타고 가다 내려 V한테 뚜벅뚜벅 걸어가기 일쑤였죠. 물론 V가 제 방을 찾아올 때는 전화 따위 없었어요. 변덕 많은 날씨처럼 환하게, 우중충하게, 싸늘하게…… 들이닥치는 거죠. 물론 처음에는 늘 V와 약속한 것처럼 잔뜩 긴장해선 마치 남의 집에 누운 것처럼 함부로 옷을 늘어놓지도, 빨랫감이나 설거지거리도 미루지 못하고 며칠을 보냈죠. 하지만 언제 어떻게 변덕을 부릴지 모르는 날씨에 대기한다는 게 얼마나 부질없는 일이겠어요. 저는 그렇게 어리석지도 않고, 바지런하지도 않아요. 허튼 약속에 집착하고, 상대방의 마음 씀씀이에 일일이 반응하는 사람은 얼마나 바지런한데요. 늘 애인이 끊이지 않는 사람 보면 대개 말라깽이에다 얼마나 바지런을 떠는지 몰라요. 저는 그러는 대신 맑은 날이 훨씬 많은데도 모든 집에서 우산을 챙겨두는 것처럼 너구리와 햇반, 부탄가

스, 소주 따위를 마련해두는 걸로 만사 오케이였어요. 그게 V에 대한 저의 최선이었죠.

곡이라는 친구, 두세 번 보기는 했어요. 그 친구는 **지구력의 이해, 보통 사람들, 여행하지 않을 계획** 같은 소설을 쓴다고 했어요. 일테면 이런 글이에요. 아마 곡에게 그날 일어난 일을 이야기했다면,

2005년 12월 1일, 뢰는 고아가 되었다. 아직 한겨울에 들어서지 않은 터라 날마다 '올해 들어 가장 추운 날씨'를 경신했다. 뢰는 외출할 때 네이버에서 첫눈이 온다는 뉴스를 보았고, 새벽 네 시까지 술을 마시고 삼십 분 넘게 도로가에서 종종거리며 택시를 잡았다. 택시를 타고 집으로 가는 길이었다. 창덕궁 사거리에서 택시가 빙판길에 미끄러져 한 바퀴 반을 돌아 중앙선을 침범하고 건너편 길가에 멈춰 섰다. 택시 기사는 겸연쩍게 웃었고, 뢰도 덤덤하게 짝짝이가 된 풍경을 가만히 쳐다보았다. 뢰는 장례식을 치르면서 그날 새벽을 계속 떠올렸다. 뢰는 다섯번째 근친의 장례를 치른다고 했다. 열다섯, 열아홉, 스물, 스물다섯, 서른하나, 사춘기를 치르고 마치 새로운 연애를 시작했다고 할 만한 나이에 뢰는 근친의 장례를 치렀다. 연애를 새로 시작했다면, 한 연애가 끝났다는 이야기였다. 뢰는 홀가분하다고 했다. 익숙한 방향이 송두리째 바뀌는, 기분 좋은 일탈…… 뢰는 요리를 시작했다. 뢰는 오랫동안 조미료를

모았다. 미원과 다시다, 조미료의 대명사는 모든 음식을 엇
비슷한 맛으로 두루뭉술하게 하고, 조금 과하면 혀끝에 아
린 맛이 감기는 게 거슬려 그는 천연 조미료 쪽으로 취향
을 바꿨다. 하지만 뢰는 냄비에 물을 붓다가 문득 이렇게
생각했다. 나는 이제 음식을 사 먹을 거야. 그리고 뢰는
타자기 앞에 앉았다.

지구력의 이해

뢰가 처음 쓴 소설의 제목이다. 뢰는 잠든 새어머니가 깰
세라 그녀가 벗어놓은 브래지어를 눌러보듯 두 검지로 건
반을 조심스럽게 두드렸다. 이것은 딱 한 모금에 관한 이
야기이다. 어제 죽은 할아버지는 베트남전쟁에 참여한 것
을 두고두고 자랑했다. 뢰는 대학 시절, 할아버지에게 처음
대든 일을 기억했다. 전쟁의 참상을 견디지 못해 탈영해서
북한을 택하거나, 유럽으로 간 군인들도 많았어요. 미 항공
모함 인트레피드 호에서 탈영한 병사들도 있고요. 할아버
지는 입 다물고 반성이나 하세요……
하는 식으로 술을 마시는 내내 떠드는 사람이었어요. 곡은 한 번
도 글을 써보지 않았을 게 분명해요. 그 얇고 뾰족한 혀가 펜이
었겠지요. 사실 그건 V와 둘이 친구가 될 수 있는 공통점일 거
예요. 둘은 많이 닮았어요. 사실 어느 날 V가 한 이야기를 떠올

리면 그게 V가 한 이야기인지, 곡이 한 이야기인지 헷갈리기까지 했으니까요. 둘은 목소리도 비슷했고, 한 시간에 쏟아내는 말의 양도 비슷했어요. 어찌나 쏟아내는지 도저히 가늠할 수가 없었죠. 둘의 혀의 성실함은 정말 타의 추종을 불허해요.

저는 가끔 집에 돌아와 다이어리에 그날 V가 한 말을 적어보기도 했어요. 정치인이 당정에 따르는 한 대한민국 국민이라면 무조건 가장 진보적인 입장을 표명해야 한다, 내 머릿속에는 98퍼센트가 성기로 들어차 있다, 여성이 데이트 비용에 소극적인 한 남녀평등은 이뤄지지 않는다, 식초를 하루 소주잔 1잔 정도 마시면 위궤양이 낫는다, 중국보다는 인도에 눈을 돌려야 한다…… 시내버스 버저 옆에 붙은 "부자를 울리면 문이 열립니다" 같은 문구처럼 명제도, 정의도, 비유도 아닌 그저 말, 누수처럼 잘금잘금 입속에서 새는 소용없는 말, 얇게 베어낸 껍데기로만 돌돌 만 구(球) 같은 말, 공허도 남지 않을 말…… 혼자 사는 사람은 누구나 한때 가계부를 쓰고, 다이어리 빈 칸에 그날 산 책, 본 영화, 누구와의 만남 따위를 기록하고는 하잖아요. 혼자 사는 사람은 저처럼 기록이 아니면 V처럼 말로 일상을 시시콜콜하게 증명하죠. 그건 아마 고독의 알리바이일 거예요. 그 기록이나 말은 모두 고독의 자기마당 주위에서 쇳가루처럼 팽팽하게 떠돌던 것들이었어요. 저는 지금 고독의 알리바이를 말하는 거예요. 그날 V가 어떤 이야기를 했다는 게 아니라, V의 고독 말이에요. 저는 V의 말길이 흘러들어간 삼각주의 스산한 공기를 짐작할 수 있어요. 물론 증거 따위는 있을 수 없죠.

그래도 생각해보면…… 갑자기 몰아친 바람에 골목 막바지의 철문에 부딪혀 따끔거리던 모래알 같은 것 말인가요? 축 늘어진 배를 쓸며 천천히 기어가던 개를 말하는 건가요? 아니면 접혀진 벽 모서리의 장판에서 고물고물 기어 나오던 그리마 같은 것, 전봇대 밑에서 주운 녹슨 동전 같은 것 말인가요? 그래요, 어쩌면 모두 그렇게 사소한 것에서 비롯한 일이었는지도 몰라요. 결국 그것들이 일깨운 고독이 동기였을 테지요.

V를 처음 만났을 때가 언제인지 정확히 기억나지 않아요. 물론 다이어리에 어떤 메모가 남겨져 있을 거예요. 아마 V의 흔적은 유통기한처럼 느닷없고, 일방적일 거예요. 결국 선택은 제가 한 것이지만, V와 저의 내용은 그 속의 정체성이나 상태와는 상관없이 시작과 함께 유통기간이 정해졌을 거예요. ……물론 그 유통기한이 그날이라고는 꿈에도 생각하지 못했지요. 그렇게 느닷없는 게 유통기한일 수는 없죠. 유통기한이 오늘내일인 통조림을 사는 사람은 아무도 없잖아요. 사실 V 소식을 처음 듣고는 황망하면서도 아뜩해 줄곧 담배만 물고 있었어요. 아직 유통기한이 몇 년 남은 참치 캔을 땄는데, 나이테처럼 얌전하게 말린 붉은 살코기의 동심원 새에서 고물거리는 구더기를 본 것처럼 말예요. 모처럼 담배가 제대로 감겼어요. 온종일 담배를 연달아 피우고 싶도록, 속이 헛헛하고 팔다리는 어깻죽지와 샅에 옷핀으로 걸린 것처럼 맥없이 떠들렸어요. 초능력자가 되고 싶지 않

은 초능력자 아이가 이를 사리물고 자꾸 공중 부양하려는 몸을 붙들어 매는 것처럼, 무릎을 두 팔로 감싸 안았어요. 그래도 오한이 들어 보일러를 높게 올리고, 이불을 뒤집어쓰고 계속 담배를 피웠어요. 마치 굴뚝이 되고 싶은 것처럼. 그러다 까무룩 잠이 들었을 거예요. 잠이 깼을 때도 오한이 가시지 않아 따뜻한 국물이 먹고 싶어 너구리를 끓였던 거예요.

V 소식을 어떻게 알고 있었냐고요? 곡이 전화를 했을 거예요. 하지만 아무 연락을 받지 않았어도 저는 V의 소식을 충분히 짐작할 수 있었을 거예요. 그럴 리 없다고요? V와의 관계를 꾸미지 말고 솔직하게 이야기해보라고요. V와 제 관계를 증명할 수 있는 게 없다고요? 누구도 저를 알지 못한다고요? 당연히 그럴 거예요. 저는 늘 V와 혼자서 만났어요. V는 누군가와 섞여, 저를 만나는 걸 달가워하지 않았어요. V는 철저하게 저와 내밀해지기를 바랐던 거예요. 그런 면에서 V는 다른 남자애들 하고는 달랐죠. 남자애들은 대개 자기가 만족스럽지 않은 여자와 사귄다고 생각하고, 조금 수치심을 느끼잖아요. 둘이서 마주할 때는 냉랭하다가, 곧잘 과시처럼 여럿이 어울리기를 좋아하죠. 그럴 때는 정작 여자애는 구색 맞추는 용으로 내팽개쳐두고, 자기네들끼리 실컷 놀다가 잔뜩 취해서는 사창가를 뒤지듯 여자를 탐하잖아요.

정말 V는 남다른 사람이었죠. V는 저를 철저하게 감추었고, 저 혼자 몰래몰래 꺼내보는 것을 좋아했어요. 저는 V의 그림자처럼, 아니 비밀의 화원처럼, 아니 어쩌면 V의 성기처럼 존재했어요. 누구나 짐작하지만 굳이 확인할 필요가 없는 존재였던 거죠. 정말 정확한 표현인 것 같아요. 아무에게도 드러내놓고 확인시키지 않지만 V의 연애의 정체성은 바로 저였을 거예요. V는 저와 1번으로 끝내는 일이 없었어요. V는 늘 허겁지겁 벨트를 풀면서 오늘은 10번 하자, 그렇게 속살거렸어요. V를 알고 난 뒤부터 저는 밥과 문장에 조의를 표하고 싶은 심정이었어요. 그렇게 중요하던 2가지가 V 앞에서 부질없게 느껴졌으니까요. 그래요, 그렇게 조의를 표했기 때문에 V가 제 문장을 버젓이 제 사상인 양 떠들어대는 걸 보고도…… 그나저나 언제쯤 V를 볼 수 있는 거죠? 무슨 이야기세요? 아까도 말했지만, V와 제 사이에는 며칠 밤을 새도 모자랄 만큼 내밀한 사연들이 있었단 말이에요.

 V와 저는 거울 앞에서 벌거벗은 채 앉아 "거울과 섹스는 사람의 수를 증식시키기 때문에 가증스러운 것"이라는 보르헤스의 말을 인용할 수 있을 정도의 지식은 갖춘 사람들이에요. 국수를 삶거나, 사과를 베어 먹으면서 서로의 겨드랑이에 코를 박고 너즈러지게 오후를 보내는 낭만 따위가 얼마나 허약하고 부질없는 관계의 제스처인지 이미 간파한 사람들인 거죠. 그래도 그게 연애의 가장 자연스러운 제스처라고요? 우린 그렇게 유치하지 않아요. 그런 걸 기대하거나 실천하기에 삶이 얼마나 허망하고, 육체가 얼마나 부질없는지 우리는 너무도 잘 알고 있었어요. 저

는 제가 욕심낼 수 없는 건, 욕심 내지 않아요. 그건 숱한 여자애들이나 V에게 바라는 거예요. 저는 V에게 특별한 사람이기 때문에 그런 유치한 짓거리 따위는 기대하지 않아요. 그게 저의 변별력이죠. 하지만 사람들은 자신들의 눈먼 잣대를 내밀어 V와 제 관계가 아무것도 아니라고 속아 넘어간 거죠.

혹시 그런 사연을 기대하는 건 아니죠? V가 제 지갑처럼 제 몸도 모자라 주머니를 털어가고…… 하는. 물론 저는 그렇게 호락호락한 사람은 아니에요. 저는 직업도 통장도 없는 사람이에요. 그러니까 V와 저는 '완전히' 서로의 존재에만 이끌린 셈이에요. 아무 조건도 없이. 물론 V가 제 물건을 묻지도 않고 가져간 적은 몇 번 있어요. 자루 우산처럼 말이죠. 하지만 가끔은 자기 물건을 얼결에 흘리고 가는 적도 있죠. 몇 닢의 동전이나…… 파란 모자처럼 말예요. 물론…… V는 빤히 제가 한 말을 자기 상상인 양 털어놓는 버릇이 있기는 했어요. 물론 그건 자루 우산 따위에는 비할 수 없는, 더 엄청난 범죄일 수 있죠. 그건 영혼을 도둑질하는 거잖아요. 하지만 아무렴 어때요.

아까 한 말대로라면 오히려 곡이 더 그런 것 같다고요? 그럴 수 있죠. V와 곡은 속이 훤히 보이는 시샘을 정당화하려고 어떤 구실이든 갖다 붙이려고 그렇게 수다스러웠던 거죠. 대개 수다스러운 사람은 사실 정직하지 않잖아요. 자신도 주체할 수 없는 말들의 대부분이 표절이거나 거짓말이죠. 사실 살면서 자신을 정의할 수 있는 문장이라는 게 한두 줄 정도면 충분하지 않나요? 나는 비겁하다. 나는 욕심쟁이다. 나는 못됐다. 나는 못생겼다. 나는 거지 근성이 있다. 나는…… 그런데 하루에도 족히 한두 시간은 넘게 떠들어대는 사람이 그 내용을 채우려면 자신의 것은 하나도 없다고 해도 과언이 아니죠. 저는 오히려 V와 곡 같은 사람이 안쓰러워요. 저는 제 자신의 명제를 꿰뚫고 있는 사람이잖아요. 그래서 영혼을 도둑질하는 것 따위는 상관하지 않아요. 뚜껑이 열린 판도라 상자는 시끄러운 혼돈뿐이잖아요. 희망마저 떨어내버린 빈 상자만 그러안고 있는 둘의 모습을 한번 떠올려보세요.

어떤 이야기도 신빙성이 없다고요? 제가 이때까지 한 이야기를 건성으로 들은 게 분명해요. 그래요, 더 솔직해지지 않으면, 결국 다른 사람들처럼 V와 제가 아무 관계도 아니라고 단정 지어버리겠죠……한번은 V가 물구나무를 서서 펠라치오를 해달라고 했어요. 벽에 거꾸로 버티고 선 V는, 이마에 핏줄이 서고 얼굴이 시뻘게져서 마치 바위를 끊임없이 들어 올려야 하는 숙명에 빠진 시시포스 같았어요. 시시포스도 거세를 안 한 이상 섹스는 했을 거 아니에요. 바위를 들어 올린 채 말이죠. 그래요. V가 마냥 좋았던 건 아니에요. 사실 저는 그렇게까지 만신창이는 아니에요. ……V는 화장실이 붙어 있는데도, 싱크대에 오줌을 누고, 양치질을 하고, 수돗물을 벌컥벌컥 들이켰어요. 한번은 V의 집인지, 곡의 집인지 모를 어느 방에 들른 적이 있었는데, 그때 사람 앉은 자리마다 흩인 머리카락을 훔치고 까탈을 부리던 그

212

를 생각하면 아니꼬워 미칠 지경이었죠. 한번은 V가 그런 말까지 했던 적이 있어요. 방 한가운데 신문지를 깔아놓고 똥을 눠본 적이 있냐고요. V는 정말 바지를 끄집어 내리고 똥을 눌 태세였어요. 제가 V의 성기를 움켜쥐지 않았다면 우리는 누런 변이 칠갑된 이불 위에서 갓 태어난 강아지처럼 며칠을 뒹굴었을지도 몰라요. 몸에 욕창이 생기고, 우리는 지금 제 방처럼 썩어갔을지도 모르지요. V의 눈과 제 콧구멍으로 너구리 면발 같은 구더기가 고물거렸겠지요. 그런 V와 저의 관계를 적나라하게 확인시켰다면, 사람들은 자신들이 차지하지 못해 비겁하게 의심으로 둔갑시킨 속마음을 솔직히 인정했을까요.

그날 밤 이야기를 해보라고요? 좋아요. 고독의 알리바이 따위는 믿지 않아도 좋아요. 살을 다 발라먹고 덩그러니 남은 뼈를 보고 고등어를 추측하는, 사람들은 다 그렇죠 뭐.

한 번 맴을 돈 택시는 북극곰처럼 아주 천천히 달렸어요. 왠지 미터기의 요금은 점점 올라가는데도 주머니의 동전을 헤아려볼 생각이 나지 않았어요. 설령 모자랐다고 해도 너무 추워 내릴 엄두도 못 냈을 거예요. 그러면서도 택시 기사가 요금이 모자란다고 지랄을 하면 택시가 뱅글뱅글 맴돌았던 사실만 들먹이면 되겠지, 하는 배짱을 부렸어요. 다행히 동전은 모자라지 않았고, 택시 기사도 동전을 헤아릴 생각을 하지 않더라고요. 물론 침묵을 지키고 있지만 딱딱해진 뒤통수만 쳐다봐도 그 사람이 '재수 옴 붙었다'고 가래를 돋우고 있다는 게 빤히 느껴졌지만요.

둘은 완전히 필름이 끊어지지는 않았어요. 하지만 몇 잔만 더 돌면 간질 환자처럼 쓰러질 듯 눈이 반 넘게 풀려 있었어요. 곡은 늦은 벌로 폭탄주를 3잔 마시라고 했어요. 맥주 컵에 양주잔을 넣어 위스키를 부은 다음, 빈 공간에 맥주를 딱 양주잔 높이만큼 채우고, 레드와인을 부으면 붉은 기둥이 생겨요. 그걸 '드라큘라 주'라고 해요. 저는 술을 좋아하는 편은 아니지만, 앞에 술을 두고 마다하지도 않아요. 저는 간단하게 곡이 건넨 벌주를 원 샷 했죠. 처음엔 한 모금 마시다가 캑캑거리는 시늉이라도 할까, 하다가 V 앞에서는 다 부질없다는 생각을 했죠. 더욱이 그렇게 취한 V 앞에서 그런 연출이 무슨 의미가 있겠어요. 제가 드라큘라 주를 비우자마자 곡은 수혈하듯 폭탄주를 제조했어요. 그러면서 네 덕택에 V와 화해할 수 있었다고 웃더라고요. 뱀이 든 자루 속에 손을 집어넣은 것처럼 부르르 진저리가 쳐지는 웃음이었어요.

곡이 무슨 뜻으로 그런 이야기를 한 거냐고요? V의 옆에서 곡은 제 존재를 흐리마리하게 지우고 있는 척했지만, 사실 그렇지 않아요. 모래주머니를 차고 다니는 왕따 소년처럼 그림자 같은 곡의 침묵 뒤에는 적의와 질투가 뱀처럼 똬리를 틀고 있었지요. 아무 주장도 하지 않지만 그 존재만으로 뚜렷한 메시지가 있는. 곡요? 정말 두세 번밖에 본 적이 없다니까요. 하지만 한 번 보고도 딱 느껴지는 그런 게 있잖아요.

어느 날, 곡이 V 일로 할 말이 있다며 전화를 걸어온 적은 있어요. 그때 전 호되게 감기를 앓고 있었어요. 곡은 V가 며칠째 전화를 받지 않는다며 제게 짜증을 부렸어요. V가 저를 찾아오지 않았다는 사실을 뻔히 알면서도 젖은 도배지처럼 수화기에서 쉽사리 떨어지지 않았어요. 너 정말 징그럽게 군다. 곡이 도무지 전화를 끊을 기미가 안 보여 저는 귓구멍에 틀어박힌 축축한 종이를 끄집어내듯 심호흡을 하고 그 한마디를 내뱉고는 전화를 끊었어요. 곡의 물컹한 존재감이 어릴 때 기억을 들쑤신 것 같아 기분이 안 좋았어요. 하필 옛날 생각이 났는지 몰라요. 아파서 그랬을 거예요. 너무 거창한 이야기를 기대하시지는 마세요. 그, 저, 제가 정말 싫어하는 물컹한 느낌의 원형을 뚜렷하게 떠올린 것뿐이니까요. 아버지는 저를 꼭 이발소에 보내 머리를 깎였거든요. 널빤지에 앉아 앞 사람의 잔 머리카락이 묻은 까끌까끌한 보자기를 두르면 제가 정말 싫어하는 끔찍한 순간이 기다리고 있었지요. 누런 비누 거품이 부걱거리는 남양분유 통에서 솔을 꺼내 왼쪽 귓바퀴에서 오른쪽 귓바퀴까지 목덜미를 따라 원을 그리는 거죠. 마치 이발사가 혀로 제 얼굴을 핥는 것처럼 물컹한 느낌에 진저리를 쳤어요. 제가 진저리를 치면 이발사는 제 어깨를 탁, 치며 주님의 자식은 참을성이 있어야 해, 쉿소리로 나무랐어요. 저는 거울을 지릅떠 봤어요. 평소보다 길쭘해진 사람들이 줄줄이 장의자에 앉아 차례를 기다리고 있었지요. 이발소는 몇 달 전부터 만원이었어요. 개척 교회에 열심인 이발사는 동네 사람들이 주말마다 집이 집을 이고 있는 것 같은 동네 어귀 슬래

브 집에 나오는 대가로 공짜 이발을 해주었거든요. 언제부터인가 더벅머리에 선인장 잔가시 같은 수염을 달고 있던 어른들은 죄 명절을 앞둔 사람처럼 귀밑이 푸르스름해졌고, 가르마는 책갈피처럼 갈라져 번들거렸어요. 하지만 며칠 지나지 않아 뒤통수는 떡 지고, 무전취식하다 소금 세례를 맞으며 쫓겨난 사람처럼 가르마에 굵은 비듬을 달고 석유 냄새를 풍겼지요. 목사는 젊고 점잖은 사람이었고, 교회의 분위기에 압도당한 사람들은 얌전한 양 같았어요. 목사는 성경 구절을 아주 쉬운 이야기로 풀어내는 재주가 있었어요. 목사의 재미난 설교를 듣고 열심히 기도를 올리고 있는데 주르륵 코피가 흐르는 것 같은 느낌에 눈을 떠보니 곡이 제 옆에 택배 상자처럼 누워 있었어요. 곡이 어떻게 제 방을 알았는지는 저도 몰라요. 언제인가 V가 지나가듯 제가 사는 동네 이야기를 했던 걸 기억해내고는 무작정 찾아와 반지하 방의 문이란 문은 죄 열어보았는지도 모를 일이죠. 아까도 말했지만 저는 변덕스러운 날씨 같은 V가 언제 들이닥칠지 몰라 문을 잠그지는 않아요. 샤워를 하고 나서도 벌거벗은 채 방 한가운데 드러누워 담배를 태우기도 해요. 반지하 방이라 누가 일부러 쪼그려 앉지 않으면 안을 들여다볼 수 없거든요. 쇠창살 사이로 가끔 사람들의 종아리가 지나가는 게 다예요.

제가 곡의 어깨를 흔들었는데도 곡은 눈을 뜨지 않았어요. 억지로 울고 있는 사람처럼 질끈 감은 눈초리에 주름이 패어 있었어요. 정말 잠들었는지도 모르죠. 주먹을 꾹 쥐고 마치 싸움을 하는 것 같은 모습으로 잠자는 사람 있잖아요. 제 머리맡에 놓인 약봉지를 훔쳐 먹었는지도 모르죠. 어쩐지 곡은 늘 제 거라면 무조건 샘낸다는 느낌이 들었으니까요. 저는 곡을 V가 흘려놓고 간 파란 야구 모자쯤으로만 생각하고 겨우 일어나 냄비에 물을 올리고, 그랬어요. 온몸이 결리고 어지러웠지만 뭔가를 먹어야 약을 먹고 제대로 땀이라도 낼 수 있을 것 같았거든요. 제가 조각상에 냄비를 올리고, 면발을 호로록 감아 먹으려고 할 때, 곡이 부스스 일어나 제 앞에 앉아 젓가락을 빼앗았어요. 저는 어이가 없어 곡을 노려봤지요. 곡은 갑자기 냄비에 침을 퉤, 뱉고는 라면이 목구멍에 들어가니, 하고 말했어요. V가 며칠째 소식이 없단 말이야. 전화도 받지 않는다고. 겨우 며칠? 나는 곡을 같잖게 쳐다보며 억지로 냄비에 젓가락을 밀어 넣었어요. 내 서슬에 놀랐는지 곡은 한참 아무 말도 하지 않더라고요. 막상 라면을 먹으려고 하니 입맛이 싹 달아났어요. 오기로 바닥까지 핥고 싶었지만 라면 가닥은 목구멍으로 겨우 넘기는 그만큼 부풀어 오르는 것 같았어요. V를 기다리는 일 말고는 그렇게 할 일이 없니? 저는 정말 곡이 짜증스러워 그렇게 역정을 냈어요. 몸이 쇠약하면 마음도 약해진다는 말은 자기 자신을 향한 마음일 때만 해당하는 것 같아요. 아프면 타인에 대해서는 정말 모진 적의밖에 생기지 않아요. 아무 힘도 없는 갓난아이의 붉은 뺨이 나는 건강하다는, 살아남으려는 의지에서 생긴 유전인 것처럼. 곡의 눈빛이 왈칵 눈물이라도 쏟을 것처럼 크게 흔들렸어요. 밥상을 뒤엎을 배짱은 없는 인간이군, 하는 생각을 하며 저는 밥상을 한 쪽으로 밀어놓고는 약봉지를 뜯어 입에 털어 넣고 다시 이불을 뒤집어쓰고 누웠어요. 가늘게 코 고는 소리라도 낼까 하다가 너무 치사해지는 것 같아 가만히 눈을 감았어요. 빈속에 털어 넣은 약 기운 때문인지 까무룩 잠이 들었는데, 등이 축축하고 뭔가 훌쩍거리는 소리에 놀라 화들짝 잠이 깼어요. 어느새 곡이 소주 냄새를 풍기며 눈물범벅인 얼굴을 제 등짝에 묻고 있었어요. 어떻게 찾았는지 V가 흘리고 간 파란 야구 모자를 눌러쓴 채 말이에요. 왜 V는 연락을 하지 않는 거지. 왜 자기가 필요할 때만 찾아오는 거지. 그러면서 왜 그렇게 허튼 약속은 남발하는 거야. 물음표처럼 몸을 말고 얼굴이 시뻘게진 곡의 모습은 정말 우스꽝스러웠어요. 아픈 저를 위해 위문 공연을 온 게 아닐까, 하는 생각마저 들었으니까요. 자기를 내려다보는 눈길이 느껴졌는지 곡은 게슴츠레 눈을 뜨고는 얼마간 관객의 반응에 안도하는 눈치였어요. 그러더니, 그거 아니? V가 얼마나 많은 약속을 했는지. 며칠 전만 해도 그래. 실내 포장마차에서 술을 마시는데 텔레비전에서 강원도 원주 이야기가 나오더라. V가 뭐랬는지 알아? 나는 아무 소리도 하지 않았는데 말이야. 날더러 원주 가봤느냐고 묻더니, 내가 대답할 새도 없이 진고개 넘어 가는 길에 송천식당이라는 데가 있대. 산나물이 정말 죽여. 언제 한번 같이 가자, 이야기를 했다고 했어요. 스타가 되고 싶은 철부지 소년이 얼떨결에 주연을 맡은 부조리극의 한 장면을 보는 것처럼 웃을 수도,

그렇다고 곧이곧대로 몰두할 수도 없는 어정쩡한 장면이 거듭됐어요. 곡의 취기의 진위가 의심스럽기는 했지만, 저는 할 수 없이 곡의 어깻죽지에 손을 얹고 몇 차례 두드려주었어요. 가면을 쓴 갈채라도 있어야 이 웃기지도 않은 공연이 끝날 것 같았으니까요. 물론 덕담도 잊지 않았어요. 정말 V가 약속을 한 거라고 생각하니, 그 인간은 애초에 약속 따위 할 의지가 없는 족속이야. 저는 V가 곡 네게만 그런 이야기를 한 건 아니라고 위로를 했어요. 그건 약속이 아니라 거래 같은 거야. 네가 술값을 내주는 것에 대한. 설령 진고개를 갔더라도 V는 송천식당이라는 정보를 먼저 내놓았으니, 네가 밥값 내는 걸 당연하게 생각할걸. 제가 동전 한 움큼을 쥐고 걸음조차 계산해야 하는 처지라고 곡을 질투해 그런 말을 할 사람으로 보이나요? 물론 속으로는 약속 따위는 없이, 완전히 서로의 존재에만 이끌려 아무 조건도 없이 지속되는 V와 제 관계를 폭로하고 싶어 온몸이 근질거릴 지경이었어요. 하지만 V의 허튼 약속 때문에 눈물이 범벅된 곡에게 비수를 꽂을 만큼 저는 몰인정하지 않아요. 특히 좁은 엘리베이터 안에서 스친 손가락의 느낌만 가지고도 자랑을 일삼을 게 빤한 곡 같은 인간 앞에서는 더더욱. 저는 영혼의 문장까지 훔쳐가도 너그럽게 보아 넘기는 사람이잖아요. 어느새 역전된 상황이 우스웠지만, 저는 곡이 솔깃할 만한 이야기를 하나 들려주는 걸로 이제 그만 이 공연의 막을 내려야 한다는 사실을 깨달았어요. 집으로 돌아가면서 고무장갑을 잘근잘근 씹은 것처럼 탑탑

한 혀로 제가 한 이야기를 완전히 제 것인 양 떠들어댈 게 빤한 곡을 위해, 저는 불면증에 지친 세에라자드처럼 착 가라앉은 목소리로 오래전 읽었던 약속에 관한 우화를 들려주었어요.

사자는 농부의 딸을 보고 한눈에 반했다. 사자는 밭을 갈고 있는 농부에게 다가가 딸을 주지 않으면 잡아먹겠다고 으름장을 놓았다. 아버지에게 사자의 말을 들은 딸은 수긋이 바느질을 하며 말했다. "수염을 모두 뽑으면 결혼하겠다고 말하세요." 사자는 수염을 모조리 뽑고 농부에게 약속을 지켰으니 딸을 달라고 했다. 그러자 딸은 아버지에게 사자를 찾아가 "발톱을 모두 뽑으면 결혼하겠다고 말하세요" 하고 전하라고 했다. 농부가 말을 전하자 사자는 다시 열 발가락의 발톱을 모조리 뽑았다. 하지만 이번에도 딸은 덤덤한 목소리로 아버지에게 사자에게 이 말을 전하라고 했다.

이빨을 뽑으면 결혼하겠다고 말하세요

결국 모든 약속을 지키고 하룻강아지로 전락한 사자는 농부에게 돌로 맞아죽었다. 허튼 약속 앞에 사자의 진정과 정체성은 모두 깨어져버렸고, 사람들은 그것을 지혜로 기억했다. 아름다운 약속은 사자에게 목숨을 담보로 한 냉혹한 희망일 뿐이었다.

이야기를 다 듣고 난 곡의 입에서는 전혀 뜻밖의 대답이 나왔어요. 곡이 한 말이라고는 도저히 믿을 수 없는 너무 상식적인 말이었죠. 그래도 약속은 믿음이야. 설령 그 사람이 거짓으로 나를 받아들였다 해도, 서로 소통할 수 있다는 것, 그 사람의 존재를 느낄 수 있는 것만으로도 믿음이 될 수 있어. 너무 어이없는 대답에 저는 헛웃음만 뱉어내다가 정색을 하고 다시 곡에게 물었어요. 너는 정말 V를 믿니? 곡은 단호하게 그렇다고 했어요. 곡은 V를 위해서라면 생니라도 뽑을 수 있다고 했죠. 그건 곡의 진심이 아니었어요. 아니 진심일 수는 있죠. 하지만 순수하게 곡이 생각해낸 충동은 아니란 거죠. 곡은 제 진심마저 어떤 이야기를 시늉하고 있었던 거예요.

그래놓고 곡은 그날 제 덕택에 V와 화해할 수 있었다고 자루 속에 든 뱀처럼 웃었던 거예요. 아마 그날 곡은 제가 오기 전에 V에게 이 이야기를 똑같이 들려주면서 약속은 믿음이 아니라 거래라고, 한껏 쿨하게 굴었을 게 빤해요. V가 파란 야구 모자를 쓰고 있었던 걸 보면 더 확신이 가요. 아마 곡이 그 모자를 보증 같은 걸로 V에게 건네주었을 거예요. 그러고도 아마 증인이 필요했을지 모르죠.

술집을 나설 때는 얼추 새벽 다섯 시가 넘었을 거예요. 물론 곡이 비틀거리면서 계산을 치렀고, 저는 완전히 걸음이 뒤엉킨 V를 겨우 부축해 거리로 나섰어요. 채 몇 발짝도 걷지 않았는데 얼음 사막에서 좌표를 잃은 것처럼 막막해졌어요. 고작 하룻밤

사이인데, 이제까지 한겨울에만 갇혀 살았던 것처럼 지긋지긋하게 추웠어요. 집에 돌아가고 싶었지만, 거리는 텅 비어 있고 그나마 길을 지나는 택시는 영업 등을 끈 채 엉금엉금 기어가고 있었지요. 결국 저는 V를 은행나무 둥치에 기대어 놓고 곡에게 가까운 곳에 들어가 몸을 녹이자며 주위를 둘러봤어요. 맞아요. 그 술집 옆 골목에 있는 디브이디 방.

그래도 곡은 아직 의식은 있는지 어느새 은행나무 그림자처럼 빙판길에 널브러진 V를 추슬러 세우고는 먼저 디브이디 방으로 들어가겠다며, 주섬주섬 주머니를 뒤져 제게 10,000원짜리 한 장을 내밀고는 편의점에서 술을 몇 병 더 사오라고 했어요. 평소 같으면 성큼성큼 걸어가면 금세 닿을 편의점도 파랑에 떠도는 부표처럼 잡힐 듯 잡힐 듯 멀었어요. 고작 첫눈이 쏟아진 날 벌써 겨울이 지긋지긋해지기 시작했어요. 얼음 조각에 얼굴이 벤 것처럼 화가 치밀었어요. 그래도 편의점에 들어가 언 몸이 풀어지니까 누가 귓바퀴며 손등을 간질이는 것처럼 날 섰던 마음이 조금 누그러들었어요. 소주 한 병과 캔맥주 세 병, 포장 오징어 하나를 사서 디브이디 방에 들어갔지만 둘이 어느 내실에 자리를 잡았는지 도무지 알 수 없었어요. 들어올 때, 출입을 알리는 센서가 울리지 않았던 걸 보면 카운트에 엎드려 혼곤히 잠든 노랑머리 종업원이 일부러 꺼놓았다는 걸 짐작할 수 있어 깨워 물어보기도 뭣했어요. 하지만 미로처럼 얽히고 어둠침침한 좁은 복도에 몇 발짝 들어서지 않아 딱 한 군데에서만 불빛이 새어 나오는 걸 볼 수 있었어요.

둘은 어느새 널따란 소파 위에서 스크린에서 흘러나온 조명을 덮고 널브러져 있었어요. 어두운 방에 갇혀 불그스름한 빛 속에 잠든 두 짐승은 어쩐지 그러구러 따뜻해 보였어요. 마치 두 팔 벌린 너비 정도 되는 자루 우산을 쓴 것처럼, 불빛은 지금 이 지상에서 둘의 몸 위에만 드리워진 것 같았죠. 저는 소파 구석에 엉거주춤하게 엉덩이를 걸치고 앉아 점퍼를 무릎에 덮고 멀거니 스크린을 쳐다봤어요. 그것은 제가 극장에서 이미 본 영화였어요. 연쇄살인마가 아무 영문도 모르는 두 사람을 감옥 같은 방에 가둬 족쇄를 채워놓고는 정해진 시간 안에 문제를 풀지 못하면 가족까지 죽이겠다고 협박하는 불쾌하고 끔찍한 이야기였지요. 저는 벌써 결론을 알고 있는데, 여전히 연쇄살인마의 약속 하나만 철석같이 믿고 전전긍긍하는 두 주인공이 오히려 너무 멍청해 보여 얄미울 지경이었어요. 저는 까만 봉지를 더듬어 소주를 꺼내 병째 홀짝홀짝 마시기 시작했어요. 딱딱한 오징어를 잘게 찢어 소파 아래 놓인 히터의 쇠 살 사이로 그슬린 다음 질겅질겅 씹어대며 혼잣말로 싸늘하게 뇌까렸어요. 그렇게 치사하게 목숨을 구걸해도 너희는 이미 죽게 되어 있어. 마치 주인공의 운명이 제 손에 달려 있는 것처럼 의기양양해지는 기분이었어요. 그때 V가 뒤채는 바람에 무릎을 덮은 점퍼가 벗어지면서 동전이 바닥으로 떨어지는 소리가 들렸어요. 저는 소주병을 그러쥔 채 바닥에 쪼그려 앉았어요. 바닥에는 동전 말고도 V의 퓨마 운동화와

목을 접은 양말과 가죽 벨트와 한쪽 다리가 뒤집어진 청바지…… 그리고 파란 야구 모자가 흩어져 있었어요. 저는 쪼그린 다리를 고쳐 아예 바닥에 퍼더버리고 앉아 V의 옷가지를 얌전하게 개켰어요. 붉은 히터 앞에 앉아 사내의 옷을 개키고 있는 제 모습도 그러구러 따뜻해 보였을 거예요. 소파에 널브러져 세상에서 가장 낮은 잠에 빠진 것 같은 둘을 잠시 부럽게 힐끔거리기는 했지만, 저는 두 사람의 따뜻한 잠을 존중해줄 수 있는 그릇이 되는 사람이잖아요. 저는 마지막 술을 들이켜고 파란 모자를 눌러쓴 다음 천천히 일어났어요. 찰나 어지럼증이 일면서 뭔가 흔들리며 넘어지는 소리가 들렸지만, 아마 V와 곡이 따뜻한 자루 우산 속에서 뒤채는 소리일 거라고만 짐작했어요. 마지막으로 V와 곡을 돌아봤을 때 둘의 따뜻한 잠 위에 드리워진 불빛은 축복처럼 더욱 활활 타올랐어요. 그때 둘은 정말 세상에서 가장 따뜻해 보였어요.

왜 처음부터 V가 두고 간 파란 모자가 V에게 되돌아갔다는 이야기를 하지 않았느냐고요? 제가 한 말이 모두 거짓말이라고요? V는 저란 사람을 알지도 못할 거라고요? 아니에요. 그깟 파란 모자는 이때까지 V와 곡이 훔쳤던 제 영혼에 비하면 그나마 유일한 전리품에 지나지 않아요. 파란 모자는 그저 순례를 마치고 있어야 할 제자리로 돌아온 것뿐이에요. 설마 제가 그마저도 가질 자격이 없다고 말하려는 건 아니겠죠. 그까짓 파란 모자 하나로 저 역시 V에게 어떤 부질없는 약속이나 희망 따위를 품었다고는 생각하지 마세요. 저는 곡처럼 그렇게 어리석지 않아요. 약속이라는 건, 희망이라는 건…… 늘 아직 오지 않은 것이기 때문에, 결국 거짓말인 거잖아요. 설령 언젠가 이뤄져도 결국 지금과는 같은 얼굴일 수 없기 때문에 늘 거짓말일 수밖에 없다는 걸, 왜 사람들은 깨닫지 못하는 걸까요. 아마 V는 제 이런 생각을 분명히 알고 있을 거예요. 그래서 우리는 그토록 완벽한 관계일 수밖에 없는 운명이었던 거고요. 제 말을 아직도 믿지 못하시겠어요?

아이들은 가라

살인 사건은 늘 그렇듯이 '죽은' 사람보다 '죽인' 사람에게 초점이 맞춰진다. 게다가 살인자는 거의가 사내다. '칼잡이 잭'도 마찬가지이다. 미궁 속 혹은 정신병원으로 뚜벅뚜벅 걸어간 잭 더 리퍼는 외과 의사로, 유태인 군인으로, 폴란드 태생의 남색가 공작으로, 영국 왕실로, 살인 사건이 일어나기 육 년 전인 1883년에 이미 죽은 마르크스로 백 년 넘게 살아왔다. 그것은 여전히 유효하며, 이제 칼잡이 잭은 마니아를 거느린, 경외하는 인물로 콘돔으로까지 부활했다. 하지만…… 매리 앤 니콜스와 다크 애니, 리즈는 어디로 간 것일까. 잭의 전리품이 되기 전에 이미 여인들은 가난과 질병, 폭력과 중독으로 반쯤 동공이 풀려 있었다. 목덜미와 자궁을 도려낸 잭의 칼날

은 확인 사살에 불과했다. 문제는 실재(實在). 이제 모두
세상에 없다는 것이다. 그럴까. 장맛비가 며칠 이어져
질척거리는 시장 골목을 걸으며 나는 다크 애니가 선술
집 계단에 앉아 맨발을 간댕거리며 부르는 노랫소리를
들었다. 나도 어느새 익숙한 가락을 허밍으로 따라 부르
고 있었다. 노래의 제목을 떠올리려 했지만, 나는 결국
알아내지 못했다. 그리고 읍의 군민 회관 앞 광장.

……

날이 차가워지면 가창오리 떼처럼 약장수가 읍을 찾아왔
다. 대개 사내고 더러 계집과 아이 들이 딸린 약장수 가
족은 한밤중 들리는 웃음소리처럼 읍의 여기저기를 뒤숭
숭하게 달싹였다. 여자는 하늘을 날고 있었다. 천막 지
붕을 정수리로 들이박고 아래로 가뿐히 내려앉는 여자는
하늘을 누비는 새가 아니라 오리나 닭, 타조 따위 날개
가 퇴화한 가금(家禽)처럼 보였다. 여자는 머리와 몸통,
다리의 길이가 엇비슷한 땅딸보였다. 하지만 땅을 딛고
천장을 향해 솟구치는 몸은 제법 날렵하고 땅을 박찰 때
마다 스프링을 퉁기듯 팽팽한 공명이 느껴졌다. 여자는
어쩌면 내게 이런 말을 들려주고 싶어 하는 것 같았다.
사내는 사내를 이길 수 없어서 계집과 아이들을 때리는
거야. 그중에 정말 비겁한 놈들은 계집과 아이를 죽이기
까지 하지. 계집과 아이 들이 불쌍한 사내들을 보듬어주

어야 해. 사내가 사내들을 죽이는 전쟁을 막으려면 우리
가 피를 흘릴 수밖에 없어. 하지만 나는 나도 모르게 킥,
웃음을 깨물 수밖에 없었다.

*

시장은 어둡다. 나는 아빠를 찾아간다. 과일전과 생선전을 질
러가면 곧장 군민 회관 앞 광장에 닿을 수 있지만, 나는 일부러
튀김집과 국밥집 길로 둘러간다. 튀김집은 시장의 배꼽이다. 천
장이 없는 튀김집 합판 벽에는 겁게 더께 진 기름이며 곤충의 주
검, 쥐 오줌 자국이 누수처럼 번지고 있다. 이미 석 달이나 지난
팔월 달력에는 통통한 바퀴벌레 한 마리가 헐벗은 여자의 젖무
덤을 핥고 있다. 언뜻 보면 바퀴벌레는 황색 사진의 치부를 가린
조잡한 모자이크처럼 보인다. 사내들은 바퀴벌레가 부러운지 연
신 해변의 여자를 쳐다보며 소주잔을 베어 물듯 홀짝 털어 넣고
녹색 플라스틱 종지에 담긴 굵은소금을 집어 먹는다. 가끔 성난
취객은 정말 소주잔을 찌꺽찌꺽 씹어 먹었다.

나는 진저리를 치고 걸음을 서두른다. 한 달 전까지만 해도 아
빠를 찾으러 오는 길은 튀김집이 마지막이었다. 아빠는 으레 튀
김집 앞 축축한 길바닥에 널브러져 있거나 튀김집 여자와 싸우
고 있었다. 나는 눈이 게게 풀린 아빠를 겨우 부축해 여자의 손
목을 비틀고 침을 뱉었다. 하지만 아빠는 지금 여기 없다.

군민 회관 앞 광장으로 가는 딴 길이 아예 없는 것은 아니다. 과일전과 생선전을 질러갈 수도 있고, 아예 시장 옆구리를 끼면 밝고 환한 큰길이 나온다. 생선전에는 큰고모가 홍합, 굴, 백합 따위 조개류를 팔고 있다. 아빠가 술에 취하듯 큰고모는 날이면 날마다 이십 년 넘게 이웃으로 장사하는 사람들과 번갈아 싸웠다. 살집 좋은 큰고모는 명태처럼 마른 여자를 젖은 시장 바닥에 쓰러뜨리고 머리끄덩이를 야무지게 뜯어놓는다. 싸움이 끝나면 큰고모는 손바닥을 탁탁 털고, 깔고 앉은 돈 통에서 소주병을 꺼내 들이켠 뒤 홍합 빈 껍데기에 사마귀처럼 돋은 관자를 뜯어 먹었다. 둘 다 쉰을 넘긴 남매는 시장에서 유명한 알코올 중독자다. 시장 옆구리를 끼고 난 큰길에는 같은 학년 애들 가게가 여러 곳 들어 있다. 화장품 가게, 속옷 가게, 정육점 따위가 화투장처럼 그늘 없이 들어선 그곳에는 식어빠진 튀김이나 비늘이다 떨어진 생선에서 풍기는 비릿하고 매캐한 냄새가 나지 않는다. 취해 널브러진 사람도 없고, 코를 쫑긋거리는 살찐 쥐도 없다. 다만 하나같이 뚱뚱하고 좋은 옷을 입은 아이들이 자기네 가게 근처에서 알짱대고 있을 게 빤하다.

나는 그 아이들이 두꺼비나 뱀보다 더럽고 싫다. 초등학교 때부터 지금까지 아이들은 툭하면 코를 후비며 말라깽이의 멱살을 잡거나 연필로 손등을 쿡쿡 찔렀다. 짝꿍인 말라깽이가 책상에 엎드리거나 뒤꼍 화장실로 도망치면 애먼 나더러 '떡치는 그림'을 그려달라고 협박했다. 엄지를 집게손가락과 가운뎃손가락 사이에 집어넣고 꼴리기를 기대하는 아이들의 입에서는 들큼하면서도 비릿한 냄새가 풍겼다.

나는 변소 뒤에 숨어 말라깽이와 담배를 태우면서 그놈들은 '좆나게' 케첩을 먹어서 그런 냄새가 난다고 낄낄거리며 벌어진 앞니 새로 침을 찍, 뱉었다. 나는 그 냄새를 맡을 때마다 그다지 게워낼 것도 없는 목구멍에 손가락을 집어넣고 노란 신물을 뱉어내 내 어깨에 턱을 괴고 숨을 쌕쌕거리는 케첩들의 면상에 발라주고 싶었다. 하지만 나는 걔들보다 한 뼘이나 작았고, 공부를 못했다. 나는 가끔 술 취한 아빠를 이길 수 있는 내가 왜 케첩들에게 늘 질 수밖에 없는지 무척 갑갑했다.

오늘은 아빠가 월급을 받는 날이다. 그 일이 있고 금세 한 달이 지났다. 아빠는 하룻저녁에 한 달 벌이를 몽땅 잃어버렸다. 노름을 해서 날렸다면, 아빠 성질에 패악을 부리다 다리 한쪽이 부러지지 않은 것이나마 다행이라고 주억였을 테지만, 고작 약 2상자에 50만 원 넘는 돈을 홀라당 날려버렸다는 건 암만 생각해도 억울했다.

처음엔 엄마도 나처럼 분을 삭이지 못했다. 아빠 목을 조르며 고래고래 고함을 지르고 게거품을 물었다. 하지만 엄마도 전기밥솥 하나를 거저 경품으로 타고 나서는 완전히 넋이 나가버렸다. 여전히 검은색 엑기스를 쪽쪽 빨아먹는 아빠를 이를 갈고 쳐다보지만, 엄마도 저녁이면 슬그머니 군민 회관 앞 광장으로 마을 나갔다가 바가지, 두루마리 휴지, 다리미, 냄비를 이고 왔다.

세차장에서 물걸레질하고 날마다 푼돈을 받는 엄마는 새삼스레 살림 장만에 열심이 되었다.

시작은 그날 밤이었을 것이다. 방과 부엌 바닥에 흩어진 깎은 밤을 씻어 자루에 담고, 밤 껍질을 긁어모아 우물이 있는 뒤꼍 텃밭에 내다 버리고 왔을 때 방은 텅 비어 있었다. 애꾸눈에 한쪽 팔이 빠진 붉은 병신 곰 코를 빨고 자는 누나도 보이지 않았다.

그날의 시작은 그런 대로 나쁘지 않았다. 오히려 좋았다. 아주 드물게 찾아온 고요였다. 나는 우리에게도 이런 시간이 있다는 게 낯설면서도 괜스레 오줌이 마렵고 심술이 났다. 엄마는 텔레비전을 보면서 밤을 깎았고, 아빠는 모로 누워 소주를 마시면서 가끔 엄마가 깎아놓은 밤을 주워 먹었다. 엄마는 아빠의 손등을 살짝 깨물고는 밤 공장 사람들은 킬로그램 수를 귀신같이 안다고 퉁바리를 먹였다. 아빠는 침을 퉤퉤, 뱉고는 소주를 들이켰다.

"딱 그 병까지야!"

엄마는 하품을 했다. 붉게 충혈된 눈초리에서 눈물이 주르륵 흘렀다.

"네가 칼을 잘 쓰면 얼마나 편하겠니."

세차장 물걸레질 말고도 엄마는 밤을 깎았다. 구멍 난 고무장갑 손가락을 골무로 끼고, 밤 1포대를 깎으면 세차장 이틀 치를 벌었다. 동네 여자들이 좁아터진 방으로 새삼스레 마을 와서 밤 깎는 일을 도왔다. 여자들은 밥 먹고 술 먹고 노래를 불렀다. 보름도 지나지 않아 엄마는 밤 10포대 깎은 값을 받았다. 여자들은 수고비를 나눠 달라며 엄마에게 악다구니를 퍼부었다. 그 뒤로 엄마는 혼자서 밤을 깎았다.

엄마와 아빠 사이에서 잠든 누나가 잠결에 손을 뒤채는 바람에 엄마 무릎에 올려진 바가지가 쏟아졌다. 밤 껍질이 아빠 머리에 죽은 나방처럼 후드득 떨어졌다.

"니미럴, 병신 같은 년이 잠버릇까지 더럽네."

"그만 처먹으라고 했지. 딱 한 병이라고 했잖아."

"그깟 밤 좀 깎는다고 유세냐. 나는 만날 등짐 진다고 등허리가 끊어질 것 같아."

"그럼 사내가 그깟 일도 안하고 놀고먹겠다는 심사냐."

나는 그제야 가슴이 좀 후련해졌다. 웃음이 터질 것 같았다. 나는 아빠의 주먹다짐을 피하는 엄마의 허리춤을 집적거렸다.

"엄마 돈 줘. 스케치북 사야 해."

"이 새끼가."

"엄마 돈 줘. 스케치북 사야 한다니까."

나는 뒤엉켜 붙은 엄마와 아빠를 쳐다보며 목이 터져라 고함을 질렀다.

"돈 줘. 엄마 돈 줘. 스케치북 사야 한다니까."

빈 방에 남은 나는 칼을 들어 밤을 깎아냈다. 밤 껍질은 어둠처럼 딴딴하고 깊었다. 찰나 손등이 서늘했다. 나는 손가락을 쪽쪽 빨며 담요를 한쪽 구석으로 밀어냈다. 나는 엄마가 바께쓰에 떨어뜨린 밤 깎는 칼을 호주머니에 쑤셔 넣고 바깥으로 나갔다. 문득 나를 버리고 모두 도망가버렸을지 모른다는 생각이 들었다. 그런데도 하나도 겁나지 않았다. 나는 주인집 옆구리를 돌아 뒤꼍 우물로 갔다. 낮은 우물 턱에 엉덩이를 걸쳤다. 문득 죽은 형의 야윈 어깨에 매달린 기분이 들었다. 위태롭지만 기댈 수 있다는 것만으로도 왠지 뿌듯했던 기억이 났다. 엄마나 아빠는 한 번도 나를 안거나 업어주지 않았다. 나는 우물 속을 들여다보며 고함을 질렀다.

니미럴, 전부 다 똑같아.

정말 억울해서 눈물이 다 날 것 같았다.

니미럴. 전부 다 뒈져버려라.

나는 주머니에 든 밤 칼자루를 만지작거리며 고개를 든다. 시장통 천장은 우주를 향해 난 우물처럼 껌껌하다. 드문드문 불타는 별처럼 전깃불이 매달려 있다.

나는 잔뜩 부스럼이 나고 험상궂은 얼굴로 담배를 피우는 지구를 본 적이 있다. 환경오염을 경고하는 만화는 그다지 재미가 없었지만, 부스럼 딱지 땡중 지구가 공장 굴뚝을 담배처럼 뻑뻑 피워 물고 있는 꼬락서니는 배를 틀어쥘 만큼 우스꽝스러웠다. 나는 연신 깔깔거리며 부스럼 딱지 땡중 지구의 눈깔에 집 한 채를 그렸다. 그리고 우주로 향한 담배 연기에 침목처럼 선을 긋고 사다리를 놓았다. 겨우 5단짜리 사다리였다. 네모난 칸 속에서 우주는 고작 한 입 베어 먹은 사과 모양의 오른쪽 여백이었다. 결국 내가 가보지 못한 우주는 지구의 절반도 되지 않았다. 나는 못생긴 지구와 우리 집처럼 좁은 우주 사이에 놓인 사다리 끝에 버섯갓 같은 반 타원을 그리고, 세로로 선을 그은 다음 부스럼 딱지 땡중 지구가 굴뚝을 물고 있는 주둥이 가에 동그라미 2개를 달았다. 지구는 이제 담배가, 사다리가 아니라 근사한 좆을 물고 있었다.

니미럴, 전부 다 좆이나 빨고 살아라. 하여튼 이놈의 지구는 사람 살 데가 못 돼.

나는 우리가—지구에서—집도 없는 가난뱅이라는 걸 원망하지 않았다. 슬프지도 않았다. 엄마나 아빠 같은 사람에게도 집 한 채를 허락할 만큼 지구가 호락호락하거나 평등하다고 믿지도 않았다. 그냥 길거리를 지나는 여자에게 염산을 뿌리는 사내랑, 검은 사람 가운데 태어난 하얀 아이의 팔다리를 훔쳐가는 사람들도 살고 있는 지구인데, 술주정뱅이 사내와 성질 못된 여자가 못 낄 이유는 없다고 생각했다. 집은 그 다음의 문제였다.

아닌 게 아니라 엄마와 나, 아빠, 병신 누나에게 쥐똥 굴러다니는 소리가 늘 장마처럼 들려오는 낮고 기울어진 천장의 셋방은 더할 나위 없이 어울렸다. 나는 엄마가 스란치마를 입고 계란빵을 구워 학교를 마친 나를 기다려주기를 전혀 바라지 않았다. 자개농, 흔들의자, 샹들리에…… 비단 보료를 깔아놓고 밤을 깎는 풍경이라니. 레이스 달린 드레스를 입고 침을 질질 흘리며 거위처럼 되똥되똥 걷는 누나라니.

작년 운동회 날이었다. 개천절을 하루 앞둔 가을 하늘은 미친 듯이 파랬고, 구름 한 점 없었다. 우리 반은 운동장 왼쪽 버즘나무 아래 모여 있었다. 나는 케첩들—케첩은 언제 어디든 때와 장소를 가리지 않고 얼굴을 달리해 존재했다—의 어설픈 응원을 건성으로 따라 하며 하늘을 갈래갈래 찢어놓은 만국기를 쳐다봤다.

만국기가 먹구름으로 변해 신문지 같은 빗줄기를 쏟아내면 얼마나 좋을까. 그러면 지긋지긋한 운동회가 금세 끝날 텐데. 그래도 오늘만 참으면 더 이상 운동회가 없다는 사실만으로도 마음 한구석이 홀가분했다. 드디어 초등학교 시절이 끝난다. 중학생이 되면 더 이상 유치하게 노란 체육복을 입고 청색 백색 머리띠를 매지 않아도 되고, 텀블링을 안 해도 된다.

운동회 보름 전부터 따가운 햇볕이 내리쬐는 오후면 모래 운동장에서 텀블링 연습이 시작됐다. 어린 학년이 꼭두각시 춤을 추고, 큰 학년 계집애들이 부채춤을 추는 동안 머슴애들은 강당 입구의 그늘에 웅기중기 모여 있다, 색동옷을 입은 아이들이 총소리에 놀란 새 떼처럼 한꺼번에 물러가면, 운동장으로 나가 차전놀이와 텀블링을 연습했다.

빛이 기울어가는 모래밭에 다복다복 인간 탑이 쌓였다. 나는 3년 내도록 5층탑의 3층에 괴었다. 1층은 정말 뚱뚱한 아이들이 엎드렸다. 토할 때까지 뭔가를 끊임없이 입속에 집어넣는 케첩들이었다. 아이들은 모랫바닥의 자갈을 훑어내며 마을 어귀마다 세워진 라이온스 클럽 사자처럼 엎드렸다. 제 등에 또 아이들이 올라타면 포효를 하는 라이온스 클럽 사자와 달리 오만상을 찌푸렸다. 아이들은 갈기를 세운 위엄 있는 사자가 아니라 무너진 축사 기둥에 깔린 돼지 같았다. 꼭대기는 나보다 마르지도 않은 6학년 3반 반장이 운동화를 신고 올라섰다. 그 아이는 뱀처럼 생긴 4학년 1반 담임의 외동아들이었다. 그 아이는 차전놀이의 청군 대장이기도 했고, 운동회가 끝날 즈음이면 땅바닥에 단단히 박아놓은 박 대를 은근슬쩍 쥐고 있다가(나는 그 아이를 향해 오자미를 던졌지만, 내 팔매질은 늘 얼마 가지 못했다) 운동회의 승패가 갈리면 아이들 대표로 단상에 올라가 교장 선생의 손을 잡고 웬 만세를 불렀다.

초등학교 내내 공책 한 권 못 받은 나는 엄마에게 한 번도 운동회 날을 가르쳐주지 않았다. 마지막 운동회도 엄마가 세차장에 나간 뒤에 누나와 식은 밥상을 깨작대다가 느지막하게 도착한 참이었다.

운동회 날을 가르쳐주지 않은 건 굳이 소풍날과 가정실습 날을 가르쳐주지 않는 것과 마찬가지였다. 나는 소풍을 가면 솔숲이나 대숲 깊숙이 숨어 팔베개를 하고 온종일 누워 있었고, 모를 심을 때나 타작할 때 이틀 사흘씩 쉬는 가정실습 날이면 혼자서 논두렁을 어슬렁거렸다. 무논에 바글거리는 새끼 개구리를 잡아 다리를 찢어놓고 마른 흙바닥에 파닥거리는 나비를 발로

꾹 밟아 짓이겨놓았다. 웃자란 냉이 꽃을 꺾어 이리저리 흩뿌리
며 걷다 보면 아는 아이네 논에서 막 새참을 먹고 있었다. 그 아
이는 나만큼 입성이 더러웠지만 아이의 아빠는 소처럼 순한 눈
을 씀벅거리며 스테인리스 주발에 한가득 따른 막걸리를 꿀떡꿀
떡 들이켰다. 그들은 내가 어디 살고, 성이 뭐고, 공부를 얼마
만큼 하는지, 부모가 무슨 일을 하는지 아무것도 묻지 않았다.
그저 데친 부추와 종종 썬 김치를 얹은 국수 한 그릇을 말아주었
을 뿐이다. 국물에 시꺼먼 엄지를 반쯤 잠그고 국수 그릇을 내미
는 아주머니와, 그 손등에 들러붙어 좀체 떨어질 생각을 않는 파
리 한 마리를 보면서, 나는 오물통에 밀대처럼 담겨 있을 엄마
손을 떠올렸다.

맨 뒷줄에 앉아 개미를 눌러 죽이고 있던 나는 점수판을 보려
고 이순신 동상 곁의 단상과 천막 쪽을 쳐다보다가 화들짝 놀랐
다. 이순신 동상 옆의 화단 철책 앞에 엄마가 누나를 업고 서 있
었다. 단상 옆 천막 속으로 들어가지 못한 엄마는 햇빛을 고스란
히 받아 얼굴을 찌푸리고 있었다. 나는 얼굴을 폭 수그렸다. 석
대 위에 서 있는 이순신이 갑옷을 벗고 400미터 계주를 뛴다고
해도 그렇게 놀라거나 곤혹스럽지 않았을 것이다.

갑작스레 찾아온 엄마가 반갑기는커녕 괜스레 화가 나고 똥을
밟은 것처럼 찜찜했다. 게다가 엄마 어깻죽지에 매달린 누나는
코끼리 코처럼 축 늘어져 있었다. 노란 체육복을 입고 하양 파랑
띠를 두른 꼬맹이들이 누나의 치마를 슬금슬금 끄집어 내렸다.

나는 당장 달려가 엄마 몸을 친친 감고 있는 코끼리 코를 뎅겅 베어버리고 싶었다.

우리는 이순신 동상 옆에 신문지를 깔아놓고 김밥을 먹었다. 어쩐 일인지 엄마는 땡볕에 내다 말린 토란 잎처럼 시르죽은 낯빛으로 이마에 밴 땀만 훔쳤다. 엄마는 평소처럼 걸걸하게 웃지도 않고 내처 입을 다물고 있었다. 내가 엄마가 낯선 것처럼 엄마도 햇볕이, 만국기가 펄럭이는 학교 잔치가, 걱정 없는 웃음이, 수저처럼 단란한 가족 풍경이 낯설었을 것이다.

엄마는 너무 오랫동안 오물이 그득 담긴 바께쓰와 폐타이어와 폐유 냄새가 가득한 세차장이나 어둠침침한 셋방에서 웃고 떠드는 방법만 알고 있었다. 아들에게 김밥을 집어주고 음료수를 따라주며 살갑게 내리사랑을 보여주기에 햇빛은 너무 적나라했고, 사람들은 구두처럼 반짝거렸다. 게다가 배 아파 낳은 자식은 노란 체육복을 입은 아이들에 비해 유난히 키가 작고 얼굴은 주근깨투성이었다.

나는 햇볕 아래 가족이 만나면 얼마나 못생겨지는지 알았다. 해가 지고 늦은 저녁 침침한 전깃불 밑에 모여 입을 꾹 다물고 텔레비전을 쳐다보면서 힐끗거리는 옆모습이 진짜 식구 얼굴이었다. 문제는 우리에게 더할 나위 없이 어울리는 죽은 나방 같은 밤 껍질과 쥐똥이 그득한 셋방에 어느 날 검은색 엑기스가, 채 비닐을 뜯지 않은 냄비가, 두루마리 휴지가 벽 한쪽을 차지하기 시작했다는 것이다. 이제 저녁이 되면 익숙한 욕과 다툼으로 떠들리던 셋방의 전깃불 아래는 그지없이 휑뎅그렁하기만 하다.

군민 회관 앞 광장에 천막이 서고, 밤마다 쿵작쿵작 소리가 드높아지면서 셋방에 살던 어른들은 마치 피리 부는 사내에게 홀린 쥐 떼처럼 천막 속으로 우둥우둥 몰려갔다. 나는 그 피리 부는 사내가 순 공갈쟁이에 사기꾼인 것을 빤히 알고 있는데 정작 어른들만 모르는 눈치였다.

나는 주머니에 든 밤 칼자루를 다시 한 번 만지작거린다. 칼날이 차갑다. 저만치 군민 회관 앞 광장이 보인다. 말라깽이는 정말 약속을 지켰을까.

*

일, 일본 놈이

이, 이쁜이를

삼, 삼 층으로 데리고 가

사, 사방을 둘러본 뒤

오, 옷을 벗기고

육, 유방을 만진 다음

칠, 칠대에 눕혀

팔, 팔딱 구멍에 있는

구, 구멍을 보고

십, 십을 했다

배가 고프다. 숫자 시를 100번도 넘게 왼 것 같다. 입안은 쩍쩍 마르고 눈앞이 어지럽다. 멀찍이 보이는 연노랑 빛 약장수 천막이 먹음직스런 찐빵처럼 보인다. 가끔 천막이 바람에 부풀 때마다 사람들의 그림자가 팥알처럼 아른거린다. 아빠는 단팥 맛에 환장한 구더기처럼 넋을 놓고 천막 안에 갇혀 있을 것이다.

딱 담배 한 모금만 피우면 좋겠는데.

말라깽이는 여전히 오지 않는다. 오랜만에 모눈종이에 떡치는 그림을 그려주고 받은 돈도 모자라 담배며 못 받은 신문 배달료 반까지 나눠주겠다고 약속했는데, 말라깽이는 어디로 꽁꽁 숨어버렸다.

생각할수록 괘씸하다. 말라깽이는 배신자다. 나는 초등학교 때부터 알고 지낸 말라깽이에게 의리를 지키려고 최선을 다했다. 중학생이 되어서도 마찬가지다. 말라깽이가 만날 특수반에서 한글도 제대로 못 깨친 아이들과 서로의 자지나 만지고 빈둥거린다는 사실을 알고는, 쉬는 시간마다 찾아가 동전 따먹기를 같이 해주고 수업 시간 내내 그린 만화를 보여주기도 했다. 심지어 케첩들이 말라깽이에게 보여줄 그림을 자기들에게 달라고 했을 때, 나는 처음으로 반항을 하기도 했다.

모눈종이에 여러 도형을 그리는 시간이었다. 도형 자나 컴퍼스가 없는 나는 수업 내내 파도 하나 없이 얌전한 봄 바다처럼 푸른 모눈종이 위에 서로 뒤얽힌 두 사람의 모습을 열심히 그렸다. 컴퍼스의 가랑이를 조절하던 케첩1이 물에 빠져 죽은 시체를 발견한 것처럼 눈빛을 빛내고 침을 다셨다. 나는 모른 척하고 사내의 장딴지에 고슬고슬한 털을 촘촘히 그려 넣었다. 어느새 케첩2와 케첩3이 창가에 앉아 꾸벅꾸벅 졸고 있는 선생님을 힐끗거리며 나를 둘러쌌다. 목덜미에서 들큼하면서도 비릿한 냄새가 풍겼다. 그러자 갑자기 심술이 났다. 무슨 용기가 나서 그랬는지 몰라도, 내 손은 어느새 뒤얽힌 사람의 얼굴에 들창코를 그리고, 고구마 잎 같은 마름모꼴의 귀를 달아주고, 아직 선 처리가 힘든 손가락과 발가락에 족발을 달았다. 마지막으로 두 사람의 얄따란 엉덩이에 용수철 같은 꼬리를 이어주려고 할 때, 케첩3이 내 옆구리에 잽을 먹이며 수업이 끝나면 화장실로 따라 나오라고 했다. 그때 내 눈에 케첩1 앞에 놓인 컴퍼스가 눈에 들어왔다. 나는 컴퍼스로 푸른 바다에 빠진 두 마리의 돼지 인간을 갈기갈기 찢어버렸다. 컴퍼스의 긴 바늘이 내 손등에 붉은 선을 그었다. 그때 별안간 눈앞에 별이 둥둥 떠다녔다. 나달나달해진 모눈종이를 손에 들고 있는 선생님의 시뻘게진 얼굴이 어렴풋이 눈에 들어왔다.

나는 특수반 맨 뒷자리에 가만히 엎드려 있는 말라깽이를 찾아가 선물을 내밀었다. 말라깽이는 나달나달해진 모눈종이를 빳빳하게 펴며 무슨 그림이냐고 물었다.

"피그스야."

"피그스가 뭐야?"

"돼지의 복수."

하지만 말라깽이는 어느 순간 조금씩 변해갔다. 내가 찾아가도 시들먹했고, 하굣길에 기다리라고 해도 꽁무니를 빼버리기 일쑤였다. 어쩌면…… 아니 말라깽이는 케첩들의 박쥐가 된 것이 분명하다. 돈이라면 사족을 못 쓰는 녀석은 케첩들의 자지를 주물러주고 동전 몇 닢을 얻은 게 분명하다. 이제 케첩들보다 피 그도 모르는 말라깽이가 더 짜증난다. 화장실에 숨어 서로 담배를 나눠 피고 엉덩이를 붙이고 있는 말라깽이와 돼지가 상상된다. 그렇다면 이제 나는 정말 고독한 사냥꾼이 되어야 한다.

하지만…… 우리가 초등학교 때부터 해왔던 약속은 이제 어떻게 되는 거지. 케첩2의 정육점에 불을 지르기로 한 것. 내가 망을 보고 말라깽이가 석유를 묻힌 신문지를 밀어 넣기로 했는데. 그냥 고기를 훔치는 것보다 타고 남은 고기를 훔치면 햄버거 만 개는 쉽게 만들 수 있다고 구슬렸을 때, 군침을 다신 건 분명 말라깽이였다. 케첩3의 화장품 가게에서 병을 몇 개 훔쳐 깨뜨린 유리 조각으로 목덜미를 쑤셔버리자고 한 것은. 피 냄새가 아니라 달콤한 화장품 냄새가 날 거라고 낄낄거리며 좋아했던 건 내가 아니라 분명 말라깽이였다. 읍에서 가장 높은 동네에 있는 개네 집까지 찾아갔을 때, 게게 풀린 눈으로 '아가리 안 닥칠래. 솥에 넣고 삶아버리기 전에 얼른 꺼져'라며 악다구니를 퍼붓던 주정뱅이 여자를 라면이랑 같이 삶아버리자고 먼저 말했던 것도…… 말라깽이였다.

배가 고프다고 창자끼리 서로 뜯어 먹는지 뱃가죽이 당긴다.

배 속에 늑대 한 마리가 들어있는 게 분명하다. 배부르면 하염없이 부풀어 한 발짝도 못 뗄 만큼 드러누워버리고, 굶주리면 이를 갈며 복사뼈를 물고 늘어진다. 그래, 배가 너무 고파 화가 나서 내가 말라깽이를 의심하고 있는 건지도 모른다. 아까 하곳길에 겨우 만나 오늘 계획을 얘기했을 때 말라깽이는 분명 고개를 끄덕거렸다. 조금 뒷걸음치며 얼마 줄 건데, 하고 묻긴 했지만, 나는 안다, 말라깽이의 검은 눈자위가 500원짜리 동전처럼 반짝거렸다는 것을.

나는 밤 칼자루를 쓰다듬으며 뚜벅뚜벅 천막 앞으로 걸어간다. 막상 아빠와 맞닥뜨리면 어떻게 하나, 조금 겁이 났지만 월급이 들어 있는 두둑한 잠바를 떠올리면 달싹이던 마음이 금세 차돌처럼 단단해진다. 신문 배달도 잘려서 내 주머니는 한 달 넘게 텅 비어 있다. 이제 그 돈의 얼마는 내 학용품 값—사실은 담뱃값과 만화책 빌려보며 쫄쫄이를 사 먹을 수 있는 돈—이다. 나도 그 돈의 그래, '권리'가 있다.

슬금슬금 천막 앞으로 걸어가는데 컴컴한 그림자가 내 앞을 또 가로막아선다. 사내는 쇠사슬에 묶인 토인처럼 옴짝달싹하지 않는다. 내가 나를 목말 탄다 해도 사내의 어깨에 닿지 않을 것 같다. 사내는 내가 이때까지 본 사람 중에서 제일 거인이다.

"애들은 가."

느티나무처럼 내 몸에 그늘을 드리운 사내의 한마디에 나는 바다를 만난 쥐처럼 단박 뒷걸음질을 친다. 나는 사내의 허벅지에 칼날을 꽂거나 아빠의 돈을 돌려달라고 악다구니를 지르기는 커녕 사내가 내 목덜미라도 낚아챌세라 무릎이 후들거리고 이마에 땀이 송골송골 맺힌다. 그저 군민 회관 앞 광장 구석의 그늘로 숨어들기 바쁘다. 게임의 시작은 너무 싱겁게 끝났다. 나의 일방적인 케이오 패.

어둠을 덮고 있자니 마음이 조금 차분해지면서 다시 말라깽이 생각이 떠오른다. 천막 앞을 지키고 있는 거인한테 말라깽이를 미끼로 던져주면 일이 좀더 쉬워질 텐데. 나는 숫자 시를 다시 외며 약장수 천막만 하염없이 노려본다. **일, 이, 삼, 사…… 쿵작쿵작…… 애들은 가. 애들은 가. 애들은 지구 끝까지 물러가라…… 꼬르륵꼬르륵.** 연노랑 찐빵 속에서 들리는 노랫소리, 내 배 속에서 들리는 꼬르륵 소리, 여전히 귓바퀴에 남아 있는 거인의 목소리, 내 가슴 콩닥거리는 소리에 왠지 콧잔등이 시큰해진다.

아빠는 군민 회관 앞 광장에 유에프오처럼 내려앉은 약장수가 '진짜'라고 했다. 부엌을 바란 벽에서는 누수로 쫄쫄쫄, 빗소리가 들렸다. 엄마의 무릎을 덮는 밤 껍질처럼 머지않아 누수가 부엌을 넘쳐 이 집을 모조리 잠글 것 같았다. 나는 끊이지 않는 물소리를 들으며 실꾸리처럼 온 집을 휘감은 물줄기를 떠올렸다. 아빠는 조만간 겨울이 오면 오히려 누수로 수도가 얼지 않을 거라고 했다. 아빠는 수도관이 한파에 얼 것을 염려해 일부러 톱으로 썰어놓은 것처럼 거들먹거리며 다시 먼 곳을 꿈꾸는 눈빛으로, 어쩌다 장날에 들르는 약장수는 '가짜'라고 했다. 그 대목에선 엄마도 수긍하는 눈치였다. 손에 쥔 밤을 내려다보는 엄마의 고개가 설핏 까닥였다.

나는 진짜 약장수가 은근히 궁금했다. 가짜와 진짜를 어떻게 구별하는지 내 눈으로 똑똑히 확인하고 싶었다. 하지만 호기심 때문에 가족을 내팽개치는 어른들과 똑같아질 수는 없는 노릇이다. 무엇보다 오늘만큼은 무슨 수를 써서라도 아빠의 주머니, 아니 내 용돈만큼이라도 지켜야 한다. 나도 언젠가는 등짐을 지거나 케첩의 부모 같은 사람들의 자동차를 깨끗이 닦아주는 사람이 될 것이다. 십 년 동안 같은 일을 반복해도 집 한 채 살 수 없을 텐데, 진짜 가짜를 따져 무엇하나. 아빠와 엄마가 진짜 가짜를 따질 안목이라면, 왜 나는 한 번도 케첩이 신는 진짜 아디다스나 케첩이 자랑하는 은하철도999 하이샤프나 진짜 할아버지 할머니를 가져본 적이 없는 것일까. 게다가 약장수라니. 진짜, 가짜가 어딨어. 약장수로 불리기는 매한가진데.

그래도 사내가 손 관절을 꺾으며 돌아설 때 오줌이 마려운 것처럼 바짝 궁금증이 일기는 했다. 한 손에 좋이 열 사람은 들고 흔들 수 있을 것 같은 사내의 거대한 그림자만 떠올리면 더욱 그렇다. 이야기 속, 진짜 보물이 숨겨진 동굴을 지키는 사람을 보면 대개 사내처럼 미루나무보다 크고 코끼리처럼 튼튼한 다리를 가지고 있다. 물론 동굴을 들어가기란, 지금의 나처럼, 여간 어려운 일이 아니다. 설령 사내를 물리쳤다고 해도 이내 익룡이 정수리를 휙 지나가며 불을 뿜고, 머리에 뱀이 달린 사람이 수수께끼를 내기도 한다. 그렇게 천신만고 끝에 싸움에서 이겨 동굴 속에 들어 있는 상자의 뚜껑을 열어보면, 태양보다 반짝이는 진짜 보물이 그득그득 쌓여 있다.

따뜻한 동굴에 앉은 것처럼 머릿속이 점점 어둠침침해지려는 찰나, 저만치 천막 옆에서 소란이 인다. 누군가 동굴에 플래시를 비쳐 그림자만 어지러운 것 같은 고요한 소란이다. 사내가 천막 한쪽의 주렴을 들추고 뛰어 들어간다. 나는 그새를 놓칠세라 군민 회관 앞 광장의 그늘만 밟고 그쪽으로 도둑 걸음을 뗀다.

사내는 여자의 옆구리를 걸어찬다. 여자는 벙어리일까. 곤달걀 속에 웅크린 병아리처럼 여자는 점점 원이 되면서 낑낑거린다. 그것은 가족끼리만 할 수 있는 몸짓이다. 아빠는 술에 취하면 엄마의 옆구리를 걸어차고, 나는 엄마 몰래 누나의 옆구리를 걸어찼다. 하지만 초등학교 때 짝꿍인 여관집 막내딸이나, 아빠의 담배를 주머니에 넣고 다니는 걸 선생님께 고자질한 반장 계집애의 옆구리를 걸어찰 수는 없었다. 그 애들이 누나보다 백배천배 알미운데도 개들의 머리카락 한 오라기 건드릴 수 없었다. 외려 그 계집애들이 내게 침을 뱉고 책받침으로 뒤통수를 내리치는데도, 나는 슬금슬금 수돗가 뒤나 변소 뒤의 버즘나무에 숨어 말라깽이와 계집애들의 더러운 소문을 만들었다.

사내와 여자도 부부일까. 거인과 땅딸보 부부. 숟가락에 엉덩방아를 찧고 밤톨만 하게 줄어든 호호 할머니와 멀쩡한 할아버지 부부처럼. 천막 속에 있는 것이 '진짜'라면 그들은 부부가 맞을 것이다. 엄마와 아빠처럼.

"여기서 뭐하니. 애들은 얼른 집에 가."

내 어깨를 두드리는 소리에 기겁을 하고 돌아보니 눈가가 짓무른 쭈그렁 할머니가 나를 골똘히 쳐다본다. 나는 본능적으로 밤 칼자루를 움켜쥔다. **아이들은 가라.** 오늘 밤 내가 맞닥뜨린 사람들은 모두 사내의 주술에 걸린 것처럼 똑같이 그 말만을 되뇐다. 그것이 저 천막 속에 들어갈 수 있는 암호인 것처럼. 어른들만 알 수 있는 진짜 세계에는 아이들이라고는 전혀 필요하지 않은 것처럼. 아이들은 집에 돌아가 가짜로 만들어진 장난감이나 갖고 놀라는 듯이. 아이는 가짜의 시간이야, 그렇게 말하는 것처럼.

하지만 아빠가 말한 장날에 오는 가짜 약장수는 아이를 돌려세우기는커녕 꼭 아이가 필요했다. 닷새마다 한 번씩 시장통 근처의 공터에 잠시 머물다 이내 사라지는 가짜 약장수의 부푼 천막은 어른들만 가둔 진짜와는 달리 울타리도 없고 아무나 드나들 수 있었다. 공터의 둘레에는 갓 젖을 뗀 강아지며 황금빛 냄비, 몸을 잔뜩 도사린 호저가 두리번거리며 서로서로를 구경했다. 끊임없이 달그락대고 부스럭대는 장날의 소음 속에서 가짜 약장수는 장날의 찌꺼기를 모조리 쏟아버리는 구덩이처럼 오히려 고요했다.

그들은 북도 없고 서커스도 없었다. 석유를 채운 소주병을 머금어 불을 뿜지도 않았고, 회칠한 얼굴에 연지 곤지를 바르지도 않았다. 호객하는 여자도 안경잡이에 하얀 남방을 입고 있었다. 그녀는 약장수라기보다 선생님이나 간호사처럼 보였다. 여자는 나와 말라깽이에게 다가와 500원짜리 동전을 내밀었다. 엄마가 집을 나갔던 해 태어난 500원짜리 동전은 갈치 빛으로 반짝였다. 나는 몇 발짝 뒤로 물러섰다. 하지만 말라깽이는 500원짜리 동전에 눈이 뒤집혔다.

말라깽이는 파란 용달 앞에 서서 여자가 내민 누에 같은 알약과 유리컵에 담긴 노란 액체를 홀짝 들이켰다. 안경잡이 여자가 말라깽이한테서 몇 발짝 물러나자 확성기를 들고 있던 사내가 신문지 한 장을 들고 와 말라깽이의 바지를 벗겼다. 혁대도 차지 않은 말라깽이의 바지는 시든 배추 잎을 벗겨내듯 무릎으로 스르르 흘러내렸다. 팬티도 안 입은 말라깽이의 아랫도리는 때가 절어 까만 나뭇가지 같았다.

어쩐 일인지 말라깽이는 사내의 손길에 인형처럼 휘둘렸다. 사내는 사람들을 쳐다보며 열을 세라고 했다. 아무도 사내의 말을 따르지 않았다. 얼마나 지났을까. 사내는 말라깽이의 엉덩이를 덮은 신문지를 죽 끌어당겼다. 말라깽이의 똥구멍에서 마치 장다리처럼 기다란 줄이 솟아 나왔다. 마치 말라깽이가 삼킨 누에가 금세 실을 자은 것처럼.

사내는 엿가락을 끊듯 장다리를 끊어 안경잡이 여자가 내민 컵에 담갔다. 안경잡이는 오만상을 찌푸리고 컵에 담긴 장다리에 물을 붓고 나무 꼬챙이로 홰홰 저었다. 컵 속에 며루 같은 하얀 알갱이가 붕붕 떠다녔다. 나는 헛구역질이 치밀었다. 케첩보다 말라깽이가 훨씬 더러웠다. 나는 누에가 아니라 활활 타면서 황 냄새를 훅 끼치는 성냥 한 갑을 통째로 삼킨 기분이었다.

누구도 박수를 치지 않았다. 사람들은 오만상을 찌푸리며 슬금슬금 자리를 피했다. 일러 취한 사내들 몇 만이 담배를 꼬나물고 이죽거렸다.

"저까짓 것 술 먹고 담배 먹으면 깡그리 죽는 거야."

채독증 앓는 듯 누렇게 뜬 얼굴이 싸늘하게 뇌까렸다.

"몸에 회충도 살아야지."

낮술에 취한 사내는 침을 퉤, 뱉었다.

"불 쇼나 뱀 쇼는 없어? 안 되면 각설이타령이라도 해야 할 것 아냐."

안경잡이 여자는 아무런 대꾸도 않고 술을 권하듯 상표를 벗겨낸 박카스 병과 하얀 누에알이 담긴 통을 사람들의 코앞에 바짝 들이밀었다.

말라깽이는 500원짜리 동전을 처음 가져본다고 했다. 손에 꼭 쥔 은빛 동전에서 학이 너울너울 날아오를 것 같았다. 하지만 말라깽이는 내장을 훑어낸 짐승처럼 자꾸 걸음을 비칠거렸다. 장다리를 쭉 뽑아낼 때 말라깽이의 내장까지 딸려 나온 것 같았다. 긴 줄 끝에 근뎅거리는 붉은 간과 콩팥, 심장에서 훅 끼치는 비린내를 상상하며 나는 말라깽이의 귓바퀴에 은밀하게 속삭였다.

"너도 어른들 말 들었지? 담배 먹고 술 먹으면 자연스레 나을 수 있는 걸 굳이 돈 주고 살 필요 있겠냐고. 넌 수은을 삼킨 게 분명해. 네 내장은 다 녹아버렸을 거야."

나는 내가 왜 말라깽이한테 그렇게 잔인해지는지 몰랐다. 어쩌면 나도 말라깽이의 손에 쥐어진 500원짜리 동전이 부러웠는지도 모른다. 엄마가 집을 나간 해 태어난 500원짜리 동전. 하지만 엄마는 한 달도 지나지 않아 다시 돌아왔다. 달라진 건 아무것도 없었다. 욧잇을 쓸면 밤 까끄라기가 묻어나고 아빠는 술만 마시면 누나와 엄마의 옆구리를 걷어찼다. 내 옆구리는 어쩌다 걷어찼다.

나는 배신자 말라깽이의 옆구리를 걷어찬다. 말라깽이는 개처럼 내 무릎에 감겨 손이 발이 되도록 싹싹 빈다. 나는 케첩들처럼 뚱뚱한 몸뚱이로 변신한다. 아무도 내가 아이라는 걸 눈치채지 못한다. 목이 마르다. 어디서 물병 소리가 들린다. 딸랑딸랑 방울 소리 같다. 어쩌면 배 속에서 창자를 먹고 순해진 늑대가 트림하는 소리인지도 모른다.

나는 호로록 침을 다시고 눈을 지릅뜬다. 깜빡 졸았나 보다. 몇 발짝 앞에서 단춧구멍만 한 눈이 나를 쳐다본다. 눈은 구슬처럼 글썽거리고 있다. 나는 퍼뜩 주머니의 밤 칼자루를 움켜쥔다. 단춧구멍이 돌아설 때 손에 들려진 병에서 다시 물소리가 들린다. 그 그림자는 겨우 책가방만 하다. 내 그림자보다 작다. 나는 갑자기 심술이 난다. 나는 그림자를 불러 세운다. 움찔 놀란 그림자가 돌아선다. 내 어깨에도 닿지 않는다.

땅딸보 여자다. 사내에게 옆구리를 걷어차이는 나, 엄마, 누나와 마찬가지인. 이 여자라면 상대할 만하다. 이 여자는 아빠도 토인도 아니다. 안경잡이도 아니다. 그렇게 생각하자 주먹에 힘이 들어가면서 더 허기가 느껴진다. 나는 아직도 배가 고프다. 여자의 손에 들린 까만 봉지를 빼앗아 벌컥벌컥 마시고 싶다. 모자라면 여자의 등에 달린 혹을 가르면 된다. 사막에서 목이 마르면 타고 가던 낙타의 혹을 베어 그 속에 고인 물을 먹는다는 얘기를 들은 기억이 난다.

나는 밤 칼자루를 쥐고 여자에게 바짝 다가간다. 여자는 아빠를 알고 있는지도 모른다. 언제쯤 부푼 천막의 불빛이 꺼지고 홀린 사람을 풀어줄지 알고 있을 것이다. 하지만 막상 여자를 쳐다보자 할 말이 없다. 오히려 나를 바라보는 여자의 눈매는 토인에게 붙들려 나무둥치에 묶인 포로를 내려다보는 것 같이 매섭고 싸늘하다.

"좆만 한 새끼가 뭘 훔쳐 먹으려고 자꾸 알짱거려. 빨리 꺼져."

싸늘한 그 목소리는 어른들만의 진짜 세계에 들어갈 수 있는 암호가 아니다. 그저 얄궂게 지나가는 바람 소리일 뿐이다. 내가 잘못 들은 게 분명하다. 아니, 암호래도 아무 상관없다. 쭈그렁 할망구와 땅딸보가 그 암호를 알고 있더라도, 진짜 세계를 찾으려면 여전히 많은 싸움이 남아 있다. 암호만으로는 어림도 없는 일이다. 그것은 그저 진짜 세계를 향한 험난한 여행의 첫 발짝을 떼는 열쇠에 지나지 않는다. 거인 같은 사람만이 모든 게임을 물리치고 먼지가 도탑게 쌓인 보물 상자의 뚜껑 앞에 무릎을 꿇을 수 있다.

나는 주머니에 든 손에 힘을 지그시 준다. 손끝이 서늘해지고 어디선가 물병 깨지는 소리가 들린다. 바람이 부는지 연노랑 천막은 찐빵처럼 다시 부풀어 오른다. 어쩌면 천막이 품고 있는 보물이 말갛게 비치는 것인지도 모른다. 아빠는 아직도 내 담뱃값을 품고 천막 속에 갇혀 있을 것이다. 그 돈은 내가 찾아야 할 진짜 보물이다. 나는 동굴을 지키고 있는 불 뿜는 익룡이나 거인과 싸울 용기가 있다. 진짜 싸움은 늘 조무래기를 해치우면서 시작된다. 나는 작지만 날렵한 칼 한 자루도 쥐고 있다. 비록 따르던 부하는 배신하고 말았지만. 어차피 진짜 보물을 찾는 주인공은 모두 고독한 사냥꾼. 어쩌면 말라깽이는 그걸 알고 일부러 나오지 않았는지도 모른다. 나는 두 주먹을 불끈 쥐고 한 번도 진짜인지 가짜인지 의심해본 적이 없는 옆구리에 고무신 무늬가 박힌 신발을 바닥에서 천천히 뗀다.

게임은 지금부터 시작이다.

굴 뚝

연통 끝에 달이 걸려 있다. 누우니까 알겠다, 벽과 처마 챙에 가려 방 안을 서성일 때는 못 보던 숨은 그림이다. **달은 깨진 병 조각**처럼 날카롭다. 다시 연기가 피어올라도 숭숭 베어내는 바람에 누구도 이 방의 기척을, 온기를 눈치채지 못할 것이다. 달에 벤 것처럼 으스스 진저리가 친다. 춥다, 추위가 빈 병처럼 쌓여 조금이라도 뒤채면 와르르 쏟아질 것 같다. 고드름처럼 뚝뚝 부러지는 나뭇가지 그림자, 얼음판처럼 주저앉는 유리창, 서리꽃처럼 바삭거리는 나뭇잎 무늬 벽지……에 뒤섞인 달 조각을 상상하자 숨은 그림을 놓치기 전에 검지로 둥그렇게 표시해놔야 하지 않을까, 조바심이 난다.

언니도 저 그림을 찾아냈을까. 까르르 깔깔, 한밤중에 몇 번 웃음이 자지러졌던 걸 보면, 달을 딸세라 창턱에 매달려 바둥거리는 언니의 맨허벅지가 떠오른다. 하지만 한 달에 하루 이틀, 그날은 비가 쏟아졌거나 먹구름이 내려앉았을 수도 있다. 달빛 은커녕 서성이는 눈빛도 더듬을 수 없는 깜깜한 창. 아무리 기웃 거려도 그 속에 뱀이 똬리를 틀고 있는지, 어떤 손이 입을 틀어막고 숨통을 죄고 있는지, 삶의 마지막 하품 끝에 눈초리에서 눈물이 주룩 흘러내리는지…… 알아챌 수 없는. 그러고 보면…… 달이 뜨고 지는 밤새, 방은 구멍처럼 텅 비었을지도 모른다. 골목 어귀에 멈춘 오토바이 공회전 소리를 따라, 쇠문이 딸깍 열리고, 그 틈새로 연기처럼 빠져나가는 그림자. 오토바이에 매달려 고개 마을 비탈을, 높다란 건물이 하늘을 가린 뒷골목을, 삼거리에서 U자로 맴을 도는 마을버스 차창을, 비린내가 풍기는 '살인자의 숲'을 소문처럼 쏠고 다니는 그림자. 그러니까 창에 달이 뜨든 말든, 그것이 병 조각이든 둥근 시계든, 수박 반쪽이든, 담요처럼 포개진 그림자.

그게 아냐, 너는 몰라. 내가 창밖을 가리키자 언니는 곁눈으로 힐끗거리고는 비뚜름한 표정을 짓는다. 깔깔깔, 웃지 않는다. 새삼스러울 건 없다. 언니는 늘 제 껑충한 그림자에 가려 나는 아무것도 보지 못했다고 생각했으니까. **그게 아냐.** 나는 언니처럼 한쪽 입술을 실룩인다. 아니, 하고 발음하자 이불 속에서 둥개다 고작 달 조각에 조바심친 게 부끄러웠다. 나는 언니처럼 소리 내어 웃는다. 콧잔등을 찌푸리고 윗입술을 벌쭉거린다. **깔깔, 깍깍, 킥킥, 쿡쿡, 호호, 키득키득.** 하지만 입술은 곱은 손가락처럼 딱딱하다. 그건 아닌 것 같다. 누가 보면 되레 콧잔등을 찌푸리고 훌쩍거리는 못난이라고 비웃을 것 같다. 나는 입을 벌린 채 혀를 내둘렀다. 찬 공기가 윗니와 입속으로 쏟아진다. 콧속과 목구멍이 알알하면서 에취, 기침이 난다. 콧등이 얼얼하면서 가렵다. (웃음 알레르기일지 모른다.) 나는 윗입술을 콧구멍에 붙이고 막힌 콧숨을 홍홍 뱉어냈다. 하얀 콧김이 콧마루에 아롱거린다. 춥다, 밤이 깊어지면 콧김은 뱉어내자마자 설탕 가루처럼 바스러질지 모른다. 아침에 눈을 뜨면 차곡차곡 쌓인 얼음 부스러기에 파묻혀, 정말 달 조각처럼 하나의 숨은 그림으로 포개질지 모른다. 그땐 외삼촌도 나를 찾지 못해 며칠 동안 엉뚱한 곳을 헤맬지 모른다. 언니와 이 방에 숨어든 그날 밤처럼.

*

외삼촌은 문지방에 걸터앉아 전기장판을 펼치며 미안하다고 했다. 외삼촌의 목소리는 책꽂이에 눌린 일기장의 글씨처럼 흐릿했다. 외삼촌은 죄인처럼 두 손에 얼굴을 묻었다. 하지만 나는 반가움에 들떠 외삼촌의 열 손가락을 하나하나 풀고 까칠한 뺨을 쓸어주고 싶었다. 도둑이나…… 유령이 찾아왔어도 아양을 떨었을 만큼 나는 누군가를 기다렸다. 막상 바라던 방이 생겼지만, 아무도 나를 거들떠보지 않았다. 나는 외삼촌의 손가락을 거머쥐고 늦었지만…… 괜찮다고, 늘 그랬듯 내가 빨랐을 뿐이라고 위로하고 싶었다. 하지만 온몸이 이불 속에서 옴짝달싹하지 않았다. 나는 발소리가 들릴 때마다 등허리를 세우고 어깻죽지가 뻣뻣해지는 언니를 떠올렸다. 외삼촌은 나를 힐끔 내려다보고는 벽을 더듬어 콘센트를 꽂았다. 달그락, 마침맞게 뭔가 부딪히는 소리가 들렸다. 나는 맥주와 편강을 기대하며(방의 탄생을 뒤늦게나마 축하하는 병마개 따는 소리와 달콤한 음식) 움찔, 등허리를 달싹였다. 달그락 딱딱, 얄따란 전깃줄에 딸린 온도조절기가 나무 문턱에서 대롱거리고 있었다. 생각보다 추울지 몰라…… **조만간** 모든 게 괜찮아질 거야. 누나도 조금씩 추스르고 있고…… 외삼촌은 얽힌 전깃줄을 풀고 창을 올려다봤다. 나는 아쉬운 입맛을 다시며 외삼촌의 눈을 비껴 어깻죽지 너머를 올려다봤다. 지하 방으로 내려오는 계단은 나트륨등 불빛이 얇게 어른거리고 있었다. 외삼촌이 움찔거릴 때마다 도형을 가늠할 수 없는 그림자가 계단을 서성거렸다. 나는 여전히 누군가를 기다리듯 빛과 그림자를 가만히 들여다봤다. 그것은 (숨은 그림이 아니라) 창백한 피부처럼 보였다. 고개 마을을 둘러싼 풍경이 죄 **사람들**처럼 보일 때가 있었다. 날이 어두워지면 빛과 그림자는 외따로 서성이는 **사람**처럼 도드라졌다. 낱낱으로 맞닥뜨리는 얼굴에 흠칫 놀랄 때도 있었고, 화들짝 반갑기도 했지만 대개 병 조각처럼 신코로 툭 차버리고 싶을 만큼 하찮은 착각들이었다. 나는 손을 뻗어 (외삼촌이 아니라) 그 살갗을 가만히 쓰다듬어주고 싶었다. 나도 오랫동안 양쪽 소매에 손을 집어넣고 오소소 돋은 소름을 긁적이며 골목을 서성인 적이 있다.

외삼촌은 얕은 한숨을 내쉬고 주머니를 뒤져 담배 한 개비를 꺼내 물었다. 딸깍, 라이터 소리와 함께 매캐한 연기 냄새가 났다. 외삼촌은 담배를 열흘에 한 갑 정도 피우는데, 담배 한 개비를 피우고 나면 가게 냉장고에 든 박카스를 꼭 한 병씩 마셨다. 담배 연기가 짙어질수록 외삼촌이 몹시 목마르겠다는 생각이 들었다. 외삼촌은 담배꽁초를 시멘트 바닥에 내려놓고 침을 뱉었다. 침은 거미줄처럼 가늘고 진득진득하게 떨어졌다. 푸시시, 담뱃불 꺼지는 소리가 들렸다. 외삼촌은 신 바닥으로 담배꽁초를 천천히 짓이기고는, 꾸벅 졸다 깬 사람처럼 호로록 침을 다시고…… 그림자를 주섬주섬 끌고 신발을 신은 채 방으로 들어왔다. 내 이마를 쓰다듬는 외삼촌 손바닥은 차고 딱딱했지만, 손가락 끝에서 비리고 단 그을음 냄새가 났다. **손가락**은 조금만 건드려도 식은 잿불처럼 가느다란 연기가 솟아날 것 같았다. 나는 외삼촌이 이 방의 **연탄아궁이** 같다는 생각이 들었다. 잃어버린 온기를 냄새와 그을음으로 차갑게 기억하는.

파란 불꽃이 남실대던 연탄아궁이를 기억한다. 뚜껑에 딸린 호스에 이어진 플라스틱 물통도. 지금 같으면 설설 물이 끓던 그 고구마 색 물통에 다이빙이라도 할 수 있을 것 같다. 하지만 연탄아궁이는 화석처럼 유리 조각과 시멘트 부스러기 아래 파묻혀 있다. 연기나 그을음, 매캐한 냄새도 화석이 될 수 있을까. 백 년쯤 뒤 누가 삽, 끌, 붓 따위로 시멘트를 떨어낸다면. 그 사람

두 손에 검댕이 묻어날까, 켜켜이 쌓였던 연탄가스에 취해 발갛
게 볼이 달아오르면서 옆으로 폭 고꾸라지는 건 아닐까. 백 년쯤
뒤에도 사람들은 동치미를 담글까, 그때쯤이면 겨울이 사라질지
모른다는데. 하지만 그때까지 화석이 살아남을 수 있을까. 고개
마을은 **조만간** 허물어질지 모른다는데.

　주저앉은 벽과 지붕, 뼈처럼 나뒹구는 시멘트 조각과 철근,
살과 머리카락처럼 뒤얽힌 벽지와 전깃줄……을 떠올리자, 그
쓰레기 더미 아래 (외삼촌이 아니라) 나 혼자 연탄아궁이처럼 웅
크리고 있다. 숨은 그림처럼 빠듯한 공간. 아무리 고함을 질러
도 아무도 내 목소리를 듣지 못한다. 연기처럼 고요하다. 나는
검댕과 눈물 자국이 얼룩덜룩하게 묻은 얼굴로 지쳐 잠이 든다.
그 구멍 속에 우두커니 웅크린 채 머릿속에 흙벽을 하나 세우고,
사람들이 듣지 못한 말들을 쓰고 지우기를 반복한다. 흙벽은 그
을음이 껴 흐릿하다. 말을 하고 싶을 때마다 몸속에 그을음이 끼
고 흙가루가 부슬부슬 떨어진다. 배가 고파 고구마 삶는 냄새가
달다, 하고 말을 쓰고 뜨거운 껍질을 호호 불어 벗긴 다음 노란
살을 깨무는 순간 어금니에 흙이 바삭거린다. ……앙상한 상상
들이 연기처럼, 소리 없이 피어오를 때 창틀이 파르르 떨기 시작
했다. 달도 달달거리는 연통에서 조금 비껴간다. 문밖을 서성이
는 파리한 피부도 얇게 진저리를 친다. 나도 아래윗니가 달각거
린다. 춥다, 집이 빈 병처럼 얼어 조각조각 금이 가는 걸까, 정
말 고개 마을이 허물어질지 모른다는 그날이 찾아온 걸까……

나는 웃음을 연습하며 희미하게 떨고 있는 창과 문을 향해, 마지막 인사일지도 모를 말을 건넨다.

언니?

펀치…… 삼촌?

*

언니는 고개 마을에 도착하자마자 웃음을 터뜨렸다. 라면 상자를 붙안고 골목을 오르던 엄마도 걸음을 멈추고는 언니가 가리키는 곳을 쳐다보며 깔깔거렸다. **돼지 부동산.** 나는 길바닥에 흩어진 노란 나일론 끈을 용달 바퀴 밑으로 쓸어 넣으며 웃음을 연습했다. 내 웃음은 신코처럼 딱딱했다. 양쪽 보조개는 옴폭 팼지만, 바듯하게 깨문 어금니 때문인지 되레 성이 난 사람처럼 보였다. 나는 웃음을 포기하고, 까치발로 짐칸에서 상자 하나를 끄집어냈다. 힘에 부쳐 바동거리는 내 팔에서 짐을 담쏙 빼앗아 드는 어른 남자를 기대했지만, 낡은 유모차에 빈 상자를 싣던 노인의 가자미눈이 건너편에서 나를 멀뚱멀뚱 쳐다보고 있었다. 나는 흠칫해 하마터면 종주먹을 들이댈 뻔했다. 잠깐, 언니를 시늉한 것뿐인데 얼굴이 화끈거렸다. 나는 욱한 마음을 가다듬고 괜스레 마른 하품을 하고 콧노래를 흥얼거렸다.

언니 웃음이 부러워 따라한 게 아니었다. 오히려 그 반대였다. 언니 웃음소리는 껑충한 키만큼이나 유난스러웠다. 아직 제 목소리를 갖지 못한 솜털박이처럼 때와 장소 구분 없이 자지러지기 일쑤였다. 깔깔깔. 새된 웃음소리는 조회나 체육대회 때 깃대처럼 도드라진 키만큼이나 사람들의 눈길을 끌었다. 사람들은 웃음소리의 주인공을 금방 찾아내 금붕어처럼 웃음을 시늉하거나 눈웃음을 지었다. 언니는 볼을 붉히면서도, 두 손으로 얼굴을 가린 채 키들키들 웃음을 깨물었다. 나는 언니 열 손가락을 깨물어주고 싶었다. 하지만 제멋대로인 주인공을 참견하는 게 더욱 부추기는 꼴이라는 걸 알고 있었다. 나는 아랫입술을 잘근잘근 씹었다. 입속에 풋감처럼 떫은맛이 뱄다. 하지만 내 떨떠름한 얼굴은 껑충한 언니에 가려 들키지 않았다. 나는 사람들 눈길에 둘러싸인 언니가 하나도 부럽지 않았다. 되레 못마땅하고, 부끄러웠다. 하지만 뱀이나 피, 똥을 보고 난 뒤 더 자주 선명하게 떠오르듯 언니의 길쭉한 종아리, 납작한 가슴, 복숭아처럼 도도록한 엉덩이…… 귓바퀴를 긁는 웃음소리는 시시때때로 내 앞에 나타났다. 그럴 때면 나도 모르게 진저리치듯 깔깔깔, 입술을 벌쭉이는 나를 발견하고 화들짝 놀라곤 했다.

나는 내 주위를 뒤덮은 언니 그림자를 훑어내고 싶었다. 하지만 내가 언니를 선택하지 않았다고 해서 내가 언니의 동생이 아닌 건 아니었다. 그 사실이 또렷해질수록 나는 언니에게 더한 거리를 느꼈다. 그건 엄마 말처럼 내가 너무 빠르고, 언니는 너무 느리기 때문인지도 몰랐다. 언니의 키가 쑥쑥 자라고 웃음소리가 요란해질수록, 나는 점점 말수가 줄고 땅바닥을 향해 굽은 그림자는 땅딸막해졌다. 엄마는 언니 키를 묻는 사람들에게 5센티미터만 더 자라면 슈퍼모델 이소라와 똑같다고, 서울에 가면 모델 학원에 보낼 거라고 으쓱했다. 그러고는 어느 순간 키가 멈춰버린 내 정수리를 쓰다듬으며 무슨 욕심이 많아 이렇게 빠른지 모르겠다고 한숨을 내쉬었다. 사람들은 땅땅한 내 키와 유난히 큰 젖가슴을 힐끗거리며, 한배에서 나도 아롱이다롱이라며 빠르고 늦어 작고 클 뿐 나중 일은 모른다고 말했다. 작고 빠르다는 말을 계속 듣다보면, 나는 엄마와 언니만 제쳐두고 너무 앞질러가다 소실점처럼 작아져 모두에게 잊혀져버린 건 아닐까, 억울하고 서글퍼졌다. 하지만 장다리와 꺼꾸리, 전봇대와 장독대……로 엮는 소리를 들으면, 차라리 언니 그늘을 벗어나 아지랑이처럼 영영 사라져버리고 싶었다.

이제 그딴 이야기는 신경 쓸 필요가 없었다. 우리는 이 고개 마을에서 다시 같은 출발선에 섰다. 아무도 언니의 키가 얼마인지 가늠하지 않았고, 내 이름과 나이, 몸무게를 궁금해하지 않았다. 엄마에게 돈을 빌리려고 살갑게 알은체하는 이웃도 없고, 언니 웃음소리에 힐끗 돌아보는 조무래기도 없었다. 언니도 그 사실을 눈치챈 게 분명했다. 돼지 부동산만 해도 그렇다. 아무리 웃음이 헤퍼도 고작 그런 이름에 자지러진 걸 보면, 언니는 다시 출발선 앞에 서서 겁먹은 게 분명했다. 메아리가 없는 웃음 뒤끝에 신경이 곤두서 몇 번이나 봤을 **돼지**를 새삼스러워할 만큼. 외삼촌 방에서 "두려움이 웃음을 발명했다"라는 글을 읽은 적이 있다. 나는 겁에 질린 계집아이가 텅 빈 골목을 헤매며 비명처럼 웃음을 터뜨리는 장면을 떠올렸다. 되레 계집아이를 손가락질하며 수군거리는 얼굴을 상상하며 나는 어린이집 놀이터 쪽으로 걸어갔다.

고개 마을에서 돼지 부동산은 식당 문짝에 가로로 쓴 메뉴를 세로로 잘못 읽는 것만큼 흔했다. 이티 문방구, 뚱보 족발, 불타는 뚱집……은 노씨 성을 가진 아이에게 노랑이, 방씨 성을 가진 아이에게 방귀라고 놀리는 것만큼 유치했다. 그래도 언니가 웃고 싶다면, 나는 얼굴에 묻은 밥풀을 떼어주듯 제 눈앞에 빤히 숨은 그림을 가르쳐줄 수 있었다. 언니가 엄마에게 매달려 병원을 오가는 동안, 나는 고개 마을을 헤매며 지도를 얼기설기 그릴 수 있었다. 아이스크림 케이크 스티로폼 상자에 심은 철쭉, 아까시나무 둥치에 걸린 뻐꾸기시계, 부서진 유모차에 인형을 싣고 온종일 좁다란 골목을 오락가락하는 늙은 여자 목에 걸린 레이스 코 수건…… 무엇보다 담벼락마다 뜯긴 벽보 사이에 나붙은('가장 빠르고 피해 없이 갈……박만출……반드시……말이 아닌……동의……다'라는 글자가 불에 그슬린 것처럼 듬성듬성 남아 있는 벽보도 우스꽝스럽긴 했지만, 정확한 내용을 뗄 수 없어 언니에게 설명할 수 없다) 사진이나 특징, 잃어버린 장소에 관한 설명도 없이 크레파스로 조악하게 그린 그림 아래 **"고개 마을에서 잃어버린 몰티즈 여아를 찾습니다"**[1]란 문장만 덩그러니 써놓은 전단지.

솔직히 골목과 골목이 +자로 엇갈리는 왼쪽 모퉁이에 자리 잡은 외삼촌 집도 아이스크림 식물처럼 우스꽝스럽긴 마찬가지였다. 놀이터 미끄럼틀만 한 집은 물이 빠져나간 개펄에 고꾸라진 폐선처럼 벽 모서리가 앞으로 기우듬해 보였다. 하긴 이제 외삼촌 집은 엄마 집이 됐으니까. 언니는 외할머니 장례식을 마치고 화장터로 가는 버스 안에서 소곤거렸다. "엄마가 아빠 **목숨값**으로 외삼촌 **빚**을 모두 갚아줬대. 이제 우리 집이 된 거야. 조만간 그 동네를 부수고 재개발하면 새 아파트로 이사할 거래. 그땐 정말 모델 학원에 다닐 수 있어." 그러니까 바보처럼 겁먹을 것도, 손가락질하며 비웃을 것도 없는…… **조만간** 예술대학이 있는 아랫마을처럼 매끈한 건물의 그루터기에 파묻힐 숨은 그림들.

*

우리는 외할머니 삼우제를 지내자마자 이 고개 마을로 이사했다. 외할머니 장례식은 복중(伏中)에 있었다. 머릿속이 아지랑이처럼 가물거린다던 외할머니는 외삼촌이 있는 서울에 올라와 병원에 입원한 지 석 달 만에 죽었다. 엄마는 주말이면 언니와 나를 데리고 새벽 기차를 탔다. 학교를 마치고 돌아와 엄마가 마

---

1) 2008 서울시 도시갤러리프로젝트 '북아현동에서 잃어버린 마르티스 여아를 찾습니다'의 이미지에서 문구를 따왔다.

을 채비를 하고 있으면, 다섯 시간 넘게 기차를 타야 하고, 그에 앞서 동네를 순례해야 한다는 짐작에 가슴이 조마조마했다. 하지만 언니는 가방을 내팽개치고 고양이 세수를 하며 콧노래를 불렀다. 엄마는 우리를 뒤세우고 집집마다 빚을 받으러 다녔다. 저녁때라 사람들은 대개 밥을 먹고 있었다. 어떤 집은 조각방에 둘러앉아 휴대용 가스레인지에 프라이팬을 올려놓고 삼겹살을 구워 먹고 있었다. 당황한 여자는 번들거리는 입술을 손등으로 훔치며 '누리 엄마가 고기 굽는 냄새를 맡았나 보네'라고 살살거렸다. 여자는 고기쌈을 내 입속에 밀어 넣으며 닷새만 말미를 달라고 했다. 엄마는 못마땅한 표정으로 딴 곳만 쳐다봤다. 여자는 사정과 변명을 늘어놓으며 여전히 상추 이파리를 물고 있는 내 정수리를 쓰다듬었다. 언니는 눈치 없이 배죽 열린 미닫이문 틈새를 힐끗거렸다. 엄마는 낮게 으르렁거리다 결국 빚을 받을 수 없다는 확신이 들면(엄마는 빚을 받으면 돌아가는 길에 탕수육이나 돼지갈비를 사줬다. 그래서 돈을 받지 못하면 엄마 못지않게 나도 서운했다) 쯧쯧, 혀를 차며 이죽거렸다. "그게 애들 아빠 **목숨 값**인 거 알지? 그 돈 못 받아 애들 외할머니까지 험한 일 당하면 책임질 거야? 갚을 능력도 없으면서 고기가 넘어가? 없으면 먹는 것도 흉이야." **흉.** 나는 엄마와 언니 그림자를 따라가며 밤길을 걷다 누군가의 칼부림에 얼굴을 베인 사람이 떠올라 진저리를 쳤다. 그러니까…… 칼을 휘두른 사람이 아니라, 하필 그때 밤길을 걸은 사람이 잘못이다. 그건 네 실수의 흉이다.

나는 조금 전까지 목숨과 죽음 운운하며 흥정하던 엄마가 말간 표정으로 언니와 속삭이는 모습을 흉처럼 가리고 싶었다.

언니는 엄마 말투를 흉내 내 조무래기들에게 말했다. 요즘은 키가 작은 것도 흉이야. 그러고는 깔깔깔, 웃음을 터뜨렸다. 계집아이들도 언니를 둘러싸고 웃었다. 넌 작은 눈이 흉이야. 그런 넌 두꺼운 입술이 흉이야. 아이들보다 뼘은 큰 언니는 초등학교 때부터 높이뛰기, 멀리뛰기, 단거리 선수였다. 사내아이들은 섣불리 언니를 놀릴 수 없었다. 한번은 체육교사 허벅지에 올라앉아 몸을 바르작대던 언니를 화장실 벽에 그린 사내아이가 체육교사에게 야구방망이로 30대를 맞았다. 아이들은 언니한테 더욱 잘 보이려고 애썼다. 여자중학교에 들어가서도 언니 주위에는 늘 계집애들이 들끓었다. 사람들은 다 큰 아이가 조무래기랑 논다고 놀렸다. 아이들은 언니 손을 잡고 우린 친구예요, 제비처럼 지절거렸다. 그러면 언니는 또 웃음을 터뜨렸다. 언니 얼굴을 힐끗거리며 볼을 붉히는 계집아이도 있었다. 언니는 아이들과 놀이를 지어내기 좋아했다. 눈을 감고 달리면 몇 배는 빨리 달릴 수 있어. 아이들은 손수건으로 눈을 가리고 언니의 신호에 맞춰 달리기를 했다. 땅바닥에 엎어지는 아이들을 보고 언니는 깔깔, 웃음을 터뜨렸다. 아이들은 손수건을 풀고 서로 손가락질하며 웃음을 터뜨렸다. 그리고 이내 장님 놀이를 하면서 시간을 보냈다. 언니에게 끼지 못한 아이들이 가끔 편지와 선물을 안고 나를 찾아왔다. 나는 철봉에 거꾸로 매달려 우리는 곧 서울로 이

사할 거라고 말했다. 이건 비밀인데…… 언니는 모델 학원에 다닐 거고, 나는 연기 학원에 다닐 거야. 그리고 이건 언니가 가르쳐준 건데…… 나는 아이들에게 철봉에 오금을 걸치고 거꾸로 매달리면 키가 쑥쑥 자란다고 말했다. 거꾸로 매달려 바라본 풍경은 거짓말이 덜컥 사실이 될 때처럼 기우뚱했다. 아이들은 시뻘게진 얼굴로 철봉에 위태위태하게 매달렸다. 나는 아이들에게 눈을 감으라고 말했다. 백열등처럼 흔들리던 아이들은 모랫바닥에 고꾸라져 얼굴을 감싸고 울었다. 나는 훌쩍거리는 아이의 볼에 난 생채기를 가리키며 평생 동안 그 흉은 지워지지 않을 거야, 하고 속삭였다.

여름방학이 되자마자 엄마는 언니와 나를 데리고 아예 서울로 올라가 외삼촌 집에서 지냈다. 외삼촌 집은 골목 모퉁이를 따라 비스듬하게 서 있었다. 얼핏 보면 단층 슬래브 집인 것 같아도, 옥탑과 지하 방이 딸린 3층 건물이었다. 골목 계단을 올라가 옆구리를 보면 ㅓ 모양으로 늘어난 벽에 신호등처럼 달린 창을 볼 수 있었다. 우리가 옮겨 오기 전까지 그 집에는 3가구가 살았다. 외삼촌은 이혼하면서 외숙모가 부업 삼아 했던 1층 가게를 세놓고 옥탑으로 옮겼다. 지하 방에는 도배 일을 하는 외삼촌 또래의 어른 남자가 살았다. 가끔 주말에 볼 때마다 아이스크림을 쥐여주던 노파는 밀린 월세 대신 물건을 떠넘기고 이사를 갔다고 했다. 우리는 가게에 딸린 방에 짐을 풀었다. 엄마는 전화번호와 외상값, 배달 음식점 스티커가 붙은 벽지를 보며 도배부터 해야겠다고 말했다. 엄마와 외삼촌은 번갈아 병원을 오갔다. 엄마는 언니와 짝을 지을 때가 많았고, 나는 가끔 외삼촌과 걸어서 외할머니를 찾아갔다. 링거와 호스를 물고 있는 외할머니는 전깃줄과 가스관이 뒤얽힌 낡은 집처럼 조용했다.

엄마는 병원에서 돌아와 가게 문이 닫혀 있으면 외삼촌 방으로 올라가 가게가 며칠 걸러 문을 여는 시골장이냐고, 물건이 떨어질 때까지라도 문을 닫지 말라고 딱딱거렸다. 엄마가 병원으로 나서면 외삼촌은 추레한 체육복 바람으로 내려와 가게에 놓인 식탁에 앉아 신문이나 책을 읽었다. 낮 동안 손님은 거의 없었다. 나는 외삼촌이 꾸뻑 졸면 과자 한 봉지를 챙겨 슬그머니 옥탑으로 올라갔다. 가게 왼쪽 모퉁이에는 2개의 쇠문이 달려 있었다. 안쪽은 옥탑으로 올라가는 문, 바깥쪽은 지하 방으로 내려가는 문이었다. 바깥문 손잡이를 비틀어봤지만, 그곳은 단단하게 잠겨 있었다.

나는 외삼촌 방에 엎드려 공책에 그림을 그리거나 책을 읽었다. 외삼촌 방에는 500권 남짓한 책이 있었다. 낡은 책꽂이에 꽂힌 책등을 하나하나 훑다보면 외삼촌의 서울 생활이 가지런히 꽂혀 있다는 걸 짐작할 수 있었다. 한문이 썬 두꺼운 표지의 교재와 법전, 토익과 상식 문제집, 긍정의 힘과 칭찬의 기술, 아침을 두 배로 사는 방법, 주식투자와 대출, 어린이용 백과사전과 과학 동화, 요리책…… 그리고 맨 아래 칸에는 똑같은 책이 열댓 권씩 나란히 꽂혀 있었다. 마음과 영혼, 숲과 등불 같은 낱말이 씐 책등 아랫부분에는 나무 한 그루와 M자가 호수에 비친 그림자처럼 아래위로 붙어 있었다. 외삼촌이 꾸린 출판사 이름이었다.

외삼촌은 5권의 책을 내고 출판사를 그만두었다. 외숙모와 싸움이 잦았을 때 외삼촌은 인터넷 명상 동호회를 통해 머리가 긴 사내를 알게 되었다. 외삼촌은 사내에게 금세 빠져들었고 그를 스승으로 모셨다. 명상 동호회 사람들이 외삼촌의 대학 전공을 알고 스승의 이야기를 책으로 꾸리는 일을 부추겼다. 외삼촌은 구청에 가 2만 원을 내고 출판사를 등록한 뒤 예술대학 근처에 원룸을 빌렸다. 외삼촌은 그곳에서 사람은 내버려두면 금세 잡초가 우거지는 정원이고, 문을 열면 또 다른 문이 열리는 하나의 집이고, 그릇이며 등불이라는 사실을 믿어 의심치 않았다. 그는 서점에 깔린 스승의 책을 사람들을 시켜 되사오게 하거나, 명상 동호회 사람들에게 헐값으로 팔았다. 그러다 외삼촌은 텔레비전에서 스승이 제자의 아내와 바람을 피우고 뒷돈을 챙겨 더운 나라로 달아났다는 사실을 알게 되었다. 외삼촌은 어떤 책을 만들어야 할지 막막해졌다. 외삼촌의 다섯번째 직업이자 마지막 직장이 사라진 순간이었다.

외삼촌은 다섯 개의 직업이 모두 달랐다. 읍에서도 외삼촌은 늘 최초의 사람이었다. 외삼촌은 최초로 서울에 있는 대학교에 들어갔고, 서울 여자와 결혼했고, 처음 이혼한 사람이었다. 그리고 서울에 처음 집을 마련한 사람이었다. (외할머니는 그때 집을 잃고 우리 집으로 왔다.) 하지만 외삼촌은 최초의 기록을 무엇 하나 제대로 지켜내지 못했다. 나는 가끔 책 사이에 눌린 외삼촌의 노트를 훔쳐 읽었다. 하지만 **"아직도 도망갈 수는 있다. 하지만 열쇠는 이미 구멍에 꽂혔고 나는 방에 들어선다."**[2] 같은 문장은 흐릿해진 글씨만큼이나 아슴아슴해 제대로 이해할 수 없었다. 책이든 노트든 글씨든 책꽂이에 꽂힌 종이들은 오랫동안 사람 손을 타지 않은 태가 역력했다. 나는 외삼촌의 삶이 더 이상 책에서는 답을 구할 수 없는, 답답한 상태라는 걸 눈치챌 수 있었다.

옥탑의 여름은 길고 지루했다. 아무리 그림을 그려도, 이해할 수 없는 문장을 소리 내어 읽어도 시간은 책에 찍힌 글씨처럼 멈춰버린 것 같았다. 겨드랑이와 목에서 식용유 같은 땀이 흘러내렸다. 프라이팬에 놓인 고등어가 된 기분이었다. 나는 더위에 지쳐 깜빡 잠이 들고는 했다. 그러다 어깨를 흔들어 깨우는 것 같은 기척에 흠칫 놀라 일어앉으면, 지금 있는 곳이 어디인지 덜컥 겁이 났다. 여기가 서울이라는 생각은 하지 못했다. 나는 손등으로 입가에 묻은 침을 훔치며 방문을 열었다. 햇빛에 반들거리는 초록빛에 눈이 따가웠다. 샌드위치 패널로 지은 옥탑에는 녹색 우레탄을 칠한 시멘트 마당이 있었다. 지하 방에 산다는 사내가 빨랫줄에 속옷과 수건을 널고 있었다. 나는 슬리퍼를 꿰신고 잠이 덜 깬 시늉으로 눈을 비비며 비칠비칠 사내 주위를 어슬

---

2) 블라디미르 나브코프, 『롤리타』, 권택영 옮김, 민음사, 1997.

렁거렸다. "네가 문수 조카구나." 사내는 젖은 손으로 내 뺨을 얼렀다. 찰나, 옥탑 위를 지나는 전깃줄을 탄 것처럼 젖꼭지가 찌르르했다. 그리고 기적 소리가 울렸다. 사내는 **빨래집게** 하나를 벌리다 말고 담장으로 걸어가 턱에 팔을 괴고 담배를 피웠다. 나는 사내 옆에 서서 까치발을 들고 그가 내려다보는 곳을 더듬었다. 그곳에 **숲**이 있었다. 아까시나무와 밤나무 따위가 듬성듬성 자란 숲 너머로 고압선이 정글처럼 뒤얽힌 **기찻길**이 보였다. **기차**다. 하지만 내 목소리는 숲을 향해 달려오는 기차 소리에 파묻혔다. 사내는 숲을 향해 담뱃불을 튀겼다. 기차는 족발 뼈다귀와 장판, 벽지, 스티로폼이 숨은 그림처럼 파묻힌 숲으로 꼬리를 감췄다. 동전을 삼킨 것처럼 목구멍과 배 속이 뻐근해지는 기분이었다.

외삼촌은 가끔 내게 가게를 맡겨놓고 금고에서 지폐를 챙겨 골목을 내려갔다. 지하 방 사내는 하얀 꺼풀이 묻은 토시를 털며 가게에 들어와 스스럼없이 냉장고에서 맥주를 꺼내고 선반 끝에 걸린 편강 한 봉지를 떼 식탁에 앉았다. 딸깍 병마개 따는 소리, 딸그락 컵에 병목 부딪치는 소리, 꼴꼴 맥주 따르는 소리, 하얀 거품이 차오르는 소리. 나도 모르게 꿀떡 침이 넘어갔다. "왜 너도 한잔할래?" 나는 사내의 손과 노란 맥주를 홀린 듯 쳐다보다 얼굴을 붉히며 골목으로 눈길을 돌렸다. "그런데 저거 아저씨 오토바이예요?" 돼지 부동산 앞에 125시시 오토바이가 한 대 서 있었다. 나는 햇빛에 반짝이는 오토바이 손잡이와 안장, 머플러를 하나하나 더듬었다. "응." 사내는 백황색 편강 하나를 입속에 톡 털어 넣으며 눈을 게슴츠레 떴다. "저걸 타고 어디까지 가봤어요?" 나는 사내의 허리에 매달려 고개 마을을 내려가는 장면을 상상했다. "글쎄…… 여기저기. 일 때문에 국도 따라 서해까지 가본 적도 있어." 나는 그가 자주 집을 비우는 이유를 알 것 같았다. "왜, 오토바이 타고 싶어?" 사내는 내 대답은 듣지 않고 냉장고로 걸어가 맥주를 한 병 더 꺼냈다. 나는 이야기가 끊길세라 마음이 조급해졌다. "그런데 아저씨 영화배우 닮은 것 같아요." 그는 싱긋 웃으며 손에 쥐고 있던 편강 한 조각을 나를 향해 튀겼다. 나는 얼떨결에 편강을 손바닥에 받아 주먹을 쥐었다. 설탕 가루가 바삭거리고 설겅설겅한 생강 조각이 바스라지면서 손바닥을 간질였다. 금세 땀이 뱄다. "나이스 캐치, 기동 순찰대? 근데 꼬맹이가 기동 순찰댈 어떻게 알아?" 나는 사내가 무슨 말을 하는지 몰랐지만, 괜스레 잘 보이고 싶어 고개를 주억였다. "아저씬 영화배우 같은 거 해볼 생각 안 했어요?" 그는 씩, 웃기만 하고는 길게 트림을 하고 5,000원짜리 지폐를 식탁에 올려놨다. "나머진 네 용돈이야." 사내는 기분이 좋은지 휘파람을 불며 가게 구석으로 가 봉지에 담긴 연탄을 들었다. "꼬맹아, 이건 내 거란다. 예전에 부엌에 물이 새서 여기다 갖다놓은 거야. 네 엄마가 치워달라고 해서 옮기는 거니까 쫄쫄 따라다니며 감시 안 해도 돼." 사내의 말을 듣자 엄마가 흉처럼 부끄러웠다. 나는 흉의 사연을 변명하고 싶었지만, 사내는 벌써 가게를 나가 쇠문을 열고 있었다. "아직도 연탄 때는 방이 있어요?" "그러니까 **값**이 싸지. 참, 너희 아예 여기로 이사 온다며? 네 외삼촌이 도배를 부탁하던데." 사내는 초조해하는 나는 아랑곳하지 않고 쇠문을 닫아버렸다. 나는 쇠문을 힐끔거리며 끈적끈적한 손바닥을 천천히 핥았다. 채 녹지 않은 설탕 가루가 혀끝을 간질였다. 달콤한 백황색 조각을 삼키자, 구멍 난 양말 새로 배죽 돋아나온 발가락을 누가 간질이는 것처럼 배식배식 웃음이 깨물어졌다. 나는 사내가 먹은 편강 봉지를 하나 떼 외삼촌 방으로 올라가 인터넷으로 '기동 순찰대'를 검색했다. 오토바이 앞에 선 두 사내 중 짙은 눈썹, 고슬고슬한 머리, 쌍꺼풀지고 부리부리한 눈의 남자가 지하 방 사내를 닮았다는 사실을, 그의 이름이 펀치라는 사실을 알 수 있었다. 나는 사내를 펀치라고 부르기로 마음먹었다. 그러자 오토바이가 문지기처럼 서 있는, 펀치가 살고 있는 지하 방이 어떤 모습일지 몹시 궁금해졌다.

펀치가 연탄을 되찾아간 여름날, 외할머니는 죽었다. 멀리 고궁이 내려다보이는 병원에서 우리는 외할머니가 돌아가실 때까지 밤을 샜다. 외할머니의 죽음을 애도하듯 촛불을 든 사람들이 거리를 빼곡하게 채우고 있었다. 불꽃에 일렁이는 그림자들을 오랫동안 쳐다보고 있으니까, 마치 나트륨등을 안은 집들이 고개 마을에서 죄 거리로 내려온 것 같았다. 나는 창가에 서서 고개 마을이 있는 검은 하늘과 불꽃을 번갈아 쳐다봤다. 타임머신 유리창에 서서 지금이 아닌 다른 시간을 스쳐가고 있는 것처럼 들뜨고 두려웠다. 나는 누군가의 손을 쥐고 싶었지만, 엄마는 외할머니 손을 붙잡고 고개를 숙이고 있었고, 외삼촌은 언니 팔목을 쓰다듬고 있었다.

외할머니는 불에 태워 읍의 절에 모셨다. 엄마는 장례를 치르자마자 짐을 쌌다. 언니는 마음에 들지 않는 옷을 쓰레기봉투에 넣으며 언제쯤 새 아파트로 이사할 수 있는지 물었다. 엄마는 **조만간** 하고 얼버무리며 외삼촌에게 세입자도 이주비 나올 거 생각하면 지하 방도 전셋값을 올려야 한다고 말했다. 외삼촌은 검은 넥타이만 매만지며 입을 꾹 다물고 있었다. '아빠 **목숨 값**으로 외삼촌 빚을 모두 갚아줬대.' 나는 장례버스 차창을 힐끗거리며 소곤거리는 언니 목소리를 떠올리고는 외삼촌 대신 "연탄 방이니까 값이 싸지" 하고 대답했다. 엄마는 조그만 게 뭘 안다고, 하며 꿀밤을 먹였다. 눈물이 팽 돌았지만 오토바이가 세워진 쇠문을 떠올리자 어쩐지 흐뭇한 웃음이 자꾸 깨물어졌다. 목숨 값이든, 빚이든, 방의 값이든, 고개 마을에서 그 모든 값은 깃털처럼 가볍게 여겨졌다. 세뱃돈만 모아도 바라는 것은 뭐든 가질 수 있을 것처럼.

*

사람들은 간판이 없는 가게를 튀김집이라고 불렀다. 진열대가 비기를 기다리는 외삼촌의 바람과 달리, 엄마는 새시 문 앞에 싱크대를 놓고 찜통과 번철을 걸었다. 엄마는 아침마다 어묵 50개를 꼬치에 꿰고, 시장에서 떼어온 튀김을 쌓아놓고 외삼촌을 깨웠다. "담뱃값이라도 버는 게 사람 노릇 하는 거야." 엄마는 가스레인지 불을 가장 약하게 해놓고 장례식 도우미나 식당 주방 일을 하러 마을버스 정류장으로 내려갔다. 외삼촌은 검정색 체육복 바람에 맨발로 슬리퍼를 꿰신고 가게 스툴에 앉아 하품을 하며 골목을 쳐다봤다. 주차선 안에 쭈그리고 앉아 온종일 아들을 기다리는 노인처럼 외삼촌의 눈빛은 흐리마리했다. 얼떨결에 여섯번째 직업을 가지게 된 외삼촌의 하루하루는 통조림에 찍은 유통기한만큼 막막해 보였다.

그래도 손님이 조금씩 늘었다. 어묵이나 튀김을 먹은 사람은 거스름돈에 맞춰 껌을 사거나, 라면과 담배가 든 봉지를 들고 어묵 국물을 홀짝거렸다. 폐지를 줍는 노파는 어묵 하나를 먹고 국물을 세 컵이나 마셨다. 밤이 되면 안경잡이 사내나 혼자 사는 것처럼 보이는 사람들이 지친 얼굴로 식은 튀김을 고르며 간간해진 국물을 담아줄 수 있냐고 물었다. 아직 여름방학이 끝나지도 않았는데, 그들에게만 일찍 추운 계절이 찾아온 것 같았다. 엄마와 언니도 마찬가지였다. 감기에 걸린 사람처럼 말수가 줄었고, 지친 얼굴로 일찍 잠자리에 들었다.

연탄을 들고 쇠문 속으로 사라진 펀치도 성급하게 겨울잠에 빠졌는지 얼굴을 볼 수 없었다. 나는 펀치에게 찾아가 엄마 때문이라면 걱정하지 않아도 된다고, 가게는 외삼촌의 직장이나 마찬가지라고 설명해주고 싶었다. 나는 외삼촌 방에 올라갈 때마다 쇠문을 똑똑 두드렸다. 구멍처럼 깜깜한 문은 아무 표정이 없었다. 나는 시무룩한 얼굴로 옥상에 올라 펀치가 팔을 괬던 담장에 매달려 숲을 내려다봤다. 기차가 숲을 향해 달려오면 펀치도 옥상으로 올라오지 않을까. 하지만 아무리 기다려도 펀치도, 기차도 오지 않았다. 외삼촌 방에서 둥개다 기차 소리에 부리나케 쫓아나가면 숲이 벌써 기차를 삼켜버리고 난 뒤였다. 나는 기차가 고개 마을을 통과해 어디로 빠져나가는지 궁금했다. 터널의 시작과 끝을 찾아내면, 펀치의 오토바이가 어디쯤 세워져 있는지 알 수 있을 것 같았다. 하지만 우스꽝스러운 숲은 그림을 찾아 헤맬 때와 달리, 기찻길은 어느 곳에도 포개 있지 않고 꽁꽁 숨어버린 것 같았다. 나는 편강 한 봉지를 주머니에 넣고 터널의 끝을 찾아 점점 고개 마을을 벗어났다. 하지만 마을버스가 외면한 골목 끝에 다다라 울긋불긋한 간판과 초록색 마을버스와 맞닥뜨리면 어쩐지 걸음이 되짚어졌다. 가끔 기적 소리가 희미하게 들리기도 했다. 고개 마을로 발걸음을 놀리면 철컥거리는 기차 바퀴 소리가 더욱 또렷해지는데도, 골목 어느 곳에서도 터널의 끝과 그 너머로 이어지는 기찻길을 찾을 수 없었다. 기차는 숲의 뿌리에 얽혀 고개 마을 지하에서 멈춰버린 것 같았다. 나는 고개 마을에서 가장 높이 올라갈 수 있는 어린이집 놀이터로 되돌아와 철조망을 거머쥐고 아래를 내려다봤다.

옛날 죽은 아기를 독이나 가마니에 담아 바지게에 싣고 넘었다는 고개 마을은 아이들의 야윈 뼈처럼 차갑고 딱딱해 보였다. 집은 집을 업고 있었고, 벽과 담 사이로 잿빛 시멘트 계단이 등뼈처럼 굽어 있었다. 뜬 이처럼 들쑥날쑥하게 돋은 담, 부스럼 딱지처럼 금세 벗겨질 듯 장판을 덮고 블록을 얹은 지붕, 전깃줄과 가스관이 생채기처럼 얽힌 집 사이를 걸어가면 정말 사람을 밟고 넘어가듯 발바닥이 조심스러울 것 같았다. 날이 저물고 불이 하나둘씩 켜지면 나는 누군가의 입속이나, 반쯤 감긴 속눈썹을 쳐다보는 것처럼 슬퍼졌다. ……고개 마을은 죄 **사람**으로 보였다. 하지만 내가 알고 있는 얼굴은 하나도 없었다. 나는 사람들이 어떻게 엇비슷한 얼굴들 중에서 자기 집을 찾아 고개 마을로 돌아오는 것일까, 신기했다. 나는 문득 쇠문 속으로 숨어드는 하나의 얼굴을 떠올렸다. 그래…… 사람들은 남들은 알 수 없는, 혼자 기억하는 덧니나 혹, 구겨진 귓바퀴 같은 흉을 등불처럼 기억하는 것인지도 몰랐다. 그렇다면 펀치도 길을 잃어버릴 일은 없을 거라는 생각이 들었다.

나는 편강을 핥으며 미끄럼틀로 올라갔다. 은행나무 뒤에서 교복을 입은 아이들이 입을 맞추고 서로의 입속에 제가 머금은 담배 연기를 불어넣었다. 하지만 나는 집과 담처럼 아이들의 얼굴을 기억할 수 없었다. 나는 미끄럼틀에 매달려 고개 마을 그 너머 아랫마을을 내려다봤다. 예술대학과 아파트 새로 구슬처럼 반짝이는 간판과 차들이 지나가는 도로가 보였다. 문득 저 아랫마을 사람들은 참 편안하겠다는 생각이 들었다. 그곳은 어쩌면

조만간 우리가 살게 될 풍경인지도 몰랐다. 하지만 어둠이 깊어 질 때까지 그 풍경을 내려다보고 있으면, 그곳은 언니가 초조하게 기다리는 미래가 아니라 과거가, 지친 얼굴처럼 집과 집 사이로 스며들었다. 그곳은 우리가 두고 온 읍의 풍경과 다를 게 없었다. 고작 몇 백 걸음이면 닿을 수 있는 동네를 두고, 엄마는 대체 우리를 어디로 데려온 것일까. 그러자 미끄럼틀에 매달려 아래를 내려다보는 나를, 올려다보는 어떤 얼굴이 떠올랐다. 그 얼굴은 과거 속에서 **조만간** 찾아올 미래를 상상하고 있었지만, 아직 허물어지지 않은 고개 마을의 어둠침침한 그림자가 어룽져, 어둠에 익숙한 곤충처럼 표정이 딱딱하게 굳어 있었다. 그것은 읍에서 껑충한 언니에 가린 내 얼굴을 닮아 있었다. 나는 문득 그곳을 부러워했던 스스로에게 소스라치게 놀랐다. 여름방학이 끝나면 저 아랫마을과 고개 마을을 오가게 될 텐데, 그러면 다시 읍의 시간들이 반복될 것 같았다. 나는 갑자기 고개 마을과 아랫마을 사이에서 길을 잃어버린 것 같았다. 펀치도 뒤섞인 시간 틈새에 가로막혀 있는 게 아닐까. 과거도 미래도 아닌 여기는 대체 어디일까. 나는 고장 난 타임머신 유리창에 서서 오락가락하는 시간에 둘러싸인 것처럼 두려웠다.

엄마는 잠결에 "조그만 게 밤마다 어딜 그렇게 싸돌아다니는 거니, 피곤하지도 않아." 잠꼬대처럼 말했다. 내가 행복이란 게 원래…… 피곤한 거야, 라고 대꾸를 하기도 전에 엄마는 코를 얕게 골았다. 언니는 엄마 옆에 엎드려 책을 읽고 있었다. 나는

옷을 벗지도 않고 언니 옆에 누워 주머니에 든 편강을 조몰락거
렸다. 오토바이 소리가 들리면 언제라도 골목으로 뛰어나가 편
치에게 인사를 건넬 것이다. 나는 편강을 꺼내 오독거리며 일부
러 언니 정강이를 건드렸다. 언니는 곁눈으로 나를 힐끗거리고
는 손톱을 잘근잘근 씹었다. 언니는 언제부터인가 깔깔거리지
않았다. 발에 맞지 않은 신발을 꿉쳐 신은 것처럼 불편한 얼굴로
방에 들어오면 웬만해선 바깥으로 나가지 않았다. 나는 심드렁
한 언니를 괜스레 지분대고 싶었다. 나는 언니가 쥐고 있는 책을
빼앗아 들었다. 언니는 어이없는 표정을 짓다, 귀찮은 듯 엄마
쪽으로 돌아누웠다. 나는 책을 거꾸로 들고 언니가 조무래기들
과 놀이를 지어내듯 머릿속으로 혼잣말을 궁굴렸다. '책을 거꾸
로 읽어봐. 글씨가 쏟아질 것 같지? 글씨가 눈과 혀로 눈처럼
쏟아진다고 생각하면서 천천히 읽어봐. 그럼 훨씬 재밌어.' 나는
글씨를 삼키듯 봉지에 남은 편강과 설탕을 입속에 털어 넣었다.
"설탕은 나쁜 거야." 언니는 그제야 볼멘소리로 참견을 했다. 나
는 자꾸 언니를 곯려주고 싶어 입속이 근질거렸다. 나는 입속에
넣은 편강을 퉤 뱉어 손바닥에 올려놓고 주먹을 그러쥐었다. 설
탕 가루를 머금은 입안에 침이 흥건하게 괬다. 나는 손바닥을 펴
바스러진 편강을 핥아먹고 싶었지만 침을 삼키고 언니에게 소곤
거렸다. "내가 지금 뭘 쥔 것 같아?" 언니는 얼떨떨한 표정으로
내 눈을 쳐다봤다. 나는 손바닥을 폈다. 침에 젖은 백황색 편강
부스러기는 사금파리처럼 반짝거리지 않았다. "뭐야, 다 녹아버

렸잖아." 나는 다시 주먹을 쥐어보였다. "이게 몇 개로 보여?" 언니는 아무 말도 하지 않았다. "주먹? 그게 아니라 이게 몇 개로 보이냐고?" 언니는 귀밑머리를 귓바퀴로 넘긴 다음 팔짱에 이마를 묻었다. "빨리 잠이나 자." "바보, 주먹은 하나가 아니라 손가락 다섯 개를 쥔 거야." 언니가 피식, 웃은 것도 같았다. 나는 언니가 잠속으로 달아날까 봐 언니의 머리카락을 꺼당겼다. "편강은 맥주하고 먹어야 해. 언닌 맥주 마셔봤어?" 언니는 화들짝 놀라 얼굴을 들었다. 나는 윗입술을 벌쭉거리며 의기양양하게 펀치 이야기를 고백했다. 언니는 그제야 내 이야기에 귀를 기울였다. ……펀치는 오토바이를 타고 바닷가까지 달려가. 언니 말처럼 새 아파트가 들어서면 아마 펀치가 벽지를 바를 거야. 나뭇잎 무늬 벽지는 심심하잖아. 꽃무늬나 구름무늬를 고를 거야. 펀치는 나를 태우고 서울을 탐험할 거야. 어쩌면 바닷가까지 함께 갈 수도 있어…… 나는 언니가 깔깔 웃음을 터뜨릴 거라고 생각했다. 그 소리에 깜짝 놀라 깬 엄마는 언니에게 꿀밤을 먹일지 몰랐다. 하지만 언니는 눈을 휘둥그레 뜨고는 물집 잡힌 뒤꿈치처럼 얼굴이 벌게졌다. "그게 사실이니?" 언니는 엄마를 돌아보고는 숨죽인 목소리로 물었다. "당근이지." 언니는 손톱을 잘근거리며 얼굴을 바짝 들이밀었다. "네가 아직 몰라서 그러는데, 아무나 쉽게 믿지 마." 목숨과 빚의 값을 운운할 때마저 깃털처럼 가볍던 얼굴이 딱딱하게 굳은 걸 보고, 나는 정말 언니처럼 깔깔거리고 싶었다. 나는 언니 이마를 검지로 밀며 얼굴에 훅 입바람을 불고, 벌떡 일어나 펀치의 쇠문 앞을 찾아갔다. 나는 언니에게 되레 따져 묻고 싶었다. 그럼 언니가 알고 있는 건 뭐냐고. 숲이 삼킨 기차가 이 고개 마을 어딘가를 지나고 있다는 사실은 알고 있는지, 펀치가 어떤 담배를 피우고, 외삼촌이 가게를 비우고 어디를 헤매는지 알고 있느냐고. 언니의 눈높이는 돼지 부동산 간판만 바라고 있었지만, 나는 그 새시 유리에 붙은 쌀과 소금, 재개발, 급매란 글자까지 꼼꼼하게 외고 있었다. 언니가 이름에만 솔깃했다면, 나는 내용까지 알뜰하게 챙겼다. 아무것도 모르는 건 언니라고, 이곳은 읍이 아니라 서울이라고. 그러니까 언니는 추억만 먹고 웃으라지. 나는 쇠문을 똑똑 두드렸다. 신코로 새시 문을 텅텅 걷어찼다. 나는 당장 언니가 아니라 펀치에게 묻고 싶은 것이 정말 많았지만, 단단히 입을 다물고 있는 쇠문에는 붉은 나트륨등에 포개진 내 그림자만 어룽거렸다.

*

펀치는 태풍이 지나간 날 돌아왔다. 펀치에게만 여름이 남아 있는지 그는 햇볕에 검붉게 그을어 있었다. 그는 바닷가에서 아는 사람의 펜션 일을 도와줬다고 했다. 읍 같은 그곳에서 펀치는 건강해졌다. 나는 맥주와 편강을 챙겨 펀치 앞에 놓았다. 펀치는 내 뒤통수를 쓰다듬으며 외삼촌을 불러달라고 말했다. 엉덩이를 긁적이는 외삼촌을 뒤따라오자, 펀치는 언니를 향해 깔깔거리며 손사래를 치고 있었다. 찰나 외삼촌과 내 얼굴이 동시에 하얗게 굳었다. 펀치는 외삼촌에게 열쇠를 잃어버렸다고, 여벌의 열쇠가 있는지 물었다. 외삼촌은 언니를 힐끗거리며 능숙하게 서랍을 뒤져 열쇠 꾸러미를 찾아냈다. 견출지가 붙은 열쇠 중에서 외삼촌은 '지하'라고 쓴 열쇠를 고리에서 빼내 펀치에게 내밀었다. "복사해서 돌려줘." 언니는 열쇠가 들린 펀치의 손을 물끄러미 쳐다봤다. 나는 언니의 눈길을 가리려고 병따개로 맥주를 따 유리잔에 꼴꼴 따랐다. 펀치는 싱긋 웃으며 내 이마에 꿀밤을 먹였다. 외삼촌은 어묵 꼬치를 뒤적이며 지나가는 말처럼 비가 새서 펀치의 방에 곰팡이가 많이 폈다고 말했다. 펀치가 뭔가 애매한 표정을 짓자 외삼촌은 뒤통수를 긁적이며 비가 많이 내린 날 혹시 몰라 지하 방에 내려가봤다고 얼버무렸다. 펀치는 맥주 한 잔을 꿀떡꿀떡 삼키고 방에 다녀와선 도배를 해야 할 것 같다고 말했다. 펀치는 외삼촌에게 지난번 도배하고 남은 벽지와 도배풀이 남았을걸, 물었다. 외삼촌은 옥탑 창고에 있을 거라며 펀치를 뒤세우고 골목으로 나갔다. 나는 두 사람의 뒤통수를 홀린 듯 쳐다보는 언니를 흘기며 펀치가 앉았던 의자에 앉아 편강 한 조각을 손바닥에 올려놓았다.

"언니 펀치한테 무슨 이야길 했던 거야?"

"뭘?"

"아까 펀치가 언니한테 손사래 치면서 웃었잖아. 언제부터 펀치랑 그렇게 친했던 거야?"

"펀치?"

"그래, 펀치 아저씨. 언니는 아저씨 별명도 모르잖아."

"그게 아냐. 너는 몰라도 돼."

언니는 비뚜름한 표정으로 속삭이고는 얼굴을 붉히며 가겟방으로 들어가려고 했다. 나는 언니의 등을 향해 병뚜껑을 던졌다. 언니가 나를 힐끗 돌아봤다.

"뭐하는 짓이니? 너 미쳤어?"

나는 씩, 웃음을 터뜨렸다. 전혀 어색하지 않고 자연스러운 웃음이 배어나왔다. 나는 펀치가 남긴 맥주를 유리잔에 따랐다. 딸그락 컵에 병목 부딪치는 소리, 꼴꼴 맥주 따르는 소리, 하얀 거품이 차오르는 소리. 나는 유리잔을 들어 맥주를 꿀꺽 삼켰다. 편강을 입속에 톡 털어 넣었다.

"내가 모를 것 같아. 펀치 방에서…… 나는 다 알고 있다고."

하얗게 질린 언니 얼굴은 편강 조각처럼 금세 바스러질 것 같았다.

"엄마한테 다 말해버릴 거야. 이제 모델 같은 거 꿈 깨시는 게 좋을걸. 언닌…… 정말 내 흉이야."

나는 어금니로 편강을 깨물었다. 바스러진 편강과 달콤한 설탕 가루가 입속을 간질였다. 언니는 그 자리에 주저앉아 눈물을 흘렸다. 언니의 바짓가랑이에서 노란 오줌이 흘러내렸다. 나는 남은 맥주를 바닥까지 삼키고 언니에게 쐐기를 박았다.

"언니, 똑똑히 말해두겠는데…… 부러워하면 지는 거야."

나는 쇠문 앞에 서서 펀치가 내려오기를 기다렸다, 그가 붙안은 벽지 하나를 담쏙 빼앗아들었다. "내가 도와줄게요." 펀치는 "꼬맹아, 언니 말 잘 들어. 자매끼리 가장 친하게 지내야 하는 거야" 하며 내 정수리를 쓰다듬었다. 나는 펀치를 따라 지하 방 계단을 내려가며 그의 등을 향해 혀를 날름거렸다.

펀치의 방은 조금 실망스러웠다. 수영복 입은 여자가 모래밭에 서 있는 달력, 검붉은 토마토 같은 근육질 사내의 사진, 비키니 옷장과 앉은뱅이책상, 내 키만 한 냉장고…… 아래가 물이 빠져나간 개펄에 고꾸라진 폐선의 흘수선처럼 얼룩덜룩 곰팡이가 피어 있었다. 펀치는 가구를 방 한가운데 옮겨놓고 젖은 벽지를 북북 뜯어냈다. 그러고는 능숙하게 벽지에 풀을 칠해 벽 모서리에 맞춘 다음 비로 쓱쓱 쓸어냈다. 나는 펀치의 오금 뒤에 쪼그리고 앉아 벽지 끄트머리를 빳빳하게 잡아당겼다. 한쪽 벽을 금세 채운, 내가 자는 곳과 똑같은 나뭇잎 무늬 벽지를 보자 마치 내 방이 생긴 것처럼 흐뭇했다. 양끝이 둥글게 말린 벽지가 마법의 양탄자처럼 펀치와 나를 아무도 모르는 우리만의 공간으로 데려온 것 같았다. 나는 벽 한쪽에 물집이 잡힌 것처럼 울퉁불퉁한 부분을 가리키며 알은체를 했다. 펀치는 방이 마르면 저절로 매끈해진다고, 걱정하지 말라고 했다. 그는 젖은 방을 말리려면 연탄불을 피워야겠다고 말했다. 그는 봉지에 담긴 연탄을 꺼내 상태를 확인하더니 가게에 번개탄이 있는지 물었다. 나는 아마 있을 거라고 대답했다. 펀치가 잠시 자리를 비운 동안 나는 자투리 벽지를 구기며 펀치의 방을 뒤졌다. 앉은뱅이책상 안에는 영수증과 심이 나오지 않는 볼펜 따위만 뒹굴 뿐, 펀치의 글씨가 적힌 종이는 찾을 수 없었다. 나는 펀치의 운동화를 신고 연탄아궁이를 들여다봤다. 껌껌한 아가리를 들여다본 순간 갑자기 욕지기가 치밀었다. 나는 입을 틀어막고 바깥으로 뛰쳐나왔다. 나는 돼지 부동산 옆구리에 서서 입에 머금은 액체를 쏟아냈다. 노란 거품 위에 하얀 알갱이들이 바글거렸다. 배 속에 두꺼비 한 마리가 들어앉았다 빠져나간 것처럼 뒤에서 뭔가 주저앉는 소리가 들렸다. 나는 살금살금 벽에 붙어 찜통과 번철 사이를 넘어다봤다. 펀치가 외삼촌의 멱살을 거머쥐고 있었다. 머리카락이 젖은 언니는 외삼촌의 셔츠를 걸치고 울고 있었다. 펀치는 갑자기 외삼촌을 바닥으로 밀어뜨리고는 언니의 손목을 거머쥐고 바깥으로 나왔다. 언니는 펀치 옆구리에 매달려 오토바이를 타고 고개 마을 비탈을 내려갔다. 나는 가게로 들어가 외삼촌에게 펀치와 언니가 사라진 방향을 가리키며 번개탄을 들고 다시 지하 방으로 내려왔다.

날이 저물도록 언니도, 펀치도 돌아오지 않았다. 둘을 찾아 나선 외삼촌도 돌아오지 않았다. 엄마는 늘 그렇듯 밤이 늦어서야 돌아올 것이다. 나는 동전 한 움큼을 쥐고 고개 마을 비탈을 내려갔다. 가파른 계단을 내려갈 때는 누군가의 뼈를 밟듯 야릇한 쾌감이 일었다. 높다란 담벼락 위에 숲을 하나씩 거느린 집을 지날 때면 발걸음이 급해졌다. 펀치와 언니가 사라진 골목 끝에 마을버스 종점 삼거리가 있었다. 어둠 쪽은 21명의 여자를 죽인 살인자가 숨었던 숲으로 이어지는 길이고, 빛 쪽은 예술대학과 차들이 오가는 도로였다. 마음은 살인자의 숲에서 길을 잃어 누군가 나를 납치해주기를 바랐지만, 발걸음은 자연스레 빛을 바라고 있었다. 나는 횟집 앞에 멈춰 서서 수족관에 서로서로 포개진 게와 조개를 쳐다봤다. 단내가 훅 끼치는 과일 가게 앞에서 서로서로 업고 있는 사과와 참외, 토마토를 쓰다듬었다. 기사 식당 모퉁이에서 고개 마을 담벼락에서 본 것과 똑같은 전단지를 발견했다. "고개 마을에서 잃어버린 몰티즈 여아를 찾습니다." 전단지는 20걸음마다 이어지는 골목 모퉁이마다 붙어 있었다. 나는 몰티즈를 애타게 찾고 있는 주인의 심정을 충분히 이해할 수 있었다. 나는 어느 순간 (펀치와 언니가 아니라) 전단지를 찾아 길을 헤매고 있었다. 안경점 앞에 멈춘 마을버스에서 사람들이 쏟아져 내렸다. 그 앞에는 어묵과 튀김을 파는 포장마차가 있었다. 나는 저녁마다 끼니 대신 어묵 국물을 홀짝이는 사람들의 얼굴을 떠올렸다. 나는 철벽으로 옆구리를 가린 굴다리를 지났다. 지나가는 사람들의 웃음소리가 스프링처럼 통통 울리는 굴다리 벽에도 전단지가 기차의 차창처럼 길게 나붙어 있었다. 굴다리가 끝난 낮은 지붕 아래 대문도 달리지 않은 가게가 있었다. 그 집의 한쪽 벽 가득 몰티즈를 찾는 벽보가 붙어 있었다. 나머지 두 벽에는 몰티즈를 잃어버린 주인을 위로하듯 무수한 메모가 씐(마치 외삼촌의 방에 있는 글자들이 죄 이곳으로 모여든 것 같았다) 포스트잇이 붙어 있었다. 이곳이 고개 마을에서 길을 잃어버린 몰티즈의 집일까. 포스트잇에 씐 글씨를 하나하나 읽고 있는데, 방금 지나온 굴다리에서 굉음이 울렸다. 기차다. 나는 길로 쫓아 나와 굴다리를 올려다봤다. 철벽이 흔들리며 기차가 철컥철컥 지나가고 있었다. 나는 그제야 숲이 삼킨 기차가 어디로 빠져나오는지, 터널의 끝이 어디인지 알 수 있었다. 얼기설기 엮었던 고개 마을의 지도가 드디어 완성되었다. 나는 이제 어느 곳도 겁먹지 않고 다닐 수 있을 것 같았다. 나는 얼른 옥상에서 펀치와 만나 그에게 기찻길이 어디로 이어지고 있는지 가르쳐주고 싶었다. 하지만 기차처럼 부리나케 사라진 두 개의 그림자를 떠올리자, 나도 모르게 외삼촌의 책꽂이처럼 무수한 글씨(답)들이 숨어 있는 몰티즈의 집으로 걸음이 되짚어졌다.

*

창문 끝에 달이 걸려 있다. 숲과 언니 그림자에 가려 못 보던 숨은 그림이었겠다. 잠이 오던 길도 얼어붙었는지 머릿속이 말똥말똥하다. 오랫동안 깊은 잠에 빠졌던 것처럼 잠을 이룰 수 없다. 언니도 잠을 이루지 못했을까, 기다리는 사람은 잠을 이루지 못한다는데. 어쩌면 창을 기웃거리는 기척 때문인지도 모른다. 창문 끝에 남은 달은 이 방을 기웃대던 사람이 채 숨기지 못한 귓바퀴 같다. 귓바퀴마저 사라지면 연통만 덩그러니 남을 것이다. 그러고 보면…… 홀로 뻗은 연통은 **작별 인사를 건네는 팔**처럼 서글퍼 보인다. 찾아오지 않는 잠 언저리에서 깜깜한 창밖이, 고개 마을에 숨은 그림들이 다시 **사람**으로 되돌아온다.

이제 달도 보이지 않는다. 터널 속으로 들어간 기차처럼 달의 방향을 짐작할 수 없다. 연통만 매달린 깜깜한 창을 쳐다보자 몸이 더욱 진저리를 친다. 춥다…… 여름방학이 끝나지도 않은 것 같은데, 언제 겨울이 이렇게 깊어진 것일까. 엄마와 언니가 기다리던 그 시간이 **조만간** 도착해버렸던 것일까. 과거와 미래가 뒤섞인 고장 난 타임머신. 여름에 굴뚝에서 가느다란 연기가 피어오르고, 한겨울에는 아무 기척을 피어 올리지 못하는 고개 마을. 어쩌면 빈 병처럼 얼어붙은 이 방만 벗어나면, 아카시아 꽃향기가 날리고, 검게 우거진 숲을 내려다볼 수 있을지도 모른다. 하지만 나는 누군가 밟고 선 계단처럼 옴짝달싹할 수 없다. 나는 누군가를 기다리며 빛과 그림자를 가만히 들여다본다.

몰티즈의 집은 어묵 손님의 숫자만큼 사람들이 들락날락했다. 나는 문득 대문을 떼어낸 세 벽이 장례식장 같다는 생각이 들었다. 슬픔에 지친 주인은 지쳐 잠이 들어버렸고, 사람들은 저마다의 방식으로 죽음을 애도하러 온다. 한 사내가 길가에 내놓은 푸른색 스툴에 앉아 담배를 피우며 연신 휴대전화 번호를 눌렀다. 나는 사내가 담배를 다 피우고 얼른 일어서기를 기다렸다. 아무도 전화를 받지 않는지 사내는 담뱃불을 튀기며 몰티즈의 집 안으로 들어가 벽에 붙은 포스트잇을 천천히 읽었다. 그러고는 나무 선반에 놓인 모나미 볼펜으로 포스트잇에 뭔가를 끼적였다. 사내는 잉크가 잘 안 나오는지 볼펜을 몇 번 흔들다 동그라미를 휘갈기고는, 아무렇지 않게 혀끝에 촉을 적셨다. 사내는 두어 자 쓰다가 글씨가 안 써지는지 볼펜을 흔들었다. 그러다 문득 이마를 찌푸리고는 포스트잇을 구겨 바닥에 던지고 바깥으로 나갔다. 나는 사내가 버린 포스트잇을 주워 구깃구깃해진 부분을 꼼꼼하게 폈다. **정희**까지 쓴 글씨 다음 글씨는 손금처럼 흐릿해 제대로 읽을 수 없었다. 나는 볼펜 촉을 혀로 적신 다음 사내가 버린 포스트잇에 투명한 글씨를 썼다. ……그러고는 그 포스트잇을 **승리, 결혼해줘. 이 거지 같은 동네가 빨리 사라졌으면 좋겠어. 나는 이곳에서 짐승이 되었다. 서울에서 처음 생활한 곳, 이곳이 내 고향이다**…… 옆에 붙이고 굴다리를, 포장마차를, 과일 가게를, 마을버스 종점 삼거리를 천천히 되짚어갔다. 고개 마을 골목으로 들어서자 나트륨등 불빛 아래 땅땅한 그림자 하나가 앞서 걸어가고 있었다. 나는 못생긴 그림자의 등짝을 두드리고 같이 걷자고 말을 걸고 싶었다. 하지만 땅딸막하고 검은 계집아이는 뒤도 돌아보지 않고 부지런히 **사람**을 밟아 타넘고 있었다. 나는 검은 계집아이를 미행하듯 끝까지 따라붙었다. 계집아이는 골목과 골목이 ＋자로 엇갈리는 왼쪽 모퉁이에 다다라서야 걸음을 멈췄다. 가쁜 숨을 몰아쉬지도, 깔깔깔 웃음을 터뜨리지도 않는다. 연기처럼 조용하다.

계집아이는 달의 속도로 천천히 어떤 쇠문을 향해 걸어간다. 검은 계집아이는 그 쇠문에 한참을 달라붙어 있다. 빛과 그림자로 뒤섞인 계집아이와 쇠문은 덴 피부처럼 아파 보인다. 어느 순간 계집아이는 한숨을 내쉬고 그 옆문을 열어 **사람**을 밟고 천천히 옥탑 위로 올라간다. 계집아이는 빨래집게처럼 담벼락에 매달려 숲을 내려다본다. 누가 움켜쥔 것처럼 눌린 젖가슴이 아프다. 지하 방과 숲을 잇는 다리처럼 연통이 걸려 있다. 가느다란 연기가 피어오른다. 계집아이는 고개 마을에서 굴뚝을 본 적이 없다. 세상의 모든 온기가 지하 방 연탄아궁이로 숨어 솟아나는 것 같다. 계집아이는 그 온기의 주인이 자신이라는 생각에 마음이 급해진다. 자기만 빼놓고 그 속에 웅크리고 있을 그림자를 견딜 수 없다. 계집아이는 연기를 향해 점점 고개를 숙인다. 연기를 쥘세라 팔을 휘두른다. 검은 숲이 머리채를 잡는 것 같아 섬뜩하다. 계집아이는 바닥에 발을 짚는다. 제 그림자만 굴뚝처럼 길쯤해져 깜깜한 창을 부러운 듯 기웃거린다. 계집아이는 다시 담벼락에 매달린다. 얼굴이 시뻘게진다. 껑충한 언니라면 손쉽게 그 온기를 잡아챘을 것 같다. 계집아이는 철봉에 매달린 한 계집아이의 얼굴을 떠올린다. 그 아이의 얼굴에 남은 흉터가 미안하다. 기차 소리가 들린다. 계집아이는 거꾸로 매달린 채 기차를 향해 손을 뻗는다. 기차 차창처럼 히뜩히뜩 지나가는 얼굴들. 계집아이는 기차를 향해 작별 인사를 건넨다. 손을 내민다. 나는 이제 당신이 어디로 가는지 알고 있어요. 하지만 여전히 터널의 끝과 시작 너머, 기차가 끝내 다다르는 곳이 어딘지 알지 못한다. 문득 거꾸로 본 풍경들이 거짓말이 덜컥 사실이 되었을 때처럼 기우뚱해졌다. 계집아이는 연기처럼 가벼워진다. 숲은 기차를 삼킨다. 계집아이도 숲의 아가리 속으로 들어간다. 검은 숲이 철컥철컥 흔들린다. 기차 머리가 고압선 철탑을 지나, 숲을 지나, 지하 방을 지나, 언니의 등허리 아래를 통과한다. 터널과 언니의 등허리 사이, 시멘트 지붕과 시멘트 바닥 사이에 균열이 생긴다. 흙이 푸슬푸슬 떨어진다. 나무뿌리 같은 금 사이로 매캐한 가스가 모락모락 피어오른다. ……창턱과 담벼락에 거꾸로 매달린 계집아이들이 검은 구멍 속으로 고꾸라진다. 집이 주저앉는다. 골목이 짜개진다. 유리창이 산산조각 난다. 전봇대는 건너 골목 전봇대 목을 휘감고 쓰러지고, 노인들의 조각방 앞에 세워진 유모차가, 신문지와 공병을 실은 밀차가 언덕 아래로 굴러 떨어진다. ……이제 고개 마을은 없다.

깜깜한 구덩이로 추락하는 나는 검은 창을 득득 긁으며 눈이 게슴츠레 풀린 언니와 눈이 마주친다. 언니는 목이 컥컥 막힐 만큼 따뜻함에 겨워 있다. 언니의 목구멍에도 흙이 푸슬푸슬 떨어지는 것 같다. 언니는 비명조차 웃음소리처럼 유난스럽다. 문득 언니가 하나도 부럽지 않다는 생각이 들었다. 언니의 갈증 때문인지 되레 부러진 나뭇가지, 젖은 흙, 아직 마르지 않은 태풍의 흔적이, 그 서늘함이 몸서리치게 좋았다. 언니는 부러움을 참지 못하고 검은 구멍 속으로 풀쑥 사라진다. 나는 깊은 잠 속으로 빠져든 언니를 향해 작별 인사를 건넨다. 나를 뿌리처럼 거머쥔 검은 숲 사이로 가느다란 연기가 은하수처럼 흘러간다.

"그러니까 언니, 이제 여긴 사람이 살 만한 곳이 못 돼."

그러니까…… 그때 나는 아직 춥지 않았다.

아이와 노인, 상상과 표상 사이

김대산

   임수현의 소설은 '찰'지다. 이 소설가의 소설들 속에는 끈덕지게 작용하고 있는 어떤 응집력이 있다. 이것은 잡다하게 흩어져 서로 분리되어 있는 것들을 특정한 하나로 모으려는 어떤 의지다. 이러한 의지는 풍부한 상징들로 구체화되며 집중력 있는 비유적 표현으로 나타난다. 예를 들면 "물고기의 입술이 낸 구멍을 현무암처럼 단 여자가 메말라가던 갈밭"(「늪의 교육」, p. 180) 같은 표현이나 "시간과 시간의 틈이 벌어지고 꽃이 부풀듯 훌쩍 자라 거인의 시간을 밟는 기분"(「지상 최후의 로봇」, p. 42) 같은 표현이 그러하며, 특히 「앤의 미래」에 나오는 표현처럼, 그러한 의지 혹은 응집력은 "모찌처럼 쫀득쫀득한 햇살"(p. 10)의 이미지를 불러일으킨다. 그래서 임수현의 소설을 읽는 일은 저 비유들에 표현된 '밭'(장소 혹은 신체)으로부터 상징적 '햇살'을 받으며 '틈'(사이)을 통하여 자라 나오는 '꽃'(상상적 이미지)의 성장이 함축하는 의미를 찾아가는 일이 될 수 있다. 그것은 외부 세계와 내부 세계의 관계성을 묻는 일이며, 거기서 특별한 주의를 끄는 것은 외부와 내부의 경계인 신체이며, 임수현의 소설은 구체적인 신체의 이미지들로 가득하다.

그런데 일상적 의식은 가령 모찌와 햇살이 함께 빚어낸 이미지에 관한 적절한 관념이나 개념이나 표상을 형성하는 일이 어렵다고 생각할 수 있으며, 햇살이 어째서 쫀득쫀득하냐고 반문할 수도 있다. 이렇게 대답해보자. 여기서의 햇살은 시각적 이미지가 아니라 미각적, 혹은 촉각적 이미지이며, 또한 그 이미지는 일상적 의식 앞에 현전하는 햇살에 대한 메마른 표상이 아니라, 표상을 가능하게 해주었고, 이 표상 이전에 발생했던 정서적 '느낌'의 차원에 있는 이미지라는 것이다. 그러한 햇살의 이미지가 주는 느낌은 가령 「이빨을 뽑으면 결혼하겠다고 말하세요」의 서술자가 말하는 "제가 정말 싫어하는 물컹한 느낌"(p. 215)과 대비되며, 그 느낌은 "쫄깃쫄깃 오동통한"(p. 210) 느낌이나 조개껍데기 속에 끈덕지게 붙어 있는 "관자"(「늪의 교육」, p. 168, 「아이들은 가라」, p. 232)가 주는 느낌과 어울리는 느낌이다.

그런데 "모찌처럼 쫀득쫀득한 햇살"의 이미지는 표상 '이전'의 이미지일 뿐만 아니라, 외부 세계에 대한 지각 '이후'의 이미지이기도 하다. 소설 속에서 표현되는 이미지의 현실은 일상적 현실이 아니며, 실증과학의 현실도 아니며, 소박한 실재론naive realism이 가정하는 현실도 아니며, 또한 주관적 관념론이 가정하는 현실도 아니다. 그러므로 쫀득쫀득한 햇살의 이미지는 소위 객관적 물질세계와 주관적 의식의 '사이'에서 형성되는 무엇이며, 양쪽에 대한 긴장 관계(팽팽할 수도 느슨할 수도 있는 긴장 관계) 속에서 변형되는 무엇이다. 지각과 표상의 관계를 생생한 의미로 살아 있게 하는 것은 그 둘 사이를 끌어안을 수 있는 내밀한 응집력을 가진 의지적 느낌들로 충만한 이미지의 구체적인 활동이다.

그런데, 지각에서 표상으로의 이행 과정 속에 있는 이미지의 생을 구체적인 느낌 속에서 파악하여 어떤 형상으로 고정하는 일은 일상적이고 실용적인 의식의 활동과 대비되는 다른 종류의 집중을 요구한다. 「앤의 미래」의 주인공 아이가 바람의 이미지를 표상으로 데려오고자 노력하지만 끝내 실패하는 장면에는 이미지의 운동성 자체에 대한 이미지가 표현되어 있다.

바람이다. 나는 가만히 눈을 감는다. 그리고 "바람"이라고 읊조린다. "바람은…… 바람은……" 하지만 비릿한 냄새가 밴 옷가지나 눈이 부신 햇빛과 달리, 먼지의 매캐한 흙내나 묻혀 오고, 솔숲에 웅성거리기만 하는 바람은, 모습이 없는 바람은, 아무것도 떠오르지 않는다. 나는 한숨을 쉬고 마른 잔디를 한 움큼 쥐어후, 바람에 날려 보낸다. (「앤의 미래」, p. 12)

이 소설 속의 아이는 "모습이 없는 바람"(미래를 향하고 있는 미지의 의지와 유의미한 느낌의 충만함으로 이해될 수 있는 바람)을 "말"이나 "글"로 고정하지 못해서 괴로워하고 있다.

바람은 머릿속에서 근사한 말로 머물지 않고 자꾸 솔숲 저쪽으로 빠져나간다. 공책이 없어서 그런 걸까. 나는 **깃발**처럼 펄럭이는 나뭇가지를 우두커니 쳐다보기만 한다. 풍선을 불듯 바람을 멋진 글 속에 가두지 못하는 내 자신이 멍텅구리 같다. (「앤의 미래」, p. 12)

이제 소설은 아이의 생각을 통해서 이미지를 어떤 분명하게 고정된 형상으로 이끄는 형성(혹은 변형)의 과정은 어떤 양태로 발생하며, 그 과정을 가능하게 하는 능력은 무엇인지에 관하여 이야기한다. 다음의 인용문에 나타나는 바로는, 이미지의 형성 혹은 변형은 상상과 기억의 능력에 기초한 것이며, 기억은 상상의 토대다.

나는 앤처럼 무럭무럭 상상을 펼치지 못하는 내가 못마땅했다. 앤은 한 번도 가보지 않은 바닷가도 그림처럼 떠올린다. 숲 속 요정의 머리카락이 주홍빛인지, 하늘빛인지도 안다. 하지만 나는 반쯤 주저앉은 우리 집 담벼락이 보기 싫으면, 같은 반 부반장이 살던 양옥집 담벼락의 덩굴장미를 떠올려야 했고, 아빠의 후줄근한 점퍼가 미우면, 교장 선생님의 까만 양복을 벗겨 와야만 했다. 나는 내가 기억하는 것만 짬뽕해서 상상할 수 있었다. (「앤의 미래」, p. 23)

이 아이는 자신의 상상에 만족하고 있지 않다. 만족하지 않는 정확한 이유는 "내가 기억하는 것만 짬뽕해서 상상"하기 때문이다. 여기서 기억은 개인적 과거의 경험이다. 그런데 과거라는 시간 속의 경험을 통해서 보존되는 기억은 긍정적인 측면과 부정적인 측면을 동시에 갖는다. 즉 과거의 기억은 미래의 사건, 아직 오지 않은 사건의 도래를 통하여 변화될 수 있는 잠재성의 측면, 예감 어린 희망적 측면을 가지며, 반면에 그것은 이미 지나가버린 사건, 더 이상 어떻게 해볼 수 없는 냉혹한 사실성의 측면, 체념 어린 절망적 측면도 갖는다(물론 여기서의 희망적 측면은 역설적으로 두려움과 불안의 사태와 연관될 수 있으며, 반대로 절망적 측면은 안도와 만족의 측면과 연관될 수도 있다). 이 아이의 만족스럽지 못한 상상은 후자의 측면에 과도하게 부정적으로 붙잡혀 있다. 즉 이미 일어난 것, 그래서 더 이상 어떤 변화의 가능성도 없이 경직된 틀 속에 갇혀버려서 굳어진 것들을 가지고 표상의 차원에서 어떤 콤플렉스(응어리)에 따라 분리하고 결합하며 조립하고 있기 때문이다. 이 아이는 역동적인 이미지를 붙잡고 있는 것이 아니라 경직된 표상에 의해 붙잡혀 있는 것이다. 그것은 쫀득쫀득하지 않고 이빨 혹은 해골이나 돌처럼 딱 딱하다. 이때의 기억은 "단물이 다 빠져버린 **껌** 같은 시간들"(「앤의 미래」, p. 23)의 기억이며, 이때의 상상 활동은 운동하는 이미지와의 연속성을 잃어버린 표상 활동에 가까운 것이다. 이 아이가 진심으로 바라는 상상은 앞의 인용문의 처음에서 드러나듯이 "무럭무럭" 펼쳐지는 상상, 하늘의 빛과 땅속의 어둠을 향하여 식물이 자라고 아이가 자라듯이 스스로를 형성하고 변형하며 성장하는 유기체적 상상이다.

상상 활동이 성장하는 아이의 유연한 몸의 활동과 같다면, 표상 활동은 쇠퇴하는 노인의 굳어져가는 몸의 활동과 같다. 그러나 아이와 노인이 외부적으로는 소원해 보이지만 내부적으로는 깊고도 내밀한 관계 속에 있을 수 있듯이(즉 서로의 중심을 향한 강한 지향 속에 있을 수 있듯이), 상상 활동과 표상 활동은 내밀한 관계 속에 있을 수 있다. 그 연관을 망각한다면, 표상 활동은 공허하고 추상적인 활동이 되고, 상상 활동은 맹목적인 활동이 된다. 노인과 아이가 서로에 대해 긍정적이거나 부정적인 측면을 가질 수 있듯이, 표상 활동과 상상 활동도 서로에 대한 생산적인 측면과 소모적인 측면을 가질 수 있다. 임수현의 소설 속에서 아이(혹은 젊은이)와 어른(혹은 노인)이 그 관계적 측면에서 반복적으로 형상화되는 이유는 그들의 관계가 지각, 기억, 상상, 표상들이 서로 맺고 있는 내밀한 관계, 그리고 그러한 정신 현상들이 신체적인 현상과 맺고 있는 관계를 상징적으로 포함하고 있기 때문이다. 먼저 「지상 최후의 로봇」에 등장하는 야호라는 아이를 통해서 그 관계들을 살펴볼 필요가 있다. 이 아이는 어떤 아이인가?

야호는 둥글고 깊은 구멍을 좋아했다. 엄마 집의 우물과 땅 밑에 숨은 광이 그랬다. 거기에 심길 모종처럼 아가리를 들여다보고 있으면, 영혼이 흘린 두레박줄처럼 깊이깊이 낙하하고 몸은 제자리에 남아 시간과 시간의 틈이 벌어졌다. 깜깜하게 엎지른 시간에서 하염없이 처져, 가마니처럼 가만히 버려진 기분이, 야호는 좋았다. 시간의 무덤을 혼자 보고 쓱쓱 지워버린 기분이랄까, 야호는 빛을 등지고 우묵하게 드러난 어둠의 더께에 그만 눈이 먼 듯 멍청한 눈을 하고 마당을 가로질렀다. 고개가 우물 깊이로 자꾸 숙여졌다. 야호는 구부정하고 과묵한 노인이 된 기분이었다. (「지상 최후의 로봇」, p. 40)

인용문 속에서 드러나는 아이의 욕망은 아래, "깊이"를 향해 있다. 즉 "영혼"은 하강의 욕망을 지닌다. 그런데 "구멍" "우물" "땅 밑" "시간의 무덤"이라는 말들은 여기서 구체적으로 무엇을 의미하는가? 이 소설이 진행되면서 우물은 변소와 연결되며, 또한 특별한 열매를 맺는 나무가 자라는 무덤과 연결되며, 구멍은 항문, 성기와 연결되고, 그리하여 마침내 '아래'는 방귀, 똥, 오줌, 정액과 연결된다. 말하자면, 하강의 욕망이 향하고 있는

"시간의 무덤"이란 신체, 특히 하부의 신체와 관계가 깊다. 또한 위의 "심길 모종"이란 말이 암시하며, 또한 소설 속에서 **뿌리(아래)** 부분에 **만화책**을 감추며 미묘한 맛을 지닌 **열매(위)**를 매달고 있는 유동이라는 이름을 가진 나무가 암시하듯이, 여기서 신체는 역전된 식물의 이미지로 나타난다. 즉 식물의 열매(위)는 소화 활동의 결과물인 인간의 **배설물(아래)**과 연결되며, 식물의 뿌리(아래)는 **그림과 글씨**로 이루어진 만화책이 상징하듯이 지각과 상상 활동을 통한 결과물인 인간의 **표상(위)**과 연결된다. 이러한 식물과 인간의 대비 속에서 중요한 것은, 지하 세계를 향한 식물의 뿌리의 운동과 지상 세계를 향한 잎과 꽃과 열매의 운동이 서로 대립되는 지향성 속에서도 전체의 성장을 가능하게 하듯이, 아래를 향하는 이 아이의 소화 활동, 배설 활동과 위를 향하는 표상 활동도 전체의 성장을 가능하게 하는 활동이라는 것이다. 그리고, 다음의 인용문에서 나타나듯이, 역설적으로, 신체적 현상으로만 보이는 소화 활동과 정신적 활동(상상이나 표상) 사이에는 미묘한 '이중적 연관'이 있으며, 그 두 활동은 서로를 반영하거나 닮아 있다.

통나무로 새집을 짓고 살림을 죄 안채로 옮겼는데도 아들은 툭하면 아래채에 틀어박혔다. 천장까지 쌓인 책 때문이었다. 아들은 책을 포식하는 탓인지 점점 입이 짧아졌다. 아들이 유달리 꺼리거나 깨작거리는 음식을 보면 지금 읽고 있는 책의 내용을 짐

작할 수 있을 정도였다. (「꼬리총」, pp. 75~76)

위의 인용문과 앞선 해석들로부터 다소 느슨하게 말하자면, 아이 혹은 젊은이에게는 표상 활동마저도 소화 활동으로 나타나며, 어른 혹은 늙은이에게는 소화 활동마저도 표상 활동으로 나타난다. 이를테면, 아이는 위에 있는 것을 아래로 끌어내리고자 하며, 노인은 아래에 있는 것을 위로 끌어올리고자 하며, 그래서 말하자면 머리(뇌)는 복부(내장)에 반영되고 복부는 머리에 반영된다. 그런데, 앞서 '이중적 연관'이라고 말했듯이, 영혼과 신체 혹은 아이와 노인 혹은 복부와 머리의 대립되는 경향성 속에는 서로를 갈구하는 경향성 또한 있다. 그래서 야호라는 아이는 자신에게서 "구부정하고 과묵한 노인"의 이미지를 발견하는 것이다.

아이 안에는 어떤 의미에서 노인이 있다(역으로 노인 안에는 아이가 있을 것이다). 일상적인 현실 속에서 개성을 띠고 다양하게 살아가는 수많은 노인들의 삶의 양태가 어떠하든, "구부정하고 과묵한 노인"이야말로 노인의 **노인성**을 보여준다. 노인이란 죽음과 가까이 있는 존재이며, **시간(세월)**과 **경험(연륜)**의 **결정체**다(그래서 임수현의 소설 속에 등장하는 노인인 "영감"은 시간, 신체, 무덤, 무언가를 숨기고 있는 어둠의 이미지들과 함께 이야기된다). 따라서 노인은 오랫동안 많은 것을 견뎌왔는데, 특히 직립해서 머리를 위쪽으로 들어 올린 상태를 **지탱**하기 위해 중력을 견뎌왔다. 그렇게 견뎌온 이유는 외부에 맞서서 자신의 내부에서 어떤 것이 죽지 않고 살아남아 성장할 수 있도록 스스로를 지켜내야 했기 때문이다. 노인은 바깥에 맞서 안을 향하여 **어둠** 속에서 무언가를 **묵묵히** 지켜왔던 자이고, 지탱해왔던 자이며, 어떤 내부의 정수를 **숨기고 있는** 자다. 따라서 노인과 죽음을 연결시키는 중요한 상징은 **무덤**이거나 그 안의 **골격**, 특히 **해골**일 것이다. 그러므로 「지상 최후의 로봇」의 마지막 장면이 보여주듯이, 야호라는 아이에게 **로봇**의 이미지(단단한 몸의 이미지, 즉 뼈를 살로 투영한 이미지)는 자신과 노인의 관계에 관한 양가감정으로부터 나온 것이며, 그 로봇에 투영된 이미지는 **물질과 생명, 어둠과 빛, 흑과 백, 죽음과 생, 소멸과 불멸과 같은 대립적인 것들의 결합체적인 이미지다.**

난 만화의 세상이 구멍처럼 흑백으로만 이뤄져 있어서 정말 좋아. 야호는 점점 사위어가는 불꽃을 보면서 오늘 밤에 이불에 지도를 그리지 않으려면 잠들지 않아야 한다고 다짐했다. 누군가는 그렇게 어둠을 지키고 있어야 했다. 홀씨처럼 가벼운 재티 하나가 야호의 눈썹에 내려앉았다. 그 깃털 하나가 시간을 떠받치는 기둥을 무너뜨리기라도 한 것처럼, 허공이 야호의 발꿈치를 지상을 향해 떠밀었다. 야호는 재로 만든 새들이 날아오는 방향을 따라 로봇처럼 솟아올랐다. 로봇은 고장 나고 망가져도 죽지 않는다. 구겨진 그림 속의 소년은, 부끄러울 게 하나도 없어 팬티와 장화

도 챙겨 입지 않은 맨몸의 소년은 여전히 지상의 무덤을 지키고
있었다, 불사조처럼. 세상은 한순간 입을 다물고, 숨처럼 짧은 순
간이 영원처럼 깊이깊이 이어졌다. 야호는 영감보다 오랫동안 살
것이다, 영원히 죽지 않고 살아남을 것이다. (「지상 최후의 로봇」,
pp. 68~69)

아이와 노인의 이중적 사이에서 발견되는 "로봇"이나 "불사
조"(완전 연소된 "재"에서 태어난다고 하는 신화 속의 "새")가 불
멸을 향한 욕망을 상기시켜준다고 하더라도, 그것들은 불멸만큼
이나 죽음(소멸) 또한 상기시킨다. 죽음의 이미지가 없다면, 불
멸의 이미지도 있을 수 없다. 그처럼, 생의 현상은 죽음의 현상
과 깊은 연관 안에 있다. 그렇기에, 임수현의 소설에서 노인의
이미지는 존재자들의 일상적 삶 안에 감추어진 죽음의 이미지로
이행하며, 그러한 이행이 「개의 자살」에서는 "V"라는 애매모호
한 그림자 혹은 분신을 향해 나아간다. 이 소설 속의 주인공인
진우라는 고독한 젊은이의 친구 혹은 그림자 혹은 분신인 V는
어떤 의미에서 노인, 즉 늙은이다. 왜냐하면 V는 노인이 주는
느낌, 즉 오래된 과거를 비밀리에 보존하고 있다는 느낌과 애매
모호하면서도 단호하고 확고한 죽음과 친숙하다는 느낌을 주기
때문이다. "V는 '추억주의자'라고 일컬어도 될 만큼 대부분의
이야기가 과거형"(「개의 자살」, p. 115)이며, 그는 진우에게 일
종의 죽음을 연상시키는 "물음표처럼 폈다 느낌표처럼 다물리는

접낫"(「개의 자살」, p. 111)을 선물한다. 이 소설을 통해서 표현되는 진우와 V의 관계를 통해 유추하자면, 젊은이(아이)와 늙은이(노인)의 관계는 숨바꼭질 놀이에서 찾는 자와 숨는 자의 관계와 같다(물론 숨는 자는 다시 찾는 자가 될 수 있으며, 그 역도 그러하며, 또한 그들의 관계 속에는 한편으로는 서로 반발하면서 다른 한편으로는 서로에게 이끌리는 이중적 욕망의 운동이 있다).

V와 만나면 늘 숨바꼭질을 벌이는 것 같았다. 〔……〕 씨앗을 고르고, 야린 나뭇잎을 비비대며 잠시 한눈을 팔았을 뿐인데…… V는 어딘가 숨어버렸다. 진우가 결국 술래를 포기하고 터덜터덜 걷다 보면……V는 판화가 오윤이 만들었다는 우리은행 외벽의 검붉은 테라코타 앞에 쪼그리고 앉아 양손 엄지와 검지로 사진틀을 세우고 있거나, 길모퉁이 쇼윈도 앞에 서서 수의를 입고 망건을 눌러쓴 마네킹을 물끄러미 쳐다보고 있었다. 진우와 V는 아무 말도 하지 않고 다시 몸과 그림자처럼 골목길을 걸어갔다.(「개의 자살」, pp. 131~32)

위의 인용문에는 「지상 최후의 로봇」에서 읽을 수 있었던 노인─상징들과의 연관이 발견된다. 테라코타, 사진틀, 마네킹은 앞에서 이미지(아이)와의 관계 속에서 이해되었던 표상(노인)인 흑백의 만화와 로봇과 연결된다. 그리고 결국 로봇이나 마네킹이라는 표상은 다시 "죽지 않는 것"인 "손톱만 한 장난감 물고기"(「개의 자살」, p. 145)와 연결되며, 이 물고기는 다시 어둠, 깊이, 감옥의 이미지와 함께 나타난다.

진우는 낫을 달싹거리며, 책상 위에 놓인 어항을 들여다봤다. 손톱만한 물고기는 어두울수록 반짝인다. 빛이 닿을 수 없는 심해 속에서도 물고기는 저 홀로 반짝일 것이다.(「개의 자살」, p. 150)

어항은 어둠을 가둔 감옥처럼 투명한 테두리만이 도드라졌다. 진우는 책상 위에 고인 물 위에 장난감 물고기를 제물처럼 늘어놓았다. (감옥을 벗어나자마자 자살을 선택한 수인들) 진우는 그제야 낫을 들고 천천히 뒤돌아섰다.(「개의 자살」, p. 151)

임수현의 여러 소설들 속에서 반복되며 변주되는 여럿의 이미지들은 미묘한 저항과 반발 속에서도 서로가 서로에게 이끌리고 있으며, 말하자면 서로가 서로를 부둥켜안으려고 한다. 그의 소설에서 읽어낼 수 있는 아이와 노인, 삶과 죽음, 이미지와 표상, 혹은 건강과 병의 관계는 어떤 탄력적인 힘들의 지향성 속에서 표현되는 관계이며, 관계를 구성하는 항들 각각의 특성이 서로의 안으로 침투되거나 역전되거나 전이될 수도 있는 관계다. 그러한 관계는 흐물흐물하지도 않고 딱딱하지도 않은 "쫀득쫀득"한 관계가 되고자 한다. 임수현의 소설들 속에서 읽어낼 수 있는 이상적인 관계성의 이미지는 아이들의 고독한 상상 속에서 자주 발견되는 것으로서, 풍요롭고 다양한 여럿을 투명하고 작게 고정된 세계 안에서 탄력성 있게 한곳에 집중시켜 형성된 생동하는 관계들의 결합체 같은 것이며, 그러한 세계는 **"오동통"**(「개의 자살」, p. 140)한 "물방울"(p. 145)의 세계와 같다.

쓸모없는 노고와 소모적인 고통은 앞의 관계들의 어느 한쪽만을 보려고 하면서, 그 한쪽을 구체적인 관계성으로부터 추상하여 고립시킨 뒤에, 다른 한쪽을 비정상적이거나 무가치하거나 좋지 않은 것이라고 무시한 다음, 그렇게 추상된 처음의 것에 가능하지도 않은 독립성과 구체성을 부과하는 일에서 생겨날 수 있다. 물론 그러한 추상적이고 독단적인 행위에 대한 비판이 중요한 가치들을 무분별하게 무화하거나 전복시키는 일을 정당화하기 위한 것은 아니며, 무질서나 무의미를 찬미하는 것도 아니다. 여기서 중요한 것은 일반적으로 부정적인 것으로 다가오는 어떤 것들, 가령 그 존재 의미가 잘 이해되지 않는 더러움, 부끄러움, 고통, 질병, 죽음과 같은 것들 속에서도 긍정적인 어떤 것을 찾아내려는 태도의 중요성이다. 더러운 것이라고 자주 여겨지는 오줌, 똥이나 부끄러운 것이라고 자주 여겨지는 성기, 항문이나 두려운 것이라고 자주 여겨지는 병, 죽음에 대해서 임수현의 소설이 이야기를 하는 이유는 그러한 태도 때문이다. 그리고 그러한 태도는 파괴를 지향하기보다는 무언가를 만들어나가고자 하는 상상을 지향한다.

어쩔 땐 매일 긁어내는 각질이나 염증, 종기 같은 것들이 없으면 나날이 외려 허전할 것 같았다. **세균 없는 병실보다 오줌 자국 즐비한 뒷골목이 덜 무료한 게 사실이지. 게으른 것도 알아.** 진우는 각질을 모아 지우개를 만드는 상상에 키득거리기도 했다. (「개의 자살」, p. 155)

물론 이러한 상상 활동은 메마른 표상 활동과 그다지 달라 보이지 않으며, 어른이 되지 못한 아이의 유치한 놀이처럼 보인다. 그러나 그러한 놀이는 그 안에 한번 들어가면 다시 빠져나오기 어려울 만큼 확고한 대립적 경계들로 고정되어 있는 표상들의 체계인 "고체의 늪"(「늪의 교육」, p. 167)에 빠지지 않으려 저항하는 아이의 자연적인 본능에서 시작된 것이다. 그렇게 부정적으로 나타나는 어른(혹은 노인)의 세계는 「늪의 교육」에서 암시되듯이 바다(거기서부터 상상이 시작될 수 있는 가능성과 잠재력의 바다)를 가두고 있거나 가리고 있는 땅의 세계이며, 빠져나오기 어려운 딱딱하고 차갑고 건조한 고체성의 늪과 같은 세계다. "밝"이라는 아이(젊은이)에게 나타나는 그 세계는 "**검부러기처럼 날리는 상상도 그 고체의 늪에 가로막혀 딱딱하게**(밝은 찰나 **빙하기의 순간 하늘을 헤매다 허공에 얼어붙은 새 떼를 상상한다**) **굳어버**"(「늪의 교육」, p. 167)리는 세계다. 그렇게 부정적으로 나타나는 어른(노인)의 세계는 천막으로 가려진 것 같은 불투명한 세계며, 어떤 종류의 적응(교육)을 요구하는 세계이며, 그 적응의 시간을 통과하지 못한 아이에게 "애들은 가라"고 명령하는 세계다.

오늘 밤 내가 맞닥뜨린 사람들은 모두 사내의 주술에 걸린 것처럼 똑같이 그 말만을 되뇐다. 그것이 저 천막 속에 들어갈 수 있는 암호인 것처럼. 어른들만 알 수 있는 진짜 세계에는 아이들이라고는 전혀 필요하지 않은 것처럼. 아이들은 집에 돌아가 가짜로 만들어진 장난감이나 갖고 놀라는 듯이. 아이는 가짜의 시간이야, 그렇게 말하는 것처럼. (「아이들은 가라」, p. 250)

임수현의 여러 소설들이 형상화하고 있는 아이 혹은 젊은이와 어른 혹은 늙은이의 관계는 서로를 전적으로 신뢰하지 못하여 내심 많이 불편하고, 그래서 서로 등을 돌리고 있는 관계처럼 보일 수도 있다. 그들과 연관되어 있는 상상 활동(재현이 아닌 이미지를 형성하는 활동)과 표상 활동(소박한 리얼리즘적 재현의 활동)의 관계도 그렇게 보일 수 있다. 그러나, 앞에서 말했듯이, 그의 소설이 말하는 그들의 관계 속에는 서로 반발하지만 그럼에도 서로 이끌릴 수밖에 없는 이중적 연관이 놓여 있다. 왜냐하면 모든 현상은 형상적 양상과 질료적 양상을 함께 가지며(이 고전적인 질료―형상 이론은 여성―남성의 구분이 여전히 유효할 수밖에 없는 것처럼 현대적인 사유의 변화 속에서도 여전히 견지될 수밖에 없는 것이다), 또한 그 두 양상이 서로 대립되는 극성을 띠면서도 서로를 요구하는 관계에 있기 때문이다. 그러므로 질료적이나 형상적으로 각각 분리되어 나타나는 이미지와 표상은 그 이면에서 은밀하게 형상—질료 복합체적인 요소를 통하여 서로 결합하려고 하기 때문이다. 따라서 유동적인 이미지와 고정적인 표상은 자신들의 이면에 은밀하게 미묘한 질료나 형상을 숨기고 있다. 아이와 노인의 관계는 결국 그 이면에서 남성성과 여성성의 관계와 연결된다. 왜냐하면 질료적인 것은 여성적인 것이고, 형상적인 것은 남성적인 것이며, 문제적인 것은 그 둘의 분리와 결합이기 때문이다.

「이빨을 뽑으면 결혼하겠다고 말하세요」에서 말하는 "결혼"은 그러한 분리와 결합을 모호하게 암시하고 있다. 이 소설에서는 「개의 자살」에서 나타났던 V와는 다르게 보이지만 그럼에도 그와 밀접한 연관을 갖는 V가 다시 나타난다. 이 소설에 나타난 V와 서술자—주인공—나의 관계는 은밀하고도 내밀하게 문제적인 상호작용을 주고받는 관계다.

저는 늘 V와 혼자서 만났어요. V는 누군가와 섞여, 저를 만나는 걸 달가워하지 않았어요. V는 철저하게 저와 내밀해지기를 바랐던 거예요. 그런 면에서 V는 다른 남자애들 하고는 달랐죠. [……] V는 저를 철저하게 감추었고, 저 혼자 몰래몰래 꺼내보는 것을 좋아했어요. 저는 V의 그림자처럼, 아니 비밀의 화원처럼, 아니 어쩌면 V의 성기처럼 존재했어요. 누구나 짐작하지만 굳이 확인할 필요가 없는 존재였던 거죠. 정말 정확한 표현인 것 같아요. 아무에게도 드러내놓고 확인시키지 않지만 V의 연애의 정체성은 바로 저였을 거예요. (「이빨을 뽑으면 결혼하겠다고 말하세요」, pp. 209~10)

그런데 "변덕스런 날씨 같은 V"(p. 216)는 내가 해준 "말을 자기 상상인 양 털어놓는 버릇이 있"(p. 211)으며, 나는 "V가 마냥 좋았던 건 아니"(p. 212)다. 둘의 관계는 애매모호한 문제적 관계다. 이 관계 속에서 V는 애매한 남성으로 나타나며, 나는 모호한 여성으로 나타난다. 이 소설 속의 남성적인 V는 자신의 표상 활동 이면에 변덕스러움으로 상징되는 여성적인 질료의 유동성을 숨기고 있으며, 여성적인 나는 자신의 상상 활동 이면에 "V의 성기"로 상징되는 남성적인 형상의 고정성을 숨기고 있다.

그래서 임수현의 소설들에 관한 지금까지의 해석을 요약하자면, 노인(표상) 안에는 어떤 여성(질료)이 숨어 있고, 아이(상상) 안에는 어떤 남성(형상)이 숨어 있으며, 여성(질료) 안에는 어떤 남성성(고정성)이 숨어 있으며, 남성(형상) 안에는 어떤 여성성(유동성)이 숨어 있다고 말할 수 있다. 그러므로 "완전히 서로의 존재에만 이끌려 아무 조건도 없이 지속되는 V와 나의 관계"(p. 219)의 그 이면에는 임수현의 소설들 속에 등장하는 거의 모든 존재들, 즉 아직 만족할 만한 관계에 이르지 못한 존재들이 벌이는 진지한 숨바꼭질 놀이가 진행 중인 것이다. 그 놀이는 아이와 노인 사이, 상상과 표상 사이에서 신체의 위와 아래가 서로를 반영하며 일어나고 있으며, 그 사이에서 똥과 표상, 성기와 상상 같은 것은 서로 기묘하게 겹쳐지면서 연결되며, 임수현의 소설들은 그 사이에서 관계적 존재의 고통과 무게를 견디며 쫀득쫀득한 즐거움을 만들어내고 있다.

작가의 말

2008년 가을부터 2011년 여름까지 발표한 단편소설 9편을 한자리에 모아놓고 보니, **소년(녀)들의 사생활**쯤 되겠다.

이런 모양일 줄 몰랐다, 나는 어쩌다 소년기의 **늪**에서 허우적댔는지, 내가 다 궁금하다. 보따리를 치마처럼 두르고, 입속에 뱀을 머금고, 편강과 맥주를 좋아하고, 꽃잎을 떨군 꽃받침에 생선의 주검을 장식하며, 개의 자살 방법을 궁리하고, 석탄처럼 검은 머리칼과 누린내가 밴 애드벌룬처럼 거대한 몸뚱어리로, 로봇처럼 영원히 죽지 않는…… 이렇듯 서른 한복판의 시기에 어린 양하듯 **소년**이라는 직업 말고는 아무것도 궁리하지 않은 게 버젓한데도, 꼬마 역할을 맡은 꼽추 배우처럼 붉은 뺨 아래 거뭇한 성기를 단 야릇한 콜라주의 연원은 아무리 톺아봐도 깜깜할 따름이다. 긴 소설을 시작하면서 소설은 시작이 아니라 과정에서 태어난다고 말한 적이 있는데, 나는 여전히 집중력이 부족해 한

호흡으로 질주하지 못하고, 조각조각 문장을 헤매고 꿰다 문득 (겨우는 아니다) 마침표와 맞닥뜨려 어떤 성취나 희열에 무딘 편이다. 그래서인지 나는 나이처럼 어떤 소년의 시간을 거저 살아버리고는, 이제야 그 **구**(九 혹은 具 혹은 區 혹은 球 혹은 口……)의 시간들에 숨이 가빠 어리둥절한 시늉을 하는 건지도 모르겠다. 늦되고 또 늦되다.

……겨우 이렇게는 말할 수 있을 것도 같다. 이것은 유치하지 않은 소년은 가능한가…… 우아한 프롤레타리아는 가능한가, 입이 없는 말은 가능한가, 몸이 없는 결혼은 가능한가, 약속이 없는 연애는 가능한가, 무기력한 생기는 가능한가…… 어떻든 마주하는 것은 바라지는 틈을 사이에 두는 것이고, 거기에서 생성되기 마련인 계급에 관한 모색쯤이라고. 두 쪽의 빵 사이에 흐무러진 양파처럼 형체는 없지만 곤두선 감각처럼, 나는 당연과 당연 사이에서 고작 내 당연을 전시하는 것이라고. 그러므로 안녕, **소년들.** (이와 거웃이 다 빠지면 노인은 다시 아이가 될 수 있는 걸까.)

책을 낸다는 사실은 앞으로 낭비할 수 있는 문장이 턱없이 부족해진다는 예감이기도 하다. 사실 내 소설의 모든 문장은 이렇게 시작하지 않았다. 수많은 문장을 흘려보내기 위해, 그렇게 놓쳐버린 문장을 우두커니 되새기고만 있으려고, 버려지고 사라진 문장들의 어수선한 빈자리를 쓰다듬으며, 옹색하기 짝이 없는 나열들에 대한 서툰 폼을 변명하고, 고작 그렇게 위로받기 위해…… 정작 내가 하고 싶은 이야기는 좌절된 문장 속에서만 웅크리고 있는 것 같은 착각과 걱정으로 넉넉했던 시간을 생각하면, 이 예감이 가장 두렵고 아쉬운 부분이다. 이제 허랑한 밑천이 들통 나지 않게 나는 더 주저하고 침묵할 태세고, 또한 언젠가 문득 침묵으로 다시 대면하게 될 것이다. 흑백의 혀 같은 종이를 사이에 두고, 이렇게 긴 침묵과 침묵으로 대면할 수 있는 직업으로서의 소설이 그래서 나는 좋다.

대개 작가의 말은 고마운 대상으로 마지막을 채운다. 의아했는데, 그게 지극히 자연스러운 감정이라는 걸 나 역시 이 글을 쓰면서 알겠다. (공교롭게 고마운 사람은 대개 책과 가장 거리가 멀다.) 여전히 병원에 갇힌 아버지와 노동을 내려놓지 못하는 어머니, 내 게으름을 반성하게 하는 두 누나 식구의 존재는 각별히 밝히고 싶다. 어쩌면 이건 우리의 이야기에서 비롯했다. 내 속의 아이와 노인을 읽어준 김대산 평론가와 문학과지성사에 큰 위로를 받았다는 말을 전하고 싶다. 그리고 모든 벗에겐 어차피 썰렁한 밤들을 노닐 것이니 일일이 이름은 생략하겠다. 지금 나는 고작 여기까지다.

2011년 시월
서울 성곽 북쪽 아랫마을에서
임수현

수록 작품 발표 지면

앤의 미래 『문학수첩』 2008년 가을호

지상 최후의 로봇 『작가세계』 2011년 여름호

꼬리총 〈문장웹진〉 2011년 1월

뱀^2 『자음과모음』 2009년 봄호

개의 자살 『문학수첩』 2009년 여름호

늪의 교육 〈문학웹진뿔〉 2010년 4월

이빨을 뽑으면 결혼하겠다고 말하세요 〈문장웹진〉 2011년 8월

아이들은 가라 『시와산문』 2009년 가을호

굴뚝 『문학과사회』 2009년 겨울호